Truly, madly, deeply
in love with you

PEA JUNG (Jahrgang 1977) lebt mit ihrem Mann und vier Kindern in der Nähe von München. Neben der Arbeit als Sozialpädagogin schreibt sie Liebesgeschichten mit Happy End, wobei der Erotikfaktor von Geschichte zu Geschichte variiert. Mit ihrem Debütroman DIE FALSCHE HOSTESS gelang der Überraschungserfolg – das Buch entwickelte sich in kurzer Zeit zum Bestseller. Seither begeistert jedes ihrer Bücher die stetig wachsende Leserschaft. Mittlerweile ist sie eine erfolgreiche Self-Publisher-Autorin.

PEA JUNG

Truly, madly, deeply in love with you

Bibliografische Information der Deutschen Nationalbibliothek:
Die Deutsche Nationalbibliothek verzeichnet diese Publikation in der
Deutschen Nationalbibliografie. Detaillierte bibliografische Daten sind
im Internet über http://dnb.dnb.de abrufbar.

1. Auflage 2019

Covergestaltung und Satz: Jürgen Müller, LayArt
Quellennachweis der Umschlagfotos:
© istockphoto.com/KarriHoglung
© istockphoto.com/4x6
© istockphoto.com/CoffeAndMilk
© istockphoto.com/MBPROJEKT_Maciej_Bledowski

Lektorat: Lektorat Soukup
Korrektorat: SW Korrekturen e.U.

Herstellung und Verlag: BoD – Books on Demand, Norderstedt
ISBN: 978-3-7460-6469-7

Teil 1: Truly

Zoe

Auf, auf, Miss Chapman!«, ruft Mr Fitz und klatscht dabei auffordernd in die Hände.

Das ist nur eine der Marotten meines Chefs. Wie immer hat er ein Maßband um den Hals gelegt, als handle es sich um einen Seidenschal.

Mit eiligen Schritten wackelt der kleine Mann vom Aufenthaltsraum der Mitarbeiter in die Ladenräume, um sich einen Überblick zu verschaffen. Dabei sind die Bekleidungsstücke und das Zubehör wie immer perfekt arrangiert.

»Zoe, du bist spät dran«, haucht meine Kollegin Carrie mir zu, während sie umständlich in ihre High Heels schlüpft, weil der enge Rock ihre Bewegungsfreiheit einschränkt. Vorsichtig spähe ich meinem Chef nach, damit er auch sicher außer Hörweite ist.

»Ich habe verschlafen«, raune ich und stelle den mitgebrachten Kaffeebecher ab, bevor ich aus meinem dünnen Mantel schlüpfe, der für die kühlen Morgentemperaturen dieses Oktobers perfekt geeignet ist.

Was für eine Hektik heute Morgen dank des Weckers, der offenbar mitten in der Nacht den Geist aufgegeben hat. Jetzt muss ich erst einmal einen Moment zur Ruhe kommen.

»Inspektor Poirot wollte schon eine Suchmeldung

nach dir aufgeben«, sagt Carrie grinsend und zupft sich mit den Fingerspitzen ihren Pony zurecht.

Automatisch fahre ich mit den Handflächen über mein langes, hellblondes Haar, um den Sitz meines Pferdeschwanzes zu überprüfen, und ziehe dabei die Augenbrauen hoch.

Hinter seinem Rücken nennen wir Mr Fitz »*Poirot*«, weil er unserer Meinung nach die perfekte Besetzung für den Inspektor ist.

Als Filmfan vergleiche ich die Menschen in meinem Umfeld gelegentlich mit Schauspielern oder anderen Prominenten.

Das ist meine Macke, wenn man es als eine solche bezeichnen will.

»Danke, dass du ihn beruhigt hast«, sage ich zu Carrie.

Erstaunlich, dass es beinahe zu jedem Menschen ein berühmtes Pendant gibt. Meine Kollegin Carrie sieht ein bisschen wie Victoria Beckham aus, natürlich nicht ganz so dürr. Außerdem reichen ihre Haarspitzen bis an die Schultern und sie trägt diesen fransigen Pony.

»Kein Problem. Ich dachte mir schon, dass du gleich kommst. Sonst hättest du angerufen«, erklärt Carrie und verlässt mit geschmeidigen Bewegungen den Aufenthaltsraum.

Den eleganten Gang von Victoria Beckham hat sie auf jeden Fall, denke ich und bewundere ihre sicheren Schritte in den mörderisch hohen Schuhen.

In mir sehe ich eine Mischung aus vielen Prominenten. Das könnte sich eingebildet anhören, wäre es nicht so, dass ich ausgerechnet die Nase von Amy Winehouse abbekommen habe. An Tagen, an denen ich weniger kritisch mit mir bin, sehe ich die Nase von Ellie Goulding in meinem Gesicht. Ja, ich finde, dass die Spitze meiner Nase ein bisschen nach unten zeigt.

Genug von dem Zinken. In Gedanken höre ich die tadelnden Worte meiner Schwester, die es nicht leiden kann, wenn ich mich über die Chapman'sche Nase beschwere. Vermutlich liegt es daran, dass sie eine ähnliche abbekommen hat.

Meine Nase soll aber an diesem Tag nicht das Problem sein. Es reicht, dass ich verschlafen habe und mir der Schreck darüber immer noch in den Gliedern sitzt. Dabei sollen wir in der Arbeitszeit für unsere Kunden ein entspanntes gehobenes Ambiente bieten.

Momentan arbeite ich in einem Bekleidungsladen, der Männer ausstattet, und wir führen ausschließlich ausgewählte Luxuslabels, wobei Mr Fitz schon länger von einem eigenen Label träumt.

Zusammen mit meinem Chef schmeißen Carrie, mein Kollege Paul, der übrigens ein bisschen wie Tom Hiddleston in seiner Rolle als Loki aussieht, und ich den Laden.

Die Verkaufsräume erstrecken sich über zwei Etagen und ich helfe immer in dem Stockwerk aus, in dem jemand gebraucht wird.

Normalerweise ist Mr Fitz für die oberste Etage zuständig, in der wir die Gala-Abteilung beherbergen. Hier oben hat er auch sein Büro, und da nicht jede halbe Stunde ein Kunde kommt, der einen Smoking, einen

Zylinder oder Ähnliches kaufen möchte, kann er nebenbei den Papierkram erledigen.

Carrie und Paul wechseln sich mit dem Erdgeschoss und der ersten Etage ab.

Als ich den Ladenraum betrete, winkt mir Paul zur Begrüßung zu, was ich gerne erwidere. Heute ist Paul für das Erdgeschoss mit der Casual Wear zuständig, und der schlanke Paul trägt einen eleganten Anzug, der seine Figur betont und ihm perfekt steht.

Selbstverständlich haben wir als Angestellte eines gehobenen Herrenausstatters auch die Pflicht, uns dementsprechend zu kleiden. In dieser Hinsicht hat es Paul etwas leichter, weil er sich mit dem Personalrabatt bei uns einkleiden kann, während Carrie und ich auswärts einkaufen müssen.

Abwechselnd tragen wir Anzüge oder Kostüme, wobei wir angewiesen wurden, keine zu auffallenden Farben auszuwählen. Dadurch besitze ich viele Anzüge und Kostüme in Schwarz, Braun, Beige, Creme und Weiß. Das Höchste der Gefühle ist, zu einer dunklen Kombination eine rote Bluse zu wählen.

»Bitte, meine Herrschaften! Wir kleiden uns niemals schillernder als unsere Kundschaft«, pflegt Mr Fitz regelmäßig zu sagen, bevor er zweimal in die Hände klatscht.

Privat trage ich mit meinen dreiundzwanzig Jahren gerne bunte, leuchtende Farben, weshalb mir diese Einschränkung während der Arbeitszeit zu schaffen macht. Manchmal fühle ich mich wie ein Mauerblümchen, wenn ich in einem beigen Anzug herumlaufe. Heute habe ich einen schwarzen Damenanzug und eine roséfarbene Bluse an. Die kühlen Tage, die uns der Herbst dieses Jahr beschert, lassen mich morgens nicht an Röcke denken.

John

»Was willst du in diesem blöden Laden, John? Du bekommst doch massenhaft Designerkleidung geschenkt?«, fragt meine Freundin Hannah laut.

Mit wenig verständnisvoller Miene sitzt sie neben mir in der Limousine, die mir für den ganzen Tag zur Verfügung gestellt wurde. Diesen Luxus genieße ich, weil ich am späten Nachmittag ein paar Worte bei der Eröffnungsfeier der Bibliothek sagen werde, die nach unserer Familie benannt wird.

»Spricht etwas dagegen, dass ich zur Abwechslung mal einen Anzug bezahle?«, erwidere ich angesäuert.

Die Sonderbehandlung, die meine Familie und ich häufig bekommen, mag ich eigentlich nicht. Natürlich hat das auch seine Vorzüge, die ich nicht missen möchte. Doch wünsche ich mir oft, einfach nur einer von vielen zu sein.

Ein genervtes Schnauben neben mir lässt mich einen Blick auf Hannah werfen. Ihre ständigen Nörgeleien nehmen in letzter Zeit überhand. Was will sie? Soll ich mich langweilen, während sie stundenlang ihr Outfit für den Nachmittag aussucht? Das ist äußerst ermüdend.

»Natürlich nicht«, sagt sie schnippisch, streicht ihr langes, blondes Haar zurück und wendet sich von mir ab, um aus dem Fenster zu starren. »Ich hoffe, du hast deinen Geldbeutel nicht wieder irgendwo liegen gelassen.«

Resigniert über die erneute Spitze, tue ich es ihr gleich und sehe auf meiner Seite aus dem Fenster.

Niemand ist perfekt, und ich fühle mich durchaus in der Lage, meine kleinen Schwächen als solche anzuerkennen.

Doch es gefällt mir ganz und gar nicht, dass Hannah in letzter Zeit immer wieder auf meiner Vergesslichkeit herumreitet. Es kostet mich einige Überwindung, nicht auf diese Anspielung zu reagieren. Letzte Woche hatte ich wieder meine Geldbörse nicht dabei, als ich Hannah zum Essen einlud. So etwas passiert eben manchmal.

Um kein Öl ins Feuer zu gießen, habe ich ihr nicht erzählt, dass mir mein Fahrrad geklaut wurde, weil ich vergessen habe, es abzusperren.

Ich versuche, mich mit der Vorstellung des Bekleidungsladens, in dem ich gleich einzukaufen gedenke, abzulenken.

»Es ist ein alteingesessenes Familienunternehmen. Mein Vater kaufte bereits bei Fitz ein, und es kann nicht schaden, wenn ich mich dort mal wieder sehen lasse.«

Das ist nicht der wahre Grund für meinen Besuch dort. Es geht mir nicht darum, eine Familientradition fortzuführen. Ich brauche einfach mal ein paar Minuten Zeit für mich. Vielleicht fühle ich mich meinem Vater auch verbunden, wenn ich ein Geschäft betrete, das er sehr geschätzt hat.

»Ich möchte dort vorne aussteigen.« Dabei beuge ich mich zum Fahrer und deute auf die Ecke des nächsten Blocks.

»Sehr wohl, Mr Lazenby«, sagt der Chauffeur und nickt kurz.

Ich schenke Hannah kurz meine Aufmerksamkeit. »Ich komme dich dann abholen.«

»Lass dir Zeit«, erklärt sie mit einem Lächeln, das ich versöhnlich erwidere.

Es bringt nichts, zu streiten. Unsere On-Off-Beziehung hat über die Jahre schon viele Höhen und Tiefen überstanden. Hannah kennt mich und meine Macken besser als jeder andere Mensch, so wie ich die ihren kenne.

»Bis später«, raune ich und beuge mich zu ihr, um sie kurz zu küssen.

Zoe

Ausgerechnet heute, wo ich nicht recht in meinen Arbeitsrhythmus finde, ist unser Haus sehr gut besucht. Ständig eile ich von einem Stockwerk ins andere.

Am späten Vormittag komme ich endlich dazu, die vielen anprobierten Kleidungsstücke zurück in das Regal zu räumen.

»Miss Chapman, könnten Sie einen Moment nach oben kommen?«, höre ich die Stimme von Mr Fitz aus dem zweiten Stock.

»Ich gehe schon. Ruf mich, wenn du Hilfe brauchst«, bietet sich Carrie an, weil sie es hasst, Kleidung zurück in das Regal räumen zu müssen. Da hilft sie lieber Mr Fitz.

Nickend signalisiere ich mein Einverständnis und sehe mich kurz um. Da der erste Stock mit der Business

Wear jetzt endlich menschenleer ist, ziehe ich für einen Moment meine schwarze Jacke aus. Es kann nicht schaden, mich ein bisschen abzukühlen.

Unter mir ertönt wieder die Ladenglocke. Die Verschnaufpause hat doch noch gar nicht richtig angefangen.

»Mr Lazenby, welche Ehre, Sie in unserem Hause zu haben!«, höre ich Paul ehrfurchtsvoll sagen. Seine Stimme überschlägt sich fast dabei.

»Bitte, nennen Sie mich John«, antwortet eine angenehme Männerstimme und verrät, dass dem Mann die Aufmerksamkeit zu viel ist.

Ich wende mich wieder den Kleidungsstücken zu, weil mir der Name nichts sagt und Paul den Kunden bedient.

Meine Kollegen üben sich meisterlich darin, der Kundschaft mit dickem Geldbeutel Honig ums Maul zu schmieren. Nicht, dass sie es nicht beherrschen, aber ich hasse das und fühle mich unwohl dabei.

Mir entgeht nicht, dass Paul es mindestens einmal pro Satz schafft, den Vornamen des Kunden auszusprechen. Als ob dieser nicht wüsste, wie er heißt.

Mich nervt das, wenn ich selbst in einem Geschäft einkaufe. Nur, weil man dort bekannt ist, muss man sich bei jedem Besuch mindestens fünfmal seinen Namen anhören.

»Darf es ein bisschen mehr sein, Miss Chapman? Auf Wiedersehen, Miss Chapman. Schönes Wochenende, Miss Chapman«, raune ich, während ich ein Hemd glattstreiche und zurück auf den Bügel hänge.

Wie Paul sich ereifert, muss es sich um eine Persönlichkeit handeln, die den V.I.P.-Status verdient hat. Mir sagt der Name immer noch nichts, obwohl es in meinem Hinterkopf verdächtig kribbelt. Allerdings komme ich nicht drauf. Mir fällt nur ein, dass es einen James-Bond-Darsteller gibt, der Lazenby heißt. Verträumt lächle ich vor mich hin, während ich ein Sakko zurück auf die Kleiderstange hänge.

»Das wäre dann im ersten Stock, Mr Lazenby … John.«

O Shit! Jeden Moment bekomme ich Besuch von dem Kunden mit der angenehmen Stimme. Hastig sehe ich mich nach meiner Jacke um.

Ich habe sie über die Tür einer Umkleidekabine gelegt. Wenn ich mich beeile, kann ich es bis zu meiner Jacke schaffen, bevor der Kunde bei mir ist.

Doch ich sehe im Augenwinkel bereits, wie ein Mann dynamisch die Treppe heraufkommt, während er mehrere Stufen auf einmal nimmt.

Jetzt aber schnell! Mr Fitz will nicht, dass wir ohne Jacke vor den Kunden stehen, und ich möchte es ebenso wenig. Da der Stoff meiner Bluse hauchzart ist, befürchte ich, dass mein BH darunter zu sehen ist.

»Ich bin sofort für Sie da«, sage ich, ohne den Mann anzusehen.

Schnell ziehe ich die Anzugjacke von der Tür und halte sie mir vor den Körper, während ich dem Mann den Rücken zudrehe.

Super! Wahrscheinlich sieht er jetzt meinen BH von hinten durch die Bluse schimmern.

Hastig drehe ich mich um, laufe rot an und traue mich nicht mehr, mich zu bewegen.

Zielstrebig kommt der Mann auf mich zu.

Mein Blick fällt auf seine eleganten Schuhe. Sie laufen spitz zu und glänzen perfekt. Das gefällt mir außerordentlich. Langsam wandert mein Augenmerk über dunkelblaue Hosen zu dem dazu passenden Jackett. Alles sitzt wie angegossen.

Wahrscheinlich lasse ich mir mit der Musterung zu viel Zeit, aber ich bin schließlich vom Fach. Routiniert beurteile ich die Kunden immer von den Schuhen an aufwärts.

Der Mann wartet ab, bis sich unsere Blicke treffen. Wow!

Zwei dunkle Augen mustern mich aufgeschlossen und das ebenmäßige Gesicht sucht seinesgleichen.

Da steht tatsächlich nicht George Lazenby vor mir, sondern James Bond! Er ist etwas zu jung, um einen glaubhaften Bond abzugeben, aber sonst ist er perfekt.

Sein dunkelbraunes Haar ist füllig frisiert mit einem leichten Ansatz von Kotletten. Und dieses Gesicht – attraktiv und fast zu perfekt für einen echten Menschen. Wer hat es verdient, so smart auszusehen?

»Arbeiten Sie hier oder haben Sie schon etwas für sich gefunden?«, fragt er mit frechem Lächeln.

Sein charmantes Schmunzeln setzt seinem Aussehen die Krone auf. Es fällt mir schwer, ihn nicht hemmungslos anzustarren. Der Mann hat etwas Magisches an sich, etwas Verbotenes.

Dieser Kerl ist eine lebendig gewordene griechische Statue, die es einem schwer macht, nicht begeistert zu sein, was ihm offenbar bewusst ist.

Er ist vielleicht erst Ende zwanzig und seine Stimme klingt wie Samt.

»Ich …«, stammle ich. »Ich ziehe mir nur schnell meine Jacke über.«

John

Neben dem Verkäufer vom Erdgeschoss scheint auch diese Verkäuferin hier von meiner Anwesenheit schwer beeindruckt zu sein. Nicht, dass ich das nicht gewohnt wäre, aber es wäre mir lieber, sie würde sich wohlfühlen und könnte sich mir gegenüber normal verhalten.

Mein Versuch, sie darin zu unterstützen, ist grandios in die Hose gegangen. Mit meinem Scherz kann sie augenscheinlich wenig anfangen. Im Gegenteil, er verunsichert sie nur noch mehr, was ich bedauerlich finde. Trotzdem ist sie irgendwie süß, so beschämt und schüchtern, wie sie sich gerade verhält.

Normalerweise habe ich es mir zur Aufgabe gemacht, einen großen Bogen um Menschen zu machen, die sich in meiner Gegenwart vor Aufregung förmlich überschlagen.

So weit ist es bei der hübschen Blondine im Augenblick noch nicht. Vielleicht bekommen wir noch die Kurve. Das würde ich mir wirklich wünschen, nicht nur, weil diese junge Frau außergewöhnlich attraktiv ist.

Ihr Gesicht hat etwas Faszinierendes und Unschuldiges zugleich an sich. Dabei kann ich gar nicht sagen, woran es genau liegt. Vielleicht liegt es an ihren blauen Augen. Ich kann mich nicht erinnern, jemals so helle Iris gesehen zu haben, in die ich ewig versinken könnte.

Leider wird mir der Blick auf die Schönheit ihres Gesichtes verwehrt, weil sie sich mechanisch zu der Umkleidekabine umdreht.

Es sieht ganz danach aus, als wolle sie darin verschwinden, um sich ihre Jacke anzuziehen.

Ohne groß darüber nachzudenken, trete ich zu ihr, als mir ein kleines Detail hinten an ihrer Bluse auffällt.

Normalerweise mache ich so etwas nicht, aber es ist, als hätte sie durch das Abwenden ihres Gesichts bereits eine Art Entzugserscheinung in mir ausgelöst.

Als ich neben ihr stehe, spüre ich ihre Körperwärme. Mein Atem streift ihren Nacken und ich kann ihre Reaktion darauf erkennen. Die feinen Härchen auf ihrem Hals stellen sich auf.

Zaghaft lenke ich meine Hand in ihre Richtung und zupfe mit Bedacht an dem dünnen Stoff des Etiketts an ihrer Bluse. Sie ist wie erstarrt, aber ich kann den Puls an ihrem Hals sehen.

»Sie sollten Ihre Bluse richtig herum anziehen«, flüstere ich sanft.

Ihr Erschaudern raubt mir den Atem.

Zoe

Die Stimme dieses Kunden löst mit gekonntem Zungenschlag Dinge in mir aus, die jetzt und hier völlig unpassend sind.

O Gott! Hastig verschwinde ich in der Umkleidekabine, und als ich mich mit wild klopfendem Herzen im Spiegel ansehe, werden alle meine Befürchtungen wahr. Nicht nur, dass ich die Bluse verkehrt herum an-habe, sodass hinten das Etikett zu sehen ist, auch mein Spitzenbüstenhalter leuchtet wie ein Hinweisschild durch den dünnen Stoff.

Shit! Mein Gesicht hat die Farbe meiner Bluse an-genommen. Schweinchenrosa.

Rasch drehe ich mich um, und natürlich bestätigt sich, dass auch von hinten alles zu erkennen ist. Es ist mir ein Rätsel, wie es mir passieren konnte, das Teil verkehrt herum anzuziehen. Die Knöpfe der Bluse ver-schwinden unsichtbar auf der Innenseite. Das hätte mir auffallen müssen, obwohl ich verschlafen habe.

Flugs schlüpfe ich aus dem Oberteil, wende es und ziehe es wieder an. Als ich in meine Jacke schlüpfe und diese vor dem Körper schließe, höre ich Carries High Heels auf der Treppe aus dem zweiten Stock.

Klong! Klong! Klong!

Wenn sich Carrie in ihren hohen Schuhen auf den Stufen bewegt, dann erzeugt die Konstruktion aus Glas und Metall einen ganz eigenen Klang.

»Mr Lazenby! Guten Tag«, säuselt sie und ich kann ihr die Begeisterung anhören. Kennt ihn wirklich jeder?

»John, bitte.«

Ich beeile mich, aus der Umkleidekabine zu kom-men, als Carrie mich bereits mit einer Miene ansieht, die mich als geisteskrank abstempelt.

Natürlich. Normalerweise halten *wir* uns nicht in den Umkleidekabinen auf.

Als dieser Lazenby uns kurz den Rücken zuwendet, weil er seinen Blick über die Kleidungsstücke wandern lässt, macht Carrie eine Handbewegung vor ihrem Gesicht und schüttelt den Kopf. Es ist an der Zeit, mich zu verdrücken.

Carrie nähert sich Mr Lazenby. »Sind Sie auf der Suche nach etwas Bestimmtem?«

Ich gehe zur Treppe. Stellt sich für mich nur noch die Frage: Flucht nach oben oder unten? Da Paul sicher noch immer wegen des Kunden aus dem Häuschen ist, entschließe ich mich, zu meinem Chef ins Obergeschoss zu gehen.

Meine Hand berührt bereits den polierten Lauf des Treppengeländers.

»Vielen Dank, aber Ihre Kollegin war bereits so nett und hat sich meiner angenommen«, sagt dieser Mr Lazenby zu Carrie.

Mir bleibt fast das Herz stehen.

John

Die wundervollen Augen der jungen Frau fallen nach meiner Ansage für einen Augenblick zu. Sie erstarrt vollkommen.

Mir ist nicht daran gelegen, dass sie sich in meiner Gegenwart unwohl fühlt, aber von allen Mitarbeitern hier in dem Laden ist sie noch der kleinste Speichellecker.

Außerdem möchte ich gerne die Gelegenheit nutzen, noch einmal in ihre faszinierenden Augen zu sehen.

Als sie sich uns wieder zuwendet, sind ihre Wangen stark gerötet.

Ihre Kollegin starrt mich perplex an.

Mit einem wohlwollenden Lächeln versuche ich, meiner Wunschmitarbeiterin die Anspannung zu nehmen. Leider tapst sie trotzdem unsicher auf mich zu und meidet den Blickkontakt. Dabei travestiert sie wie ein Pferd, das Angst vor mir hat und im größtmöglichen Abstand an mir vorbeimarschieren will.

»Ich gehe dann Paul eine Weile zur Hand«, sagt ihre Kollegin. Ihr Gesicht zeigt ebenfalls eine plötzliche Röte.

Mir fällt auf, dass ich sie eventuell durch mein Eingreifen in den üblichen Arbeitsablauf vor den Kopf gestoßen habe, und ich bedanke mich für ihre Beratung.

Geduldig warte ich, bis sie verschwunden ist.

»Ich hoffe, ich habe Ihnen keine Unannehmlichkeiten bereitet?«, erkundige ich mich bei der blauäugigen Schönheit und hoffe, dass sie mich nun endlich ansieht.

Seit wann sehne ich mich danach, von einer Frau mit uneingeschränkter Aufmerksamkeit bedacht zu werden?

Schüchtern hebt sie ihren Kopf und unsere Blicke treffen sich.

Verdammt, sie ist wirklich hübsch! Obwohl ich das bereits registriert habe, als ich ihr das erste Mal ins Gesicht sah, bin ich erneut davon überrascht. Sie ist tatsächlich außergewöhnlich. Was für Augen!

Schweigend starren wir uns einen Moment lang an und ich versinke in diesem Blau.

Zoe

Leider fühle ich mich unfähig, auf seine letzte Frage zu reagieren. Was wollte er wissen?

Egal. Die Art, wie sich seine Lippen beim Sprechen bewegen, hat auf jeden Fall etwas Verbotenes an sich. Auf mich wirkt sie spöttisch und erotisierend zugleich.

Dass ein Mann wie er mich einmal so ansehen würde, hätte ich nicht für möglich gehalten. Auch wenn er ein Kunde ist, sollte er nicht so verführerisch lächeln.

Jetzt ist es höchste Zeit, mich auf sicheres Terrain zu begeben, um ihn fachmännisch zu beraten. Die Routine wird mir helfen, mich von diesem attraktiven Herrn nicht länger verunsichern zu lassen.

»Suchen Sie einen neuen Anzug?«, frage ich ihn schließlich, meine Stimme klingt noch immer wie hypnotisiert.

Er nickt, ohne mich aus den Augen zu lassen. Seine weichen Gesichtszüge betonen das Strahlen seiner Augen.

O Mann! Wenn ich dich nicht haben kann, dann wäre ich wenigstens gerne deine beste Freundin, schießt es mir durch den Kopf.

Plötzlich erscheint Mr Fitz auf der Treppe und wirft uns einen Blick zu.

»Das ist ja eine Überraschung. John Lazenby!«

O nein! Noch ein Fan!

Sichtlich erfreut stürmt Mr Fitz auf den Kunden zu. »Ich kann mich noch an die Zeit erinnern, als Ihr Vater hier eingekauft hat.«

Mr Fitz hat eine Art der Fortbewegung, die ich faszinierend finde. Obwohl er die Beine und Füße wie jeder Sterbliche beim Laufen bewegt, sieht es aus, als schwebe er durch den Raum. Ich weiß nicht, warum sein Körper nicht wippt.

Schweigend beobachte ich, wie die beiden sich die Hände schütteln, nachdem Mr Fitz den Kunden erreicht hat. Mein Chef ist lebhaft wie nie zuvor, aber Mr Lazenby bewahrt sich eine gefasste Eleganz.

»Miss Chapman, könnten Sie oben aufräumen, bitte«, sagt Mr Fitz und wedelt mit einer Hand in meine Richtung.

Wenigstens klatscht er nicht vor der Kundschaft. Das Wedeln genügt als Zeichen, den Schauplatz zu verlassen.

Mir ist auf einmal übel. Mr Fitz kennt die Familie dieses Mannes? Was mache ich, wenn er die Angelegenheit mit meiner falsch herum getragenen Bluse oder die Geschichte mit der Jacke erzählt?

Vorsichtig schiele ich in die Richtung des Kunden, während ich so leise wie möglich die Stufen in den zweiten Stock hinaufsteige.

Augenscheinlich ist er völlig auf die kleine Ansprache von Mr Fitz konzentriert, aber ich registriere trotzdem, dass seine Pupillen einmal kurz in meine Richtung huschen. Zu meiner Überraschung lächelt er, und als er meinen Blick sieht, zwinkert er mir kurz zu, als seien wir Verbündete.

Die Geste ist so vertraut, dass ich gar nicht anders kann, als erfreut zu grinsen. Dabei ignoriere ich die prickelnde Aufregung in mir. Damit das nicht ausufert, beiße ich mir sofort auf die Unterlippe. Dennoch kribbelt es verboten heftig in mir, und ich kann nicht leugnen, dass ich mich diebisch über seine neckische Geste freue.

Während ich mich beherrsche, kein Kichern über meine Lippen kommen zu lassen, hält Mr Fitz einen der Vorträge über sein Lieblingslabel und bemerkt zum Glück nichts von dem Blickkontakt.

Mein Herz klopft wie verrückt und erhitzt mich bis in die Zehenspitzen. Mein Körper fühlt sich wie elektrisiert an.

Ertappt wende ich mich ab und freue mich, dass mein Kopf bereits aus dem Sichtfeld des ersten Stockes verschwunden ist.

Das Glühen meiner Wangen signalisiert mir nämlich, dass ich puterrot bin. Niemals hat mich ein Kunde so aus der Fassung gebracht. Aber das mag daran liegen, dass noch nie James Bond hier eingekauft hat.

John

Wirklich schade, dass Mr Fitz die Beratung durch die junge Frau unterbrochen hat. So unverfroren wollte ich dann doch nicht sein und ihn bitten, mich weiterhin in den Händen seiner Angestellten zu lassen. – Sie heißt also Chapman und ist eine Miss, keine Mrs.

»Wie geht es Ihrer Mutter, Mr Lazenby?«, fragt mich Mr Fitz.

»John, bitte.« Seit ich das Geschäft betreten habe, muss ich das nun schon zum wiederholten Male von mir geben. Lazenby ist ein Name in New York und Umgebung, der schwer auf mir lastet. Das Erbe, zu dieser Familie zu gehören und der Sohn meines Vaters zu sein, ist kein leichtes.

Natürlich bin ich nicht Vater, der in meinem Alter bereits auf eine glanzvolle Karriere zurückblicken konnte. Seine Erfolge im Studium und in der Politik kann und will ich nicht übertrumpfen. Will ich ein Buch schreiben? Nein. Möchte ich mein Vater sein? Nein. Er wurde umgebracht. Ich lebe.

»Entschuldigen Sie, John. Wie geht es Ihrer werten Mutter?«

Unglücklicherweise ist sie schwer krank, aber das werde ich nicht nur aus Respekt vor meiner Mutter hier nicht breittreten. Es gibt ihr privates Selbst und die öffentliche Person, ebenso wie bei mir. Ich werde ihre Privatsphäre schützen, so wie meine Freunde und Familie die meine bewachen.

»Gut. Vielen Dank. Ich werde sie treffen, sobald ich zurück in New York bin.«

»Dann grüßen Sie sie bitte von mir! Ich hatte das große Vergnügen, sie persönlich kennenzulernen. Eine großartige Frau, Ihre Mutter.«

»Danke. Das werde ich gerne tun und ihr ebenso das Kompliment weiterreichen.« Lächelnd bemerke ich, dass ich in meiner offiziellen Rolle aufgehe. Das liegt mir und ich konnte das schon immer, was sich bestimmt darin begründet, dass ich von klein auf in der Öffentlichkeit stand.

Mr Fitz lächelt erfreut. Es scheint ihm ein großes Vergnügen zu sein, gegenüber meiner Mutter erwähnt zu werden. Sicher wird sie sich an ihn erinnern, so wie sie sich an jeden Menschen erinnert, selbst wenn sie ihn nur kurz getroffen hat.

»Dann zeige ich Ihnen nun eine Auswahl an Anzügen, wenn Sie gestatten.«

Erleichtert nickend stelle ich fest, dass der familiäre Teil der Unterhaltung vorbei ist.

Zoe

Planlos sichte ich die zweite Etage auf der Suche nach Arbeit. Für die Gala-Abteilung habe ich schon immer geschwärmt. Hier habe ich viele Dinge erfahren, die mir ewig ein Rätsel aufgaben, wenn ich Fotos von Prominenten gesehen habe. Wie zum Beispiel dieses breite Bauchband, das man zum Smoking trägt. Das Ding heißt Kummerbund und beim Abendanzug darf der Hosenbund nie zu sehen sein.

Obwohl alles perfekt sortiert ist, ordne ich unsere Sammlung der Bauchbänder und streife sie sorgfältig flach.

Als alles perfekt arrangiert ist, nehme ich mich der Westen an und überprüfe, ob sie geschlossen sind. Mr Fitz besteht darauf, dass überall Ordnung herrscht.

Obwohl ich mich redlich bemühe, mich mit meiner Tätigkeit von dem gut aussehenden Mr Lazenby abzulenken, halte ich stets die Ohren gespitzt, um wenigstens seine smarte Stimme hören zu können.

Wahrscheinlich findet er immer Zuhörer, ganz gleich, was er von sich gibt. Gewiss ist er ein talentierter Redner, der die Aufmerksamkeit eines ganzen Saales auf sich lenken kann.

Leider ist es Mr Fitz, der fortwährend redet. Ich

rechne nicht mehr damit, Mr Lazenby noch einmal zu Gesicht zu bekommen, aber einen Augenblick später erscheint mein Chef atemlos in der zweiten Etage. Mit seinen kurzen Beinen macht ihm die Treppe immer zu schaffen.

»Ich muss leider telefonieren. Das hatte ich völlig vergessen. Gehen Sie bitte zurück und beraten Sie Mr Lazenby«, bittet er mich und schnappt nach Luft.

Sichtlich gestresst eilt er in sein Büro. An seiner zerknirschten Miene wird deutlich, wie unangenehm es ihm ist, einen Kunden wie Mr Lazenby verlassen zu müssen. Das Telefonat muss extrem wichtig sein.

Kaum ist er verschwunden, wallt das prickelnde Gefühl von vorhin erneut in mir auf. Dabei hatte ich mich doch gerade wieder einigermaßen unter Kontrolle.

Mir bleibt heute nichts erspart. Es ist ja nicht so, dass ich mich ungern mit dem charmanten Mann abgebe, aber meine Befangenheit in der Gegenwart dieses Kunden ist mir peinlich. Wo zur Hölle ist Carrie?

Ich lasse alles stehen und liegen und begebe mich zurück in den ersten Stock.

Ich nehme Stufe um Stufe und versuche mit eingezogenem Kopf zu erspähen, wo der Kunde ist.

John

Nachdem Mr Fitz mich völlig überstürzt verlassen hat, brenne ich vor Neugier, wen er als Vertretung schickt. Hoffentlich komme ich erneut in den Genuss, von der blauäugigen Schönheit betreut zu werden.

Obwohl es Mr Fitz sichtlich unangenehm war, mich stehen zu lassen, brauche ich mit Sicherheit keinen Babysitter, während ich mich in der Umkleidekabine umziehe. Ich bin froh darüber, mich in Ruhe umkleiden zu können.

Lächelnd denke ich an den Gesichtsausdruck von Mr Fritz, als ihm mitten im Gespräch einfiel, dass er etwas Wichtiges vergessen habe.

Fertig angezogen verlasse ich die Umkleidekabine, als Miss Chapman auf der Treppe erscheint. Wunderbar, da ist sie ja wieder! Lächelnd suche ich ihren Blick und halte dann inne.

Warum runzelt sie so verwundert die Stirn, als sie mich mustert?

»Haben Sie nichts Passendes gefunden?« Während sie das erstaunt fragt, nähert sie sich mir.

Irritiert sehe ich an mir hinunter, ob der Anzug, den ich anhabe, wirklich so aussieht wie der, in dem ich hergekommen bin. Tja, was soll ich sagen? Eine gewisse Ähnlichkeit ist nicht zu leugnen.

Ertappt hebe ich den Kopf.

Diese Frau hat einfach wunderschöne Augen! Wie das Hellblau des Himmels an einem perfekten Sommertag. Während sie mich mustert, habe ich das Gefühl, sie sähe direkt in mich hinein bis auf den Grund meiner Seele.

Leider fällt ihr Blick plötzlich hinter mich in die Umkleidekabine, und ich brauche mich nicht umzudrehen, da ich weiß, dass dort der blaue Anzug hängt, mit dem ich hergekommen bin. Es tut mir fast ein bisschen leid zu sehen, wie sie errötet.

»Oh, tut mir leid … ich dachte …« Mehr scheint sie nicht herauszubringen, und ich kann in ihrem Gesicht lesen, wie sehr sie unter diesem Missverständnis leidet.

Ihre Schüchternheit gefällt mir. Sehr sogar. Niemals habe ich mich so sehr zu einer Frau hingezogen gefühlt.

Lächelnd zucke ich mit den Schultern. Allmählich glaube ich, dass ihre Schüchternheit nicht nur damit zu tun hat, dass ich John Lazenby bin. Sie scheint mir insgesamt eine zurückhaltende Person zu sein, der vieles peinlich ist.

Da sie immer noch wie versteinert vor mir steht, lache ich befreit auf.

Meinetwegen soll sie sich nicht unwohl fühlen. Ich knöpfe die Anzugjacke zu, um mich in dem Outfit in einem der Standspiegel zu begutachten.

Während ich mich vor dem Spiegel postiere, kann ich die mahnenden Worte eines meiner besten Freunde hören. Es ist eine meiner Schwächen, dass ich mich gerne in Spiegeln ansehe, und natürlich habe ich die Spiegel hier in der Etage alle bereits lokalisiert. Eine Macke, die meine Freunde längst erkannt haben. Doch Miss Chapman wird es normal finden, wenn ich mich im Spiegel betrachte. Schließlich muss ich doch mein Outfit checken.

Zoe

Sein gelöstes Lachen hört sich sympathisch an und wirkt ansteckend. Für eine Sekunde kann ich erahnen, dass hinter dem eleganten Geschäftsmann ein junger Kerl steckt, mit dem man wunderbar scherzen kann. Er wird nicht ständig aalglatt und seriös auftreten. Vielleicht ist er ein ganz normaler junger Mann, der mit seinen Freunden auch mal blödelt.

Meine Nervosität ist für einen Moment vergessen, aber ich lächle trotzdem nur zaghaft.

»Sie brauchen sich wirklich nicht zu entschuldigen. Meine Freundin zieht mich die ganze Zeit auf, weil ich mit Vorliebe dunkelblaue Anzüge trage«, erklärt er amüsiert.

Ungewollt erstarre ich und mein Lächeln gefriert zu Eis. Seine Freundin?

Enttäuschung macht sich in mir breit. Dabei brauche ich mir nichts vorzumachen. Auch wenn er mir verschwörerisch zugezwinkert hat, heißt das noch lange nichts.

Natürlich ist er kein Single. Wie konnte ich davon ausgehen? Warum mache ich mir überhaupt Gedanken über den Beziehungsstatus eines Kunden?

Peinlich berührt starre ich vor mich hin, während Mr Lazenby sich seinem Spiegelbild widmet. Meine Gesichtsfarbe muss inzwischen einer Tomate gleichen und sich deutlich vom roséfarbenen Touch meiner Bluse abheben. Natürlich wage ich nicht einmal einen kurzen Blick in den Spiegel, der diese Vermutung gewiss mehr als bestätigen würde, dass mein rotes Gesicht zu meinen hellblonden, langen Haaren äußerst vorteilhaft aussieht – Spaghetti mit Tomatensoße.

Heute ist echt nicht mein Tag.

Automatisch verschränke ich beschützend die Arme, obwohl Mr Fitz das nicht gerne sieht.

»Diese Körperhaltung drückt Distanz aus«, sagt er immer.

Jetzt benötige ich allerdings höfliche Reserviertheit.

Was soll das denn? So verhalte ich mich doch normalerweise nicht. Noch nie habe ich mich so zu einem Kunden hingezogen gefühlt. Allerdings muss ich schon erwähnen, dass noch nie ein Kaliber wie er bei uns erschienen ist. Natürlich haben wir immer mal wieder prominente und auch gut aussehende Herren hier, aber er … Er ist unbeschreiblich!

In einem Film hat der Hauptdarsteller einmal gesagt: »Es gibt schlechte Tage und es gibt besonders schlechte Tage.«

Heute muss einer dieser besonders schlechten Tage sein.

Mein ausgefallener Wecker könnte als Wink mit dem Zaunpfahl betrachtet werden. Es ist, als wollte er mir sagen: »Geh nicht in die Arbeit! Du wirst dich heute mehrmals zum Affen machen, und das ausgerechnet wegen eines Mannes, in den du dich Hals über Kopf verlieben könntest.«

Jemand räuspert sich und mein Herz setzt für einen Schlag aus.

Mit schief gelegtem Kopf lächelt Mr Lazenby mich an und zieht die Augenbrauen hoch. Wann hat er aufgehört, sein Outfit zu mustern, und sich stattdessen auf mich konzentriert?

Was mache ich hier? Ich sollte meinen Job erledigen. Ich atme durch und straffe die Schultern.

John

Wo auch immer die süße Miss Chapman mit ihren Gedanken eben war: Es war sehr weit weg.

Während ich weiterhin vergnügt schmunzle, weicht sie meinem Blick aus, als könne sie meinen Anblick nicht ertragen.

Schade! Zu gerne hätte ich mich erneut in den Tiefen ihrer himmelblauen Augen verloren.

»Sie mögen also Dunkelblau. Aber der Anzug, den Sie momentan tragen, ist nahezu identisch mit dem Modell, das Sie heute tragen. Wie wäre es mit etwas Dunkelblauem, aber …«

Aufmerksam schlendert sie an den Kleiderstangen vorbei und zieht einen Anzug heraus. Obwohl sie sichtlich um Haltung bemüht ist, wirken ihre Bewegungen fahrig.

»Mit Nadelstreifen? Ich könnte mir vorstellen, dass Ihnen das hervorragend stehen würde.«

»Gute Idee.« Darauf wäre ich nicht gekommen, aber sie hat recht. Das wäre zumindest mal etwas anderes.

Interessiert beobachte ich, wie Miss Chapman in einem übertriebenen großen Bogen um mich herum marschiert, als müsse sie einen Sicherheitsabstand wahren. Das ist mir auch noch nicht passiert. Die meisten Leute, denen ich aufgrund meiner Stellung auffalle, haben zwar auch ein Nähe- und Distanzproblem, aber das drückt sich eher durch zu viel Nähe aus. Was soll ich nur von dieser Frau halten?

Miss Chapman hängt mir den Anzug in die Umkleidekabine.

Ich nutze die Gelegenheit, um zu testen, ob sie mit Absicht so viel Distanz zu mir hält oder ob es ihr alltägliches Vorgehen ist.

Blitzschnell nähere ich mich, noch bevor sie die Umkleidekabine vollständig verlassen hat, um mich an ihr vorbeizuschieben. Dabei gebe ich vor, ich würde mich für das Etikett an dem Anzug interessieren.

Überrascht hält sie den Atem an und erstarrt.

»Die richtige Größe. Respekt«, erwähne ich betont locker, als hätte ich ihre Befangenheit nicht bemerkt.

Sie löst sich aus ihrer Erstarrung und entfernt sich sofort von der Umkleidekabine.

Hat sie gerade den Kopf geschüttelt?

Zoe

Was ist denn nur los? Seit wann lasse ich mich durch den Duft eines gewöhnlichen Aftershaves aus der Fassung bringen?

Die respektvollen Worte des Kunden erreichen mich schließlich. Das Kompliment kommt an und lässt mich schüchtern lächeln. Endlich schaffe ich es, mich von der Umkleidekabine zu entfernen, damit er genug Privatsphäre hat.

Weil ich ihn aber immer noch angrinse und kaum meinen Blick von ihm lösen kann, stoße ich mit dem Hinterkopf an die Ecke eines Wandregals hinter mir.

Autsch! Der stechende Schmerz holt mich auf gemeine Weise in die Realität zurück. Instinktiv fasse ich an die Stelle und hoffe, dass keine Beule entsteht.

Ich bin mir fast sicher, dass Mr Lazenby mein neues Missgeschick noch gesehen hat, bevor die Tür der Umkleide zufiel.

Eine Minute später reicht er mir den anprobierten Anzug über die Kabinentür.

Automatisch greife ich danach und ich räume ihn auf. Mein Hinterkopf pulsiert unangenehm. Es wird Zeit, mich auf die Arbeit zu konzentrieren.

Was könnte ich dem Kunden noch vorschlagen? Während ich die Reihen der Anzüge durchgehe, werde ich ruhiger. Endlich.

Als Mr Lazenby aus der Umkleide tritt, kann ich meine Begeisterung kaum zügeln. Sein Anblick versetzt mich ungewollt in einen Zustand grenzenloser Aufregung.

Es gibt wenige Menschen, bei denen es egal ist, was sie tragen, weil sie immer fantastisch aussehen. Mr Lazenby gehört auf jeden Fall zu dieser Sorte Mann.

Er fragt nicht, ob ihm der Anzug steht, und ich sage auch nichts dazu. Erstens denke ich mir, dass er selbst am besten weiß, wie perfekt er ihm passt, und zweitens gehört er wahrscheinlich nicht zu der Sorte Mann, die Bestätigung brauchen.

Außerdem kann ich im Moment nicht mit Sicherheit sagen, ob meine Stimmbänder einwandfrei funktionieren. Lieber die Klappe halten!

Zufrieden kehrt Mr Lazenby in die Kabine zurück. Die Tür schwingt zu und ich höre, wie er die Anzugjacke über die Arme abstreift.

Das Jackett und das Hemd wandern über die Kabinentür zu mir, und ich räume vorsichtshalber nicht auf, da ich davon ausgehe, dass er den Anzug kaufen wird.

John

Übertrieben langsam ziehe ich mich um. Mir fällt nichts ein, was ich noch kaufen müsste, sodass es für meinen Aufenthalt hier in Kürze keinen Grund mehr geben wird.

Schade, ich hätte gern noch länger die Gegenwart der süßen Miss Chapman genossen. Vielleicht könnte ich mehr über sie erfahren? Ich würde sie gern näher kennenlernen.

Aber wie es aussieht, bekomme ich nicht die Chance, ihr zu zeigen, wie ich wirklich bin. Bestimmt sieht sie in mir nur einen Spross der Lazenbys, der zwar charismatisch, aber förmlich ist. Selbst wenn sie nur wenig über meine Familie weiß, hat sie höchstwahrscheinlich nicht das beste Bild von mir. Die Männer meiner Familie sind als Herzensbrecher und Fremdgeher verschrien.

Trotzdem würde ich ihr gerne mein privates Ich zeigen. Normalerweise habe ich dieses Bedürfnis nicht – schon gar nicht, wenn jemand mir gegenüber so befangen ist.

Was ist also anders an ihr? Ist es wirklich nur der faszinierende Blick aus ihren Augen?

Ich schüttele die Gedanken ab. Schließlich muss ich demnächst Hannah mit ihren Einkäufen abholen und die Rede für die Eröffnung der Bibliothek wollte ich auch noch durchgehen. Zeit für den privaten John gibt es erst heute Abend wieder.

Warum bekomme ich diese verflixte Anzughose nicht auf? Das gibt es doch nicht! Wie lange ich nun schon an dem Verschluss herumfummle und den Haken nicht aufbekomme, kann ich gar nicht sagen.

Was gibt das jetzt für ein Bild ab? Ich bin zu ungeschickt, mir die Hose zu öffnen!

Ich zerre an dem Reißverschluss.

Es hilft nichts. Es bleibt mir nichts anderes übrig, als um Hilfe zu bitten. Mit Sicherheit wird Miss Chapman begeistert sein.

»Könnten Sie mir bitte helfen?«

Zoe

Wie ein Stromschlag jagt mir ein Kribbeln in die Magengrube. Mein Herzschlag beschleunigt sich.

»Da hat sich etwas verhakt«, fügt Mr Lazenby hinzu, was meine Aufregung nur noch mehr entfacht.

»Natürlich«, sage ich sachlich, jedenfalls versuche ich das, denn mir ist klar, dass es sich um die Hose handeln muss, mit der er Probleme hat.

Holy Shit!

Langsam öffnet er die Tür der Kabine ein Stück und ich zwänge mich zu ihm hinein. Mein Blick fällt ungewollt auf den nackten Arm, mit dem er mir die Tür aufhält. Der sieht genau so aus, wie ich mir einen perfekten Männerarm vorstelle: leicht trainiert mit definierten Muskeln, männlich, ohne übertrieben aufgepumpt zu wirken.

Zum Glück trägt Mr Lazenby ein Unterhemd, aber

seine Schultern und der Oberkörper, den ich im Ansatz sehen kann, reichen aus, um mir jeden vernünftigen Gedanken zu vernebeln. Der Duft seiner Haut gibt mir den Rest.

Instinktiv atme ich einmal tief ein, um mich in den Griff zu bekommen und die Lage zu erfassen, erreiche damit aber nur das Gegenteil, weil ich dadurch diesen verführerischen Duft nur noch intensiver wahrnehme.

Mr Lazenbys Mimik und der verzweifelte Blick zeigen mir, wie unangenehm es ihm ist, dass er Probleme mit dem Hosenverschluss hat. Mir pulsiert das Blut im Schädel, es rauscht in meinen Ohren.

Mr Lazenby dreht sich mir zu, und ich sinke vor ihm in die Hocke, was mir nicht schwerfällt, da sich meine Beine sowieso wie Pudding anfühlen.

Hilfe! Was zur Hölle mache ich hier?

Widerwillig fixiere ich den Hosenverschluss und zwinge meine Hände an den entsprechenden Ort. Nervös nestele ich an der Hose herum. Dabei stelle ich mich so ungeschickt an, dass ich sein Lächeln spüren kann, ohne dass ich zu ihm aufschauen muss.

Er atmet geräuschvoll aus.

»Da klemmt etwas«, wispere ich und muss mich räuspern, weil meine Stimme versagt.

Meine Hände zittern plötzlich unkontrolliert. Trotzdem nähere ich mich seinem Hosenbund noch ein Stück und versuche einen Blick auf das Problem zu erhaschen.

Ein loser Stofffaden ist in den Reißverschluss geraten. Es ist ein Wunder, dass ich das überhaupt sehe, weil ich vom Anblick der Bauchmuskulatur abgelenkt bin, die unter dem Unterhemd deutlich zu erkennen ist.

Ich versuche auszublenden, dass ich nahe an dem besten Stück dieses Mannes herumfummele. Es gelingt mir schließlich, den Verschluss zu öffnen.

»So, bitte schön«, bringe ich gerade noch heraus und lasse sofort von der Hose ab.

Hektisch richte ich mich auf und finde mich viel zu nahe direkt vor seinem Gesicht wieder.

Bewegungslos mustert er mich für einen Moment und ich starre wie gelähmt in seine braunen Augen.

»Vielen Dank.«

O Gott! Wie sein Mund sich bewegt, während er das beinahe zärtlich von sich gibt! Das sanfte Lächeln, mit dem er sein Dankeschön krönt, raubt mir den Atem.

Es entgeht mir nicht, dass sein Blick auf meine Lippen fällt. Spinne ich, oder kommt er mir näher?

Ich schnappe nach Luft, lange seitlich an die Tür der Kabine und falle fast auf den Boden.

Mr Lazenby greift nach meinem Arm, um mich zu stützen, aber ich stürme aus der Enge, um mir mit den Händen frische Luft zuzufächeln.

Der Duft seiner Haut hängt mir in der Nase. Mein Herz pocht unkontrolliert, und ich habe das Gefühl, dass ich gleich kollabiere.

Carrie! Sie steht auf der Treppe und starrt mich fassungslos an.

Ich gehe zu ihr.

»Was zum Teufel hast du da drin gemacht?«, fragt sie leise und kommt auf mich zu.

»Ich … äh … der Hosenverschluss hat geklemmt«, hauche ich und wische eine Haarsträhne aus meiner Stirn, die sich feucht anfühlt.

Was zur Hölle ist da eben passiert? Wüsste ich es nicht besser, könnte man meinen, er wolle mich küssen.

»Du Glückspilz«, raunt Carrie lautlos.

»Du kannst gerne wieder übernehmen«, flüstere ich.

Es fehlt mir gerade noch, dass Mr Lazenby merkt, wie sehr er mich aus der Bahn wirft.

»Wenn er den Anzug kauft, dann hast du dir den Bonus verdient. Außerdem schließen wir gleich. Es ist fast halb eins. Ich gehe in die Mittagspause. Kommst du nach?«

Ich nicke. Zu mehr bin ich nicht in der Lage.

»Thai-Imbiss«, sagt Carrie und stöckelt elegant in Richtung Mitarbeiterraum davon, um ihre Schuhe für die Pause zu tauschen.

Da tritt Mr Lazenby aus der Umkleide. Wie ertappt drehe ich mich zu ihm um und bewundere kurz, dass er völlig entspannt aussieht, während mein Puls immer noch rast.

John

Augenscheinlich entspannt überreiche ich Miss Chapman die Anzughose und probiere ein Lächeln.

»Ich werde den Anzug nehmen«, erkläre ich betont locker und versuche, aus ihrer Mimik zu lesen, wie sie mit der Situation in der Umkleidekabine umgeht.

»Gerne.« Es fällt ihr schwer, mir in die Augen zu sehen.

Kein Wunder! Eben noch kuschelte sie mit mir in der Kabine. Das passiert ihr sicher nicht jeden Tag.

Was da in mich gefahren ist, weiß ich selbst nicht. So kenne ich mich nicht.

Wenn sie wüsste, dass ich für einen Moment den Drang hatte, sie in meine Arme zu ziehen und sie zu küssen, wie ich noch nie zuvor eine Frau geküsst habe … Glücklicherweise kam es nicht zu dieser Entgleisung und jetzt habe ich mich wieder im Griff.

Verdammt, wenn Hannah das wüsste! Ich bin kein Fremdgeher. Selbst wenn unsere Beziehung momentan nicht der Himmel auf Erden ist, würde ich das einer Frau niemals antun.

Miss Chapman kommt mir fragil vor, als sie mit dem Anzug in den Händen die Stufen bis ins Erdgeschoss bewältigt, und ich bedauere zutiefst, dass ich ihr nicht stützend meinen Arm bieten kann.

Gemächlich folge ich ihr, damit sie sich nicht gehetzt fühlt und stürzt. Trotzdem lasse ich es mir nicht nehmen, jede ihrer Bewegungen genau zu beobachten.

Normalerweise bin ich jemand, dem es schwerfällt, zu fokussieren. Diese Gabe wurde mir leider nicht in die Wiege gelegt, und ich bin immer noch dabei, meine Konzentrationsfähigkeit zu trainieren.

Jetzt bin ich allerdings völlig auf die junge Miss Chapman konzentriert.

An der Kasse angekommen, bemerke ich, dass es ihr sichtlich schwerfällt, die korrekten Preise für die Teile in das Gerät einzugeben. Mehrmals kontrolliert sie die Etiketten und ihre Eingaben.

Hemmungslos nutze ich die Gelegenheit, ihr Gesicht und vor allem die Farbe ihrer Augen noch einmal genau zu mustern. Ich möchte mir ihre besondere Schönheit einprägen.

Als Miss Chapman mir endlich den Endpreis nennt, zücke ich die Kreditkarte. Lächelnd überreiche ich sie ihr, aber sie wirkt immer noch etwas verstört.

Als sich unsere Finger bei der Übergabe der Karte kurz berühren, sieht sie mir für den Bruchteil einer Sekunde in die Augen.

Es fühlt sich an, als stünde die Welt still.

Während ich überlege, was ich Miss Chapman sagen könnte, zieht sie mir die Kreditkarte langsam aus den Fingern. Konzentriert erledigt sie alle Arbeitsgänge und kontrolliert sorgfältig meine Unterschrift auf dem Beleg, indem sie sie mit der auf der Kreditkarte vergleicht.

»Danke für Ihren Einkauf, Mr JohnLazenby.«

Das hört sich an, als lese sie für gewöhnlich die Namen von den Karten ab, um die Kunden höflich zu verabschieden. Sie ist immer noch nicht richtig wieder im Hier und Jetzt angekommen und scheint automatisch ihr Programm abzuspielen.

Sie spricht meinen Vor- und Nachnamen aus, als gehörten sie unabänderlich zusammen.

Damit hat sie irgendwie den Nagel auf den Kopf getroffen, und trotzdem rührt diese Form der Aussprache etwas in mir an, was ich nicht greifen kann.

Ich nehme meine Kreditkarte zurück, achte aber diesmal darauf, Miss Chapman nicht zu berühren.

Immer noch irritiert mich die Art, wie sie meinen Namen ausgesprochen hat. Auf diese Weise möchte ich sie nicht verlassen.

Daher suche ich gezielt den Blick in ihre Wahnsinnsaugen. Diesmal weicht sie mir nicht aus, und ich zwinge mich zu einem Lächeln, obwohl ich die Farbe ihrer Iris unfassbar finde und eigentlich niemals unverschämt lange darauf starren wollte.

Ihre Wangen erröten augenblicklich.

»Ich werde immer an diesen ereignisreichen Einkauf denken, wenn ich den Anzug trage … Miss ZoeChapman«, sage ich betont charmant und ahme dabei ihre Art nach, Vor- und Nachnamen zusammenzuziehen.

Faszinierend, wie sie bei der Erwähnung ihres vollen Namens stutzt. Ich freue mich, dass es mir gelungen ist, sie zu überraschen. Gezielt greife ich nach dem Kleidersack, in den sie den Anzug verpackt hat, und unsere Hände berühren sich erneut, wobei ihre Hand deutlich kühler ist als meine. Ihr Augenmerk huscht auf meine Hand, dann entzieht sie mir zaghaft ihre Finger.

Zoe

Das ist der Hammer!

Unfähig, angemessen zu reagieren, entkommt meiner Kehle ein unkontrollierter Ton, der hoffentlich freundlich klingt.

Mit einem umwerfend charismatischen Lächeln verabschiedet sich John Lazenby, zwinkert mir freundschaftlich zu und verlässt den Laden.

Weg ist er.

Seufzend atme ich tief ein und starre eine Weile vor mich hin, bis Mr Fitz in die Hände klatscht und mich für die Mittagspause aus dem Geschäft scheucht.

»Wahnsinn, John Lazenby in unserem Geschäft!«, begrüßt mich Carrie mit vollem Mund, als ich mich zu ihr an den Tisch im überfüllten Thai-Imbiss setze.

Toll! Gerade war ich dabei, mich wieder einigermaßen normal zu fühlen, aber allein die Erwähnung seines Namens lässt meine Knie weich werden.

Carrie schiebt mir eine weiße Verpackung zu, auf der rote Schriftzeichen sind. Vermutlich befindet sich darin mein Lieblingsgericht aus diesem Laden.

Selbst mampft sie bereits eine riesige Portion Reis mit Fleisch und Gemüse. Sie benutzt die Essstäbchen routiniert und schaufelt sich damit gigantische Mengen in den Mund.

»Du kennst ihn?«, frage ich, während ich den Deckel von meiner Mahlzeit entferne.

Der Duft von Curry und Kokosmilch steigt mir in die Nase.

»Du kennst ihn nicht?« Ein Klumpen paniertes Hühnerfleisch fällt ihr von den Stäbchen.

Ich mache mir nicht die Mühe, darauf zu antworten. Wie ich Carrie kenne, wird mir eine Erklärung sowieso nicht erspart bleiben.

Während ich in Ruhe mein Currygericht esse, redet Carrie ohne Punkt und Komma.

»Die Lazenbys sind eine der einflussreichsten Familien New Yorks. Sie mischen nicht nur fleißig im politischen Geschehen mit. Man sagt, sie haben ihre Finger in allen größeren Geschäften im In- und Ausland. Die sind nicht nur extrem reich, sondern auch richtig mächtig.«

Schulterzuckend signalisiere ich, dass ich mich noch nie großartig für Politik interessiert habe, auch wenn wir hier in Washington sind. Allerdings gebe ich zu, dass mir der Nachname Lazenby nun doch bekannt vorkommt.

»Der Vater von unserem John wurde nach einer Entführung ermordet aufgefunden. Damals war John vier Jahre alt. Das Tragische an der Geschichte ist, dass sein Vater an Johns Geburtstag entführt wurde, als er mit dem Jungen auf dem Weg zu dessen Überraschungsparty war. Es war nur ein kurzes Stück mit dem Wagen und die Security war nicht dabei. John hat die Entführung miterlebt. Er musste alles mit ansehen! Bis heute ist nicht geklärt, warum nur der Vater entführt und John verschont wurde«, führt Carrie aus.

»O Gott!«

Jetzt wird mir bewusst, dass ich diese Geschichte kenne. Sie wurde sogar verfilmt!

»Der Vater war ein bekannter Politiker in New York, oder?«, frage ich erschüttert nach.

Carrie nickt. »Er war der Senator für den Bundesstaat. Es wurde gemunkelt, dass er sich für die Präsidentschaftswahlen bewerben wollte, und es gibt auch einige Verschwörungstheorien, die davon ausgehen, dass die Entführung nur ein Ablenkungsmanöver für den eigentlich geplanten Mord war.«

Das ist tragisch. Es tut mir leid, dass Mr Lazenby

das mitmachen musste. Wer wünscht schon einem kleinen Jungen so eine grauenhafte Erfahrung?

Trotzdem ist meine Neugier noch lange nicht gestillt. »Was macht dieser John Lazenby beruflich?«

»Soweit ich weiß, hat er auch überlegt, eine politische Karriere einzuschlagen, aber letztendlich kümmert er sich nur um die Projekte der Familie. Man munkelt, dass es seiner Mutter nicht so gut ginge. Wenn stimmt, was in den Zeitungen steht, wird John für den Rest seines Lebens einen Treuhandfonds schröpfen können, der ihm jährlich eine feste Summe beschert.«

Schweigend lasse ich die Informationen sacken. Ich finde es bemerkenswert, dass nichts in der Ausstrahlung dieses Mannes auf diese prägenden Ereignisse seiner Kindheit hinweist. Als hätte er das alles hinter sich gelassen. Vielleicht kann er sich auch nur nicht mehr daran erinnern oder seine Familie hat es perfekt aufgearbeitet.

Nach dem Essen beschließen Carrie und ich, noch um den Block zu gehen, bevor wir wieder die trockene Ladenluft um uns haben. Washington erstrahlt im Sonnenlicht und das gibt dem Herbstlaub einen unglaublich schönen Touch.

Plötzlich schlägt mir Carrie so heftig auf den Oberarm, dass ich zusammenzucke. Ich will mich empört bei ihr beschweren, als sie voller Freude auf die andere Straßenseite deutet.

»Da ist er!«

Mein Herz schlägt sofort wie verrückt.

Carries Reaktion lässt mich vermuten, dass es sich

um John Lazenby handelt. Wen könnte sie sonst meinen?

Ich folge Carries Blick und entdecke tatsächlich John Lazenby auf der anderen Straßenseite.

Das Kribbeln in meinem Bauch zeigt mir deutlich, dass mein Herz so unvernünftig war, sich für einen Kunden zu erwärmen. Wie konnte das passieren? Schließlich habe ich ihn nur wenige Minuten gesehen. Dennoch kann ich meine Reaktion nicht verleugnen.

John trägt immer noch den schwarzen Kleidersack, den ich ihm in die Hand gedrückt habe, und telefoniert mit seinem Mobiltelefon.

Die beiden Fotografen, die ihn verfolgen und Fotos machen, beachtet er gar nicht. Schließlich bleibt er vor einem Damenbekleidungsgeschäft stehen und wartet. Die Fotografen verharren.

Carrie und ich sind wie erstarrt.

Wir sind nicht die Einzigen, die diesen Mann erkennen. Die Leute, die an ihm vorbeigehen, drehen sich nach ihm um. Ob sie ihn einfach nur anstarren, weil er aussieht wie ein griechischer Gott, oder ob sie ihn als Person erkannt haben, weiß ich nicht. John Lazenby hat eine magische Aura, die jedem auffällt. Doch das alles scheint ihn nicht zu interessieren. Er ignoriert seine Umwelt.

Eine dunkle Limousine hält am Straßenrand vor dem Geschäft. John Lazenby hebt kurz die Hand und grüßt den Fahrer.

In dem Augenblick tritt hinter Mr Lazenby eine schlaksige Blondine aus dem Laden. Sie ist extrem groß und dünn und stakst auf ihren High Heels vorsichtig über die Schwelle des Geschäfts. Sie ist mit unzähligen Tüten bepackt. Die übergroße Sonnenbrille zeigt nicht viel von ihrem Gesicht, aber der knallrote Lippenstift leuchtet dafür umso mehr.

John

»Hey, Süße!«, sage ich kurz an Hannah gewandt, während ich mit einem alten Freund telefoniere. Ich gebe ihr einen flüchtigen Kuss auf die Wange.

Da ich beide Hände voll habe, bin ich froh darüber, dass der Kofferraum des Wagens automatisch durch den Fahrer geöffnet werden kann.

Ich werfe den Kleidersack in den Kofferraum und wende mich Hannah wieder zu.

»Bleibt dann alles wie besprochen?«, fragt Billy am anderen Ende der Leitung.

»Ja, ich bin froh, wenn ich mich nach meiner Rede von der Eröffnungsfeier loseisen kann. Du bist die perfekte Ausrede dafür.«

»Na, danke auch! Als Ausrede für dich herzuhalten, ist mir immer ein Vergnügen.«

Obwohl Billy und ich uns einige Jahre aus den Augen verloren hatten, hat sich zwischen uns nichts geändert. Es gibt eben die Art Freundschaft, die jederzeit reaktiviert werden kann.

Es war meine Mutter, die uns wieder zusammengebracht hat. Während sie sich alte Fotos ansah, hielt sie plötzlich ein Bild von Billy und mir in den Händen und fragte mich: »Was ist eigentlich aus ihm geworden?«

Leider konnte ich ihr das nicht beantworten. Es tat mir leid, dass ich keine Ahnung hatte.

Vor ein paar Wochen habe ich dann wieder Kontakt zu Billy aufgenommen. Da er in der Nähe wohnt, kann ich meine Stippvisite in Washington mit einem Besuch bei ihm verbinden.

»Du bist doch nicht etwa sprachlos? So kenne ich dich gar nicht«, sagt Billy und ich kann das Schmunzeln hinter seinen Worten hören.

»Ich bin noch unterwegs.«

Demonstrativ raschelt Hannah mit ihren Einkaufstüten, aber ich bin so frei, sie ihr Gepäck selbst in den Kofferraum einladen zu lassen. Wer so viel einkaufen kann, der kann es auch selbst verstauen.

Tatsache ist, dass sie sich dabei extrem ungeschickt anstellt, als wolle sie mir damit zu verstehen geben, dass ich ihr gefälligst helfen soll.

»Alles klar«, sagt Billy, während ich mich demonstrativ von Hannah abwende.

»Dann bis heute Abend.« Mit Vorfreude auf den heutigen Abend beende ich das Gespräch.

Dabei bleibt mein Blick an zwei Frauen hängen, die auf der anderen Straßenseite stehen und mich anstarren. Zwischen dem lebhaften Verkehr ist es mir kaum möglich, die Damen genau zu erfassen, aber als mir die Brünette winkt und laut meinen Namen schreit, erkenne ich die Frauen aus dem Kleidungsgeschäft.

Direkt neben der Brünetten steht die geheimnisvolle Miss Chapman. Wie schön, dass ich sie so unverhofft nochmals zu Gesicht bekomme!

Automatisch schleicht sich ein Lächeln auf meine Lippen, und wäre nicht die mehrspurige Fahrbahn zwischen uns, hätte ich mich dazu hinreißen lassen, ein paar Worte mit ihr zu wechseln.

Leider verrät mir ihre Körperhaltung sofort, wie unangenehm es ihr ist, dass ihre Kollegin mir zuwinkt. Hastig zieht sie ihr den Arm runter und flüstert ihr etwas ins Ohr. Anschließend hakt sie sich entschlossen bei ihr unter und setzt sich in Bewegung.

Neugierig warte ich ab, ob sie mir doch noch einmal einen Blick zuwirft.

Tatsächlich!

In einer Lücke zwischen zwei vorbeibrausenden Fahrzeugen kann ich deutlich erkennen, wie sie verstohlen zu mir herüberlugt.

Sofort schiele ich zu den Fotografen, die aber damit beschäftigt sind, Hannahs umständliche Packaktion am Kofferraum zu beobachten. Also nutze ich die Gelegenheit und hebe meine Hand, um die Damen auf der andere Seite zu grüßen. Sogar auf die Entfernung kann ich erkennen, wie ihr die Röte ins Gesicht schießt. Sie zerrt ihre Kollegin weiter.

Breit grinsend sehe ich den beiden nach und frage mich, was passieren würde, wenn ich diese Frau, die mir eindeutig mehr als gut gefällt, unter anderen Umständen kennengelernt hätte.

»Bist du endlich so weit?«, faucht Hannah ungeduldig. »Oder starrst du neuerdings den Frauen schon in meiner Gegenwart nach?«

Seufzend atme ich aus und versuche, mich nicht

von Hannah provozieren zu lassen. Es kommt mir vor, als wäre sie ständig auf Streit aus, und wenn ich mich jetzt von ihr einfangen lasse, wird der Rest des Tages die Hölle.

Zoe

Die unverhoffte Begegnung mit John Lazenby hat mich eiskalt erwischt und meine Gefühle erneut durcheinandergewirbelt. Es ist mir so peinlich, wie Carrie sich ihm gegenüber benommen hat! Als hätte er nicht schon genug Aufmerksamkeit in der Öffentlichkeit, muss sie sich auch noch wie ein Groupie hinstellen und seinen Namen über die Straße brüllen.

Sollte er eine gute Meinung von uns gehabt haben, ist es damit jetzt vorbei.

Eigentlich könnte mir das gleichgültig sein, da ich ihn mit Sicherheit nie wiedersehen werde. Doch es gelingt mir nicht, ihn aus meinen Gedanken zu vertreiben.

Am späten Nachmittag komme ich zu Hause an. Nun ja, die Formulierung »zu Hause« ist etwas hochgegriffen. Seit ich die Stelle bei Mr Fitz innehabe, wohne ich bei meiner Schwester und ihrem Mann.

Da ich zuvor bei meinen Eltern in Moorefield, West Virginia, gelebt habe, wäre der mehrstündige Weg zur Arbeit unüberwindbar gewesen. Deshalb haben meine Schwester und mein Schwager sich bereit erklärt, mich bei sich in Woodburn aufzunehmen, das nordwestlich von Washington liegt. Eine eigene Wohnung kann ich mir im Moment noch nicht leisten, von daher ist diese Lösung für mich perfekt.

Im Gegenzug für die Bleibe in dieser ruhigen Gegend kümmere ich mich so oft wie möglich um meine zweijährige Nichte Jasmine und friste mein Dasein in einem Gästezimmer, das ich mir so wohnlich wie möglich eingerichtet habe.

Meine Schwester Mia und mein Schwager William wohnen zumindest in der Nähe des Geschäfts, aber ich bin morgens immer noch eine Stunde mit den öffentlichen Verkehrsmitteln unterwegs, um dorthin zu kommen.

»Zoe!«, kreischt Jasmine und stürmt mit ausgebreiteten Armen auf mich zu, sobald ich das Haus betreten habe.

»Hey, du kleine Maus«, begrüße ich sie und hebe sie hoch.

Mia kommt ihrer kleinen Tochter nach und nimmt sie mir ab. »Vorsicht, sie hat gerade Schokolade genascht. Sie schmiert dir alles an den Anzug.«

»Das macht meinen Tag auch nicht mehr schlimmer, als er schon ist.«

Mia ist eine drei Jahre ältere Ausgabe meiner selbst. Die Schwangerschaft hat ihrem Aussehen nicht geschadet, im Gegenteil. Obwohl sie behauptet, seither einige Kilos mehr auf den Rippen zu haben, die sich weigern, wieder zu verschwinden, macht sie eine bessere Figur als früher.

Mit Jasmine auf dem Arm marschiert Mia in die Küche und ich folge ihr.

»Mousse au chocolat?«, frage ich.

Mia nickt. »Will hat vorhin angerufen. Ein Schulfreund von ihm ist kurzfristig in der Stadt und besucht uns heute Abend zusammen mit seiner Lebensgefährtin. Ich bereite ein Essen vor. Könntest du dich in der Zwischenzeit um Jasmine kümmern?«

»Na klar.« Ich schneide eine Grimasse, die Jasmine zum Lachen bringt.

Trotzdem lässt mich meine Schwester noch nicht aus der Küche. Während sie Jasmines Gesicht mit einem Tuch von den Schokoladenresten befreit, sieht sie mich fragend an.

»Aber erst erzählst du mir, warum dein Tag so mies war.«

Mia ist meine beste Freundin, und ich berichte ihr, was heute vorgefallen ist. Vom Verschlafen, über die verdrehte Bluse, dem fast nackten Auftritt vor einem der bestaussehenden Kunden, den ich je gesehen habe, bis zu dem klemmenden Hosenbund.

Lediglich die Identität des Kunden verschweige ich ihr. Mr Fitz will nicht, dass wir über unsere Kundschaft tratschen, und meine Beschreibung, es handele sich bei dem Mann um meinen Traum-James-Bond reicht Mia vollkommen aus.

Schließlich kennt sie meinen Spleen, alle Menschen mit Prominenten oder Schauspielern zu vergleichen.

»Weißt du, ich glaube, ich habe jetzt einen Mann aus Fleisch und Blut, den ich anhimmeln kann.«

»Ach, ist die Sache mit Chris Hemsworth ausgestanden?«

Gespielt beleidigt boxe ich meiner Schwester auf den Oberarm. In diesem Fall spricht sie tatsächlich von dem echten Chris, den ich seit seiner Zeit als Marvel-Held vergöttere.

Spontan schnappe ich mir Jasmine, die sich schon wieder einen Stuhl an die Küchentheke geschoben hat, um aus dem Topf mit dem Schokoladenmousse zu naschen. Obwohl ich als Tante keine Konkurrenz für die süße Leckerei bin, beschäftigt sie sich mit den Knöpfen meiner Bluse.

»Isst du heute mit uns?«

»Mal sehen. Vielleicht, wenn ich Jasmine ins Bett gebracht habe.«

»Du bist ein Schatz.«

»Ich weiß.«

Während Jasmine mein Zimmer in Unordnung bringt, indem sie alle meine DVDs aus dem Regal räumt, schlüpfe ich in meine Casual Wear. Dabei handelt es sich um eine Schlabberleggins mit Zebramuster, ein knallenges rotes Spaghettiträgertop und eine lilafarbene Strickjacke. Dazu wähle ich dicke gelbe Wollsocken, weil ich immer so leicht kalte Füße bekomme.

Die verrückte Farbkombination gefällt sogar Jasmine, weil sie unaufhörlich kichert und auf meine Zebra-Leggins deutet.

Zu Hause trage ich gerne das farbliche Protestprogramm zu den langweiligen Vorgaben von Mr Fitz.

Ich ahme Mr Fitz nach, was Jasmine einen erfreuten Jauchzer entlockt. »Auf, auf, Miss Chapman! In diesem Outfit können Sie auf keinen Fall hier arbeiten.«

Ausgelassen spielen wir anschließend in Jasmines Kinderzimmer, bis Mia ein paar belegte Brotschnitten für die Kleine zum Abendessen bringt. Wir sehen uns eine Kindersendung im Fernsehen an, und Jasmine nascht von allen Brotscheiben den Belag, während sie die Hälfte der Brote liegen lässt.

Plötzlich huscht ein großer schwarzer Hund in den Raum. »Thor«, ruft Jasmine erfreut und öffnet ihre Arme.

Ich werde ebenfalls stürmisch von dem Tier begrüßt und lasse ihm ein paar Streicheleinheiten zukommen. Der liebe Thor kam zu seinem Namen, weil Chris Hemsworth und ich … na ja … Ich sollte eben ein bisschen damit aufgezogen werden.

William erscheint in der Tür zu Jasmines Kinderzimmer. »Guten Abend, ihr beiden.« Er öffnet die Knöpfe an seinen Hemdsärmeln, um sie anschließend hochzukrempeln.

William, dem nur ein paar Haare fehlen, um als Doppelgänger von George Clooney durchzugehen, ist von der Spazierrunde mit Thor zurück, die er immer direkt nach der Arbeit in Angriff nimmt.

William arbeitet als Vermögensberater und begrüßt seine Tochter kurz, indem er ihr einen dicken Kuss ins Haar gibt. Thor, der es nur schwer erträgt, wenn er keine Liebkosungen abbekommt, drückt seine feuchte Schnauze dazwischen.

»Ich geh dann mal duschen«, erklärt William und verschwindet.

Als ich später das Klingeln an der Haustür höre,

bin ich beinahe mit Jasmine und Thor vor dem Fernseher eingeschlafen.

John

Ich bin gespannt, wie Billy heute aussieht. Wir haben uns nun doch schon eine Weile nicht mehr gesehen und ich habe sicher nicht nur seine Hochzeit und die Geburt seiner Tochter verpasst. Die Frau seines Lebens kenne ich nicht einmal.

Die weiße Haustür schwingt auf und Billy erscheint. Er hat etwas zugelegt und auch schon ein paar Haare gelassen. Und das in seinem jungen Alter.

»Billy!«, sage ich grinsend. »Du bist fett geworden.«

Lachend fasst er sich an den Bauch, der nicht so schlimm ist, wie meine Reaktion vermuten ließe.

»Danke auch, John. Du bist …« Sprachlos mustert er mich von oben bis unten, und wie es aussieht, fällt ihm nichts ein.

»Das ist Hannah«, sage ich deshalb schnell. Erstens höre ich bereits, wie sie neben mir ungeduldig die Luft einsaugt, und zweitens möchte ich nicht so lange warten, bis Billy doch noch ein Makel an mir auffällt.

Billy bittet uns herein und schüttelt Hannah herzlich die Hand. »Es freut mich wirklich sehr«, sagt er. »Mia!«

»Bin sofort da«, tönt die Stimme einer Frau aus dem Haus.

Billys Frau erscheint erst, als wir unsere Jacken und Schuhe bereits abgelegt haben.

Ein kleiner Schreck durchzuckt mich, als ich diese Frau sehe. Zum Glück habe ich mich aber sofort wieder im Griff.

Im ersten Moment hat sie mich sehr an Miss Chapman erinnert, die Frau mit den fantastischen Augen.

»Hallo, ich bin Mia, Wills Frau.«

»Will?«, frage ich nach und ernte dafür einen überraschten Blick aus Mias Augen.

»Bei uns hieß er immer ›Billy‹.«

Mia sieht ihren Mann ungläubig an. »So, so. Billy … Man erfährt immer wieder etwas Neues.«

Offensichtlich verkneift sie sich ein Lachen, und meine Neugier ist geweckt, weil Billy zu Boden schaut, als sei er ertappt worden.

»Was verschweigst du mir?«, frage ich amüsiert.

»Nichts«, erklärt er und schiebt seine Hände in die Hosentaschen, ein Zeichen dafür, dass er sehr wohl etwas verschweigt und das Thema wechseln möchte.

»Als ich Will … ich meine, Billy kennenlernte«, beginnt seine Frau, »hatten meine Eltern ein Schwein namens Billy.«

Nach der Offenbarung kann ich nicht an mich halten und pruste los. »Billy, das ist der Brüller!«

Weil Hannah meinen erfreuten Ausbruch nur mit eisiger Miene kommentiert, fasse ich mich schnell wieder.

»Woher kenne ich dich? Du kommst mir so bekannt vor?«, sagt Mia jetzt und sieht mich neugierig an.

»Mia, das ist John Lazenby«, sagt Billy.

Wie? Er hat seiner Frau nicht erzählt, wer ich bin?

Nicht, dass ich damit ein Problem habe. Im Gegenteil, das zeigt mir, wie falsch es war, Billy so lange nicht mehr zu sehen. Er ist einer meiner ältesten Freunde und hat um meine Person noch nie viel Aufhebens gemacht.

»Oh, natürlich«, sagt Mia, die mich nun sofort einzuordnen scheint. »Tut mir leid«, raunt sie, während ihre Wangen erröten.

»Keine Sorge. Privat ist es ihm am liebsten, wenn du ihn behandelst, als sei er ein Hanswurst.«

»Das hab ich nie gesagt«, unterbreche ich lächelnd und zwinkere seiner Frau zu, die sofort frech grinst.

»Sagen wir mal so. Du darfst ihn behandeln, als wäre er der gut aussehende Kerl, der er ist, aber vergiss, zu welcher Familie er gehört«, setzt Billy nach.

»Gut zusammengefasst.«

Wie schön es ist, bei Billy zu sein! Es tut gut, wieder mit ihm zu sprechen, als hätte es die langen Jahre, als wir keinen Kontakt hatten, nicht gegeben.

»Sag mal, Billy, du musst mir unbedingt erklären, wann und wo du deine bezaubernde Frau kennengelernt hast.« Damit will ich vom Thema ablenken.

Mia sieht zwar so aus, als könne sie wirklich gut mit mir umgehen, aber je schneller wir wieder vom Lazenby-Clan abkommen, umso besser.

Mia, die wegen meines Kompliments große Augen bekommen hat, bittet uns schließlich ins Wohnzimmer, in dem es eine separate Essecke gibt. Der Duft von Fleisch und Bratensoße lässt mich auf ein schmackhaftes Abendessen hoffen.

Zoe

Der Kinderfilm ist aus und Jasmine spielt längst mit ihren Pferdefiguren. Träge rapple ich mich auf, um Jasmine bettfertig zu machen. »Zeit fürs Bett, Jasmine!«

Als sie wenig später ihre Zähne geputzt hat und im Schlafanzug im Bett sitzt, werfe ich ihr noch ihren Lieblingskuschelhasen zu. »Ich hole mal Mama und Papa zum Gute-Nacht-Sagen«, sage ich und tapse auf meinen Wollsocken durch das Haus.

Auf der Treppe zum Wohnzimmer bleibe ich wie erstarrt stehen. Diese Stimme!

»Wo ist denn eure Tochter?«

Auf Zehenspitzen husche ich die Treppe hinunter und verschanze mich neben dem Torbogen, der ins Wohnzimmer führt.

Das kann nicht sein!

Plötzlich schwirrt wieder alles in meinem Kopf. Meine Sinne sind geschärft, und ich versuche, das Rauschen in den Ohren auszublenden, damit ich noch etwas von dem Gespräch im Wohnzimmer mitbekomme.

»Meine Schwägerin wohnt zurzeit bei uns, und sie ist so nett, sich um Jasmine zu kümmern«, erklärt William.

»Das macht sie wirklich großartig, und das, obwohl sie heute offensichtlich einen harten Tag in der Arbeit hatte«, höre ich meine Schwester sagen.

O nein, bloß das nicht!

Unauffällig versuche ich, um die Ecke zu schielen. Das darf doch nicht wahr sein! Der Tag ist doch schon übel genug. Leider schaffe ich es nicht, einen Blick auf die Gäste zu erhaschen. Wahrscheinlich bin ich nach dem heutigen Tag so fertig, dass ich schon John Lazenbys Stimme höre.

»Sie hat sich in einen gut aussehenden Kunden verguckt, obwohl ihr Chef das auf Schärfste verurteilt«, flüstert Mia verschwörerisch.

Na toll!

»Möchte noch jemand ein Glas Wein vor dem Essen?«, fragt William plötzlich.

So lautlos wie möglich haste ich in die Küche, da William auf dem Weg in den Weinkeller an mir vorbeimuss. Dort angekommen ärgere ich mich über meine eigene Blödheit, denn die Flasche Wein steht bereits auf der Anrichte.

Schon betritt William den Raum. Sein schwungvoller Gang verlangsamt sich einen Moment, weil er nicht mit mir gerechnet hat. »Zoe? Alles in Ordnung?«

»Äh, ja. Ich wollte euch gerade holen, damit ihr Jasmine Gute Nacht sagen könnt.«

»Kann ich dir helfen?«, höre ich die mir bekannte Stimme auf dem Flur.

Das gibt es doch nicht!

In der nächsten Sekunde betritt John Lazenby die Küche und ich stehe kurz vor einem Herzinfarkt.

Schockiert schließe ich für einen Moment die Augen in der Hoffnung, dass diese Vision von selbst wieder verschwindet.

Voller Scham presse ich die Lippen aufeinander und traue mich kaum, die Augen wieder zu öffnen.

Warum musste ihm meine Schwester auch von meinem Arbeitstag erzählen? Wahrscheinlich hat er den Zusammenhang bereits hergestellt. Außerdem stehe ich hier in einer speziellen Auswahl an Kleidung vor ihm, die ich ihm lieber nicht präsentiert hätte.

Vorsichtig luge ich zu ihm hinüber. Immerhin sieht er auch überrascht aus.

Es dauert einen Augenblick, bis er eins und eins zusammenzählt. Ich kann den Moment erkennen, weil sich ein freches Lächeln auf sein Gesicht stiehlt und seine Augen herausfordernd funkeln.

Na, wunderbar!

Ich bin nicht nur die knallbunt angezogene Schwägerin, die hier wohnt und sich um Jasmine kümmert. Nein, ich bin die, die sich heute in einen gut aussehenden Kunden verknallt hat.

Verlegen senke ich den Blick und stelle fest, dass John Lazenby eine Jeans trägt. Mein Blick wandert weiter hinauf zu einem eng anliegenden Shirt, über das er einen ebenso schmal geschnittenen Cardigan gezogen hat.

Warum muss er nur so verdammt stylish sein, während ich hier im Schlabberlook stehe?

Plötzlich streckt er mir die Hand hin.

»Hey, ich bin John. Sie müssen Mias Schwester sein.« Um seinen Mund zuckt es leicht, als müsse er sich ein Lachen verkneifen.

Dennoch wirkt er auf mich, als freue er sich aufrichtig, mich erneut zu treffen.

Shit! Warum nur sieht er so atemberaubend gut aus?

Mit verschränkten Armen bewege ich mich einen

Schritt auf ihn zu, um eine Hand kurz zu lösen und sie ihm zu reichen. Dabei halte ich mir mit der anderen Hand verkrampft die Strickjacke vor meiner Brust zu.

»Zoe«, sage ich knapp und stelle zügig wieder den Sicherheitsabstand zwischen uns her.

Kann der Tag weg oder braucht den noch jemand? Was zur Hölle hat das Schicksal sich dabei gedacht? Von einem Plan des Universums kann hier wohl keine Rede sein. Vielmehr beschleicht mich der Gedanke, dass ich heute für alle kleinen Sünden, die ich mir jemals geleistet habe, mein Fett wegkriege.

Ein vorsichtiges Räuspern reist mich aus meinen Gedanken.

Will sieht zwischen uns hin und her. Er zögert einen Moment und verlässt dann die Küche. Im Hinausgehen sagt er: »Mia und ich bringen Jasmine schnell ins Bett. Würdest du bitte den Wein öffnen, Zoe?«

Unglaublich! Wie kann er mir das antun? Das werde ich ihm nie verzeihen.

Es ist plötzlich entsetzlich still in der Küche.

Bestimmt kann John meinen Herzschlag hören, der völlig durcheinandergeraten ist. Doch John macht keine Anstalten, den Raum zu verlassen.

Ich wage es nicht, ihm in die Augen zu schauen.

Er öffnet den Mund, doch bevor er etwas sagen kann, wende ich mich hektisch ab und greife nach der Weinflasche.

Entschlossen gehe ich zur Arbeitsplatte, ziehe eine der Schubladen auf und nehme den Korkenzieher heraus. Der ist zum Glück absolut idiotensicher. Trotzdem kann ich die Anspannung, die meinen ganzen Körper ergriffen hat, kaum aushalten. Nicht nur, dass ich bei Johns Besuch im Laden schon völlig neben der Spur war, nein, jetzt weiß er auch noch, dass ich ihn attraktiv finde.

Während ich mit dem Korkenzieher hantiere, nehme ich direkt neben mir eine Bewegung wahr.

Unvermittelt taucht John an meiner Seite auf und ist mir so nahe, dass ich die Flasche festhalten muss, damit sie mir nicht vor Aufregung aus der Hand gleitet.

»Keine Angst. Unser kleines Geheimnis bleibt unter uns«, raunt er verschwörerisch.

Sein Atem streift meinen Nacken. Explosionsartig stellen sich sämtliche Härchen meines Körpers auf. Die verräterische Gänsehaut breitet sich überall aus.

Ich bin mit seiner Anwesenheit überfordert. Ja, ich bin mit einem Mann wie ihm überlastet. Wie kann man nur so verdammt charismatisch und gut aussehend sein?

Im Laden mag es ja noch irgendwie gegangen sein, dass ich den Verkauf über die Bühne gebracht habe, aber jetzt hier … Ich weiß nicht, wie ich mich verhalten soll.

Es scheint John Spaß zu machen, mich in Verlegenheit zu bringen. Wie ärgerlich, dass ich nicht schlagfertiger bin, um mich gegen ihn zu wehren. Seine unverhoffte Anwesenheit und die vertraute Nähe haben eine innere Unruhe in mir entfacht, die ich nicht eindämmen kann. Wüsste ich es nicht besser, würde ich annehmen, der Boden unter meinen Füßen schwankt.

»Ihr Kleidungsstil ist … interessant«, bemerkt er leise, und ich kann hören, dass er dabei grinst.

Schockiert sehe ich ihn an. Sein Grinsen ist anzüglich. Selbst das wirkt anziehend auf mich, sosehr ich mich auch darüber ärgere.

»Wo ist der Spitzen-BH geblieben?« Er unterstreicht seine Frage mit einem Zwinkern.

Ob er um seine Wirkung weiß? Sein Lächeln vertieft sich und seine nussbraunen Augen mustern mich so intensiv, dass ich völlig erstarre.

Natürlich weiß er es! Wenn er nicht um sein gutes Aussehen wüsste, müsste er blind sein.

John

Wieder ist mein Versuch, dass sich Zoe in meiner Gegenwart wohlfühlt, gescheitert. Mit meinen stümperhaften Bemühungen, locker zu sein, erreiche ich nur, dass sie sich noch mehr verschließt.

Das ist wirklich bedauerlich. Ich könnte ihren unschuldigen Blick aus den inzwischen weit geöffneten Augen stundenlang genießen.

Als hätte es das Schicksal gut mit mir gemeint, hat es uns erneut zusammengebracht, aber Zoe scheint kein Interesse daran zu haben, mich kennenzulernen. Sie wirkt so peinlich berührt, dass ich jede Hoffnung aufgebe, sie jemals unbefangen und locker zu erleben.

In diesem Moment stürmt Hannah in die Küche.

Eben noch höre ich ihre Schritte in meinem Rücken, da schlingt sie auch schon die Arme von hinten um mich. Ihr spitzes Kinn bohrt sich in meine Schulter, und es kommt mir arg bemüht vor, als sie mir einen Kuss auf den Hals drückt.

»Wo bleibst du so lange?« Wie ein anschmiegsames Kätzchen schnurrt sie in mein Ohr.

Zoe sieht das alles mit versteinertem Gesicht an und wendet sich dann wieder der Flasche Wein zu.

»Ist hier der Verein für entlaufene Paradiesvögel?«, fragt Hannah.

Sie amüsiert sich sichtlich über ihren eigenen Scherz, aber ich befreie mich aus ihrer Umklammerung. Es fällt mir schwer, auf ihre freche Bemerkung einzugehen, weil meine Kiefermuskulatur sich verhärtet.

Wie kann sie es wagen, sich über Zoes Look lustig zu machen? Hannah ist Gast in diesem Haus und ihre Bemerkung war weder charmant noch wollte sie damit zur Auflockerung der Situation beitragen. Das war einfach nur bodenlos unverschämt.

Doch wie kann ich meinem Unmut Luft machen, ohne eine Szene heraufzubeschwören?

Wie ein rettender Engel erscheint Mia, gefolgt von Billy, in der Küche und ich belasse es bei einem scharfen Blick in Hannahs Richtung.

Im Schlepptau der beiden ist der schwarze Hund.

Billy kennt mich immer noch so gut, dass er mich sofort mit einem fragenden Blick mustert.

Zoe hat die Weinflasche inzwischen geöffnet und drückt diese wortlos ihrer Schwester in die Hand.

Als sie sich an Billy vorbei aus der Küche davonstehlen will, berührt er sie am Arm, was sie innehalten lässt.

»Willst du mit uns essen?«

Gespannt fixiere ich Zoe. Das würde mich sehr freuen. Endlich hätte ich Gelegenheit, sie besser kennenzulernen, und vielleicht könnte ich mich ihr dann so zeigen, wie ich wirklich bin.

»Nein, danke.« Leider hört sie sich kraftlos und resigniert an.

Sie sieht mich kurz an, lässt dann den Blick zu Hannah schweifen, wobei sich ihre Miene verfinstert.

Billy versucht nicht, Zoe aufzuhalten, als sie die Küche verlässt. Ich hebe meine Hand und überlege, ob ich etwas dazu sagen soll, aber da ist Zoe schon weg.

Billy zuckt mit den Schultern.

Zoe

So eine blöde Kuh!

Wütend stapfe ich die Treppe in mein Zimmer hoch und bemerke, wie sehr ich mich über diese Frau ärgere.

Die kennt mich doch überhaupt nicht! Wie kann sie so stutenbissig sein?

Natürlich weiß ich, wer sie ist.

Johns Freundin ist Hannah Berry, eine Schauspielerin. Seit einigen Monaten ist sie in einer Fernsehserie zu sehen, wo sie eine Ermittlerin in einem Spezialeinsatzkommando spielt. Sie findet an jedem Tatort sofort die Stelle, an der sich das entscheidende Beweisstück versteckt.

Mia und ich lachen immer, wenn wir uns eine Folge dieser Serie ansehen. Man muss sich nur einmal vorstellen: eine Leiche im Wald, Hannah tritt aus dem Unterholz und greift sofort genau in den Busch, in dem das blutige Stück Stoff liegt. Leider muss ich zugeben, dass sie ihre Rolle wirklich überzeugend spielt, aber das tut nichts zur Sache.

Ausgerechnet diese Schauspielerin hat mich gemustert, als sei ich ein abstoßendes Insekt, und hat ihren Besitzanspruch auf John mehr als nur deutlich gezeigt.

Man könnte ja meinen, sie wäre eifersüchtig auf mich gewesen. Pah! Als ob er Interesse an mir hätte. Natürlich standen wir recht nah beieinander, als sie in die Küche kam, aber wir haben uns ja nicht einmal berührt.

Obwohl ich es so entschlossen abgelehnt habe, am Abendessen teilzunehmen, bekomme ich irgendwann Hunger.

Leise verlasse ich mein Zimmer und schleiche in die Küche. Es ist erstaunlich still im Wohnzimmer. Vermutlich hat sich der Besuch bereits verabschiedet, aber dann höre ich Stimmen vor dem Haus. Ein Streitgespräch.

Im selben Moment kommt Mia mit ein paar Tellern in die Küche und zuckt zusammen.

»Zoe, du hast mich erschreckt!«

»Entschuldige. Das war nicht meine Absicht.« Ich nehme ihr die Teller ab. »Was ist denn da los?« Mit einer Kopfbewegung deute ich in Richtung der Stimmen, die immer lauter werden.

»Ach, was weiß ich! Hannah ist nach draußen, weil sie eine Zigarette rauchen wollte, und jetzt streiten sie sich. Ich glaube, er hat ihr ein Taxi gerufen.«

Ich nehme mir ein Schälchen Schokoladenmousse aus dem Kühlschrank.

Will kommt mit dem Rest des Geschirrs in die Küche.

»Worum geht es in dem Streit?«, frage ich und schiebe mir einen Löffel voll Mousse in den Mund.

Oh, wie lecker! Mias Schokoladenmousse schmeckt unübertroffen schokoladig.

»Um dein Outfit«, erklärt William unbedarft.

Ich verschlucke mich fast.

Mia beißt sich kurz auf die Lippe, als sei sie ertappt worden. Dann grinst sie aber gleich wieder und sagt: »John hat dich in Schutz genommen, als sie nicht aufhören wollte, über deine … nun ja … Farbzusammenstellung zu lästern.« Sie lässt ihren Blick über mein Outfit wandern, wobei ihr Grinsen immer breiter wird.

Draußen ist es auf einmal verdächtig still.

John

»Schrei bitte nicht! Die gesamte Nachbarschaft kann dich hören«, ermahne ich Hannah und fahre mir genervt durch das Haar.

So langsam habe ich ihre Art wirklich satt.

Leider geht es mir nicht nur um die Nachbarschaft. Bestimmt können Billy und Mia auch jedes Wort unserer Auseinandersetzung hören.

»Geht es dir um deinen *Billy?*«

Wenigstens ist sie etwas leiser geworden, aber ich hasse es, wie sie den Namen meines Freundes betont.

»Was soll das nun wieder heißen? Mein Billy …«

»Er ist nicht gut für dich.«

Jetzt schießt sie gewaltig übers Ziel hinaus. Ich vergrößere den Abstand zwischen uns und verschränke die

Arme. »Ach, und wer sagt dir das? Dein gesunder Menschenverstand?«

»Er ist nur wieder einer dieser Pseudofreunde, die sich mit dir schmücken wollen.«

»*Ich* habe mich nach Jahren der Funkstille bei *ihm* gemeldet. Schon vergessen? Außerdem habe ich wirklich keine Lust, mich vor dir für diese Freundschaft zu rechtfertigen.«

Es ist nicht das erste Mal, dass Hannah gegen meine Freunde ist. Das finde ich unerträglich. Immer wieder sieht sie Gespenster. Natürlich hat sie damit recht, dass viele Menschen den Kontakt zu mir suchen, weil sie sich dadurch Vorteile versprechen. Diese Leute möchten nicht um meinetwillen mit mir befreundet sein. Sie wollen John Lazenby kennenlernen, weil er ein Teil des Lazenby-Clans ist.

Hin und wieder hat Hannah natürlich auch ins Schwarze getroffen mit ihren Warnungen, doch das ist keine Kunst. Aber ausgerechnet Billy solche Absichten zu unterstellen, ist Unsinn. Wir kennen uns seit der Zeit am College, und er wusste nicht einmal, wer ich bin, als ich ihn damals ansprach.

»Wählst du jetzt die Freunde für mich aus?«, frage ich verbittert.

»Natürlich nicht«, beschwichtigt sie.

Sie will nie, dass es so aussieht, obwohl es offensichtlich ist, wie massiv sie sich immer wieder einmischt.

»Ich werde Billy nicht aufgeben.«

Das Wiedersehen mit ihm hat mir gezeigt, wie wichtig er mir ist und wie unkompliziert diese Freundschaft ist. Es ist nicht selbstverständlich, dass man mit jemandem sofort wieder dort anknüpfen kann, wo man vor Jahren aufgehört hat.

Ganz nebenbei gefällt es mir außerordentlich gut, dass seine Schwägerin in mein Leben getreten ist, und durch ihn bekommt diese Begegnung plötzlich eine Chance.

Als endlich das Taxi vor dem Haus hält, atme ich erleichtert auf.

»Bis später«, sage ich knapp zu Hannah. Sie bekommt keinen Abschiedskuss und keine Umarmung.

Wieder einmal frage ich mich, ob mir die Beziehung zu ihr noch guttut. Wie oft wir schon eine Trennung durchgemacht haben, kann ich gar nicht mehr sagen. Letztendlich fanden wir immer wieder zueinander. Dennoch habe ich schon länger das Gefühl, dass wir nicht füreinander gemacht sind.

Beleidigt steigt Hannah in das Taxi, löst damit allerdings keinerlei Gefühlsregungen in mir aus. Eigentlich ist es erschreckend, mit welcher Gleichgültigkeit ich sie davonfahren lasse.

Als ich ins Haus zurückgehe, macht sich die Erleichterung in mir breit. Es ist, als könne der Abend erst jetzt entspannt ablaufen. Meine Stimmung hellt sich augenblicklich auf.

Zoe

»Ich gehe wieder in mein Zimmer.«

Mit der Nachspeise in der Hand mache ich mich auf den Weg aus der Küche. Als ich dabei den Löffel verkehrt herum in den Mund stecke, um ihn abzuschlecken, stehe ich im Flur plötzlich John gegenüber.

»Äh.«

Meine Zunge hängt noch an dem Löffel. Muss es denn wirklich immer peinlich sein, mit diesem Mann zusammenzutreffen?

Glücklicherweise kommt William an meine Seite.

»John, wir dachten schon, du bist weg.«

»Nein, Hannah hat sich entschieden, ein Taxi zu nehmen. Wir wollen morgen sehr früh los und sie muss sich noch vorbereiten für die nächste Staffel der Serie.« Johns Erklärung klingt wie eine faule Ausrede.

Er sucht den Augenkontakt zu mir.

Ich ziehe den Löffel aus dem Mund und will an ihm vorbeigehen.

»Bleiben Sie doch noch! So wie es aussieht, ist noch eine Schale Nachtisch übrig, da Hannah ja …«

Die unverhoffte Bitte erstaunt mich. Ich bleibe stehen und sehe ihn an. Meint er das ernst?

Will hat die Augen zu kleinen Schlitzen verengt, als könne er dadurch etwas erkennen, was ihm bisher verborgen blieb. Das habe ich bei George Clooney noch nie gesehen, aber Will hat diesen misstrauischen Ausdruck perfekt drauf.

»Nein, danke, mir reicht ein Nachtisch.«

»Komm schon, Zoe!«, mischt sich nun auch Mia ein, die gerade in den Flur kommt.

Bevor meine Weigerung zu seltsam wirkt, trotte ich ins Wohnzimmer und setze mich an den Tisch. Die anderen folgen mir.

Ein Gespräch kommt nicht in Gang. Jeder löffelt still seinen Nachtisch.

Fast schon liebevoll kratze ich kleine Muster in das Mousse und lecke jede noch so kleine Portion genüsslich von meinem Löffel.

Thor hat sich zwischen John und mich gesetzt und ich kraule mit einer Hand seinen Kopf.

Offensichtlich hat Mia etwas zu viel Wein erwischt, denn sie kichert immer wieder vor sich hin. Plötzlich holt sie tief Luft. »Zoe, willst du uns nicht von deinem Tag erzählen? Im Grunde genommen ist das alles so was von lustig.« Ihr Kopf fällt zurück, als sie laut auflacht. Sie kann sich kaum beruhigen.

»Mia!«, zische ich ermahnend.

»Liebes, es ist ihr unangenehm«, raunt Will.

Wieder ist es still, und Thor legt sich direkt unter den Tisch, weil er wohl genug Streicheleinheiten abbekommen hat.

»Das Unangenehmste, was mir passiert ist, war auf dem College, als ich mich im Kleiderschrank von Mrs Baker versteckt habe«, sagt John plötzlich.

Augenblicklich prustet Will los und klopft sich auf die Schenkel. John grinst. Mia und ich tauschen einen Blick, der mir verrät, dass ihr diese Andeutung genauso wenig sagt wie mir. Durch Wills lautes Lachen hat Thor sich wieder aufgesetzt und stupst mich an. Sofort streichle ich ihm über die zarte Kopfhaut.

»Ich war in der Nacht – sagen wir einmal – nicht da, wo ich hätte sein sollen«, erklärt John bereitwillig, was Will erneut ein lautes Lachen entlockt.

»Er war bei seiner Flamme im Haus der Mädels.«

»Genau, und als ich zu später Stunde den Heimweg angetreten habe, wurde ich von einem Nachtwächter überrascht. Ich flüchtete in das nächstbeste Zimmer und versteckte mich dort. Aber als die Luft wieder rein war, kam Mrs Baker den Flur entlang und ich huschte zurück in das Zimmer. Zu spät stellte ich fest, dass ich in Mrs Bakers Zimmer war. Es ging nicht mehr anders, ich musste mich in ihrem Schrank verstecken.«

»In ihrem Kleiderschrank«, berichtigt Will, »der gegenüber dem Bett stand.«

John nickt lächelnd und hängt einen Moment seinen Gedanken nach.

Währenddessen verlässt Thor seinen Platz bei mir und tapst zu seinem Wassernapf.

»Mrs Baker blieb nicht alleine. Sie bekam Besuch von einem Lehrerkollegen. Ich hätte beinahe laut losgelacht. Doch bevor es zur Sache ging, bin ich aus dem Schrank gesprungen, habe irgendetwas gerufen, um sie zu erschrecken, und bin aus dem Zimmer gerannt.«

Überrascht lacht Mia auf. »Was hast du gerufen?«

»Ich fürchte, es war ›Petri Heil‹.«

Will brüllt sich heiser vor Vergnügen, doch ich verstehe nicht.

Da stupst Thor mich schon wieder an, und bereitwillig finden meine Finger seinen Körper und ich streichele ihn liebevoll.

John sieht mich an. »Der Lehrer hatte ein Hobby. Er war Angler.«

Vergnügt lache ich auf und schicke einen wissenden

Blick in Johns Richtung. Mit der kleinen Geschichte hat er von mir abgelenkt, wofür ich ihm wirklich dankbar bin.

»Das ist ja fast so wie bei Mum und Dad«, erinnert sich Mia mit leuchtenden Augen. Und während sie lebhaft davon erzählt, dass mein Vater einmal von seinem zukünftigen Schwiegervater aus dem Haus gejagt wurde, weil er ihn im Zimmer seiner Tochter erwischt hat, erinnere ich mich an meinen Großvater, der diese Geschichte immer wieder gerne zum Besten gab.

Da sehe ich plötzlich Thor, der sich in einer Zimmerecke auf seine Hundedecke kuschelt.

Meine kraulenden Bewegungen verlangsamen sich. Wen zur Hölle streichle ich die ganze Zeit, wenn nicht den Hund?

Mein Blick huscht zu John, dann auf sein Bein. Ruckartig reiße ich meine Hand von seiner Jeans.

Warum er das die ganze Zeit über so ruhig erduldet hat und ob Thor seinen Platz unter dem Tisch nach dem Trinken überhaupt wieder eingenommen hat, werde ich wohl nie erfahren. Wie konnte mir entgehen, dass ich das Fell gegen Jeansstoff getauscht habe?

»Ich habe mich sehr gefreut, dass ich Sie heute kennengelernt habe«, sagt John zu mir, als er sich ein paar Stunden später schließlich verabschiedet.

Während er vom Tisch aufsteht, zwinkert er mir zu, und ich lächle zwar, würde aber am liebsten im Boden versinken.

Ich erhebe mich, um Mia in der Küche zur Hand zu gehen.

Wir haben gerade den Flur erreicht, als Jasmine aus dem oberen Stockwerk schreit:

»Mami! Papi!«

»O nein«, seufzt Will. »Wieder ein Albtraum.«

»Ich geh schon«, biete ich an.

»Nein, Zoe, du hast heute schon genug getan. Würdest du bitte John zur Tür bringen?«

Will nickt mir kurz zu und umarmt dann John herzlich. »Lass dich bald wieder bei uns sehen!«

»Natürlich. Sehr gerne, alter Freund.«

»Sag nicht ›alt‹!« Will löst sich von John und beeilt sich, zu Jasmine zu kommen, nachdem er mir noch einmal einen auffordernden Blick angedeihen ließ.

»Mia!«, rufe ich und hoffe auf Verstärkung.

»Ich glaube, ich sehe auch mal nach ihr«, sagt Mia und schon eilt sie an John und mir vorbei.

»Lass dich nicht aufhalten, John!« Sie schüttelt ihm im Vorbeigehen die Hand, und ich frage mich, warum alle es auf einmal so eilig haben, zu verschwinden, während ich die Aufgaben des Gastgebers übernehmen darf.

Für einen Moment stehen John und ich unschlüssig beieinander. Im ersten Stock kehrt Ruhe ein, aber ich weiß aus Erfahrung, dass es immer dauert, bis Jasmine wieder allein sein kann.

Vorsichtig luge ich zu John und bin überrascht, in ein lächelndes Gesicht zu sehen, das mir augenblicklich die Knie weich werden lässt.

Zaghaft deute ich in Richtung der Tür. »Wollen wir?«

Sein Lächeln vertieft sich, dann geht er zur Tür.

Widerwillig begleite ich ihn und öffne sogar die Haustür für ihn.

»Auf Wiedersehen«, hauche ich zitterig, ohne ihn noch einmal anzusehen.

Was ich mir heute alles geleistet habe, wird mich noch länger beschäftigen und ihm bestimmt im Gedächtnis bleiben.

»Haben Sie noch kurz Zeit?«, will er plötzlich von mir wissen.

Ich schaue ihn an, was ich allerdings sofort bereue.

Wer kann diesem Blick widerstehen? Soll ich jetzt sagen: Leider habe ich noch etwas vor?

Ich bin sofort in heller Aufregung, bringe kein Wort heraus und nicke nur.

Mit einer Geste bittet er mich, ihm nach draußen zu folgen. Unentschlossen schlüpfe ich in ein Paar meiner Schuhe und ziehe mir eine Jacke über. Dann tapse ich ins Freie und lehne die Tür hinter mir an, damit die kalte Nachtluft nicht ins Haus strömt.

John

Als ich ihre Schritte hinter mir höre, drehe ich mich zu ihr um. Was zur Hölle hat mich geritten, mit ihr allein sein zu wollen?

Bin ich wirklich so hormongesteuert, dass ich ihre hundefreundlichen Kraulereien auf mich beziehe? Ich muss zugeben, sie haben ihre Wirkung nicht verfehlt. Zum Glück konnte ich noch eine Weile sitzen bleiben, nachdem sie damit aufgehört hat. Allein der Gedanke an ihre zärtlichen Fingerübungen auf meinem Bein bringt mein Blut sofort wieder in Wallung.

»Zoe ...«, beginne ich, weiß aber eigentlich nicht, was ich ihr sagen soll. Ihr scheuer und doch neugieriger Blick bremsen mich.

»Wegen Thor ... ich wollte nicht ...«, presst sie hervor.

»Schon gut.« Verdammt! Hier ist überhaupt nichts gut. Wenn sie wüsste, was sie in mir auslöst.

»Ich werde mich hassen«, raune ich und mache einen Schritt auf Zoe zu.

Mit großen Augen folgt sie meiner Bewegung. Wie ich sie kenne, muss sie sich beherrschen, jetzt nicht die Flucht zu ergreifen. Wie angewurzelt steht sie da und sieht zu mir auf.

»Hassen?«, haucht sie kaum hörbar.

Ein Mal. Nur ein Mal muss ich von diesen Lippen kosten, möchte das Funkeln in Zoes Augen sehen, wenn ich ihren Mund küsse.

Entschlossen nähere ich mich ihr bis auf Haaresbreite. Sie weicht nicht zurück.

Dadurch traue ich mich, meinen Arm um sie zu schlingen und sie an mich zu ziehen. Endlich spüre ich ihren Körper an meinem, kann ihre Wärme, ihre weiblichen Rundungen deutlich wahrnehmen. Ich streichle zärtlich über ihre Wange. Sie erschaudert unter der Berührung, und obwohl die spärliche Beleuchtung nicht viel Spielraum für Beobachtungen lässt, erkenne ich ein Aufflammen in ihren Augen.

Unendlich langsam senke ich meine Lippen den ihren entgegen und beobachte jede ihrer Regungen.

Wie erstarrt scheint Zoe abzuwarten, was passieren wird.

Mein Körper signalisiert deutlich, wie bereit er für sie ist. Sie muss es längst spüren, aber ich lasse sie nicht auf Distanz gehen, sondern drücke sie noch enger an mich.

Unendlich langsam lege ich meinen Mund auf ihre köstlichen Lippen, denen ein leises Stöhnen entkommt. Sanft bewege ich mich mit ihr, und es macht mich verrückt, wie willig sie sich mir hingibt. Ihre Hände krallen sich in meine Jacke und zerren mich näher zu sich.

Ihr Kuss schmeckt nach Schokolade und mein Körper verlangt nach viel mehr.

Da hämmert mein Verstand auf mich ein.

Was tust du hier?

Zoe ist so weich und schmiegt sich auf eine Weise an mich, dass ich sie mit Haut und Haar verschlingen könnte. Ihre Lippen werden mutiger, kosten von mir und plötzlich spüre ich die Spitze ihrer Zunge.

Hastig löse ich mich von Zoe und schiebe sie von mir. »Wow, Zoe!«

Ihre Lippen sind dunkelrot. Atemlos schaut sie zu mir auf, und ich kann jetzt schon den Schmerz in ihren Augen sehen, den ich ihr bescheren werde. Langsam löst sie sich von mir und lässt die Arme kraftlos sinken.

»Es tut mir leid«, entschuldige ich mich. »Ich habe nicht nachgedacht. Hannah …«

Ich bin ein Trottel! Wütend presse ich die Lippen aufeinander. Was bin ich nur für ein Schwächling. »Es tut mir wirklich leid.«

Zoe macht einen Schritt rückwärts, lässt mich aber keinen Moment aus den Augen.

Wie gerne würde ich noch etwas sagen, aber ich weiß, dass jetzt jedes Wort zu viel wäre.

Ihr Kinn zittert, als sie den Mund schließt. Sie senkt die Lider. Ihre faszinierenden Augen schenken mir keine Aufmerksamkeit mehr und das habe ich auch verdient.

Während ich noch überlege, wie ich Frieden stiften kann, drückt sie die Tür auf und verschwindet im Haus. Mit einem leisen Klacken fällt die Haustür ins Schloss und signalisiert mir, dass mein Besuch beendet ist und ich verschwinden soll.

Zoe

Es tut ihm *wirklich* leid? *Wirklich?*

Hat er überhaupt eine Ahnung, wie das für mich ist? Ich fühle mich wie der letzte Idiot, weil er mich so leicht rumgekriegt hat.

Doch letztendlich war der Abschluss des Abends nur die Krönung für diesen grauenhaften Tag. Weil der Schmerz dennoch übermächtig ist, beginne ich eine Liste, die mich in Zukunft vor solchen Tagen schützen soll. Ich muss mich mit irgendetwas ablenken.

Also schreibe ich:

1. Batterie des Weckers regelmäßig wechseln.
2. Blusen richtig herum anziehen.
3. Jacke im Laden nie auszuziehen.

4. Sich John Lazenby aus dem Kopf schlagen.

5. Home Wear nur dann tragen, wenn kein Besuch erwartet wird.

6. Sich John Lazenby aus dem Kopf schlagen – die Zweite.

7. Den Hund nicht unter dem Tisch kraulen. Das ist gleichbedeutend mit: Lass die Finger von fremden Männern, die mit Schauspielerinnen aus dämlichen Serien liiert sind!

8. Schlage dir John Lazenby aus dem Kopf! Jetzt erst recht!

9. Eine Situation ist nur dann peinlich, wenn du sie peinlich findest.

Na gut, der Punkt 9 baut mich nicht wirklich auf, und die Punkte 4, 6 und 8 hätte ich mir sparen können, weil ich genau weiß, dass ich John nie wieder vergessen werde.

Teil 2: Madly

Vier Jahre später in New York

Zoe

Willst du nicht wieder zu uns ziehen?«, tönt Mias gestresste Stimme durch das Smartphone, während sich im Hintergrund Jasmine mit ihrem kleinen Bruder Josh streitet.

»Nein, danke, aber ich vermisse euch auch.« Seit Mr Fitz vor sechs Monaten einen Laden in New York eröffnet hat, wohne ich nicht mehr bei Mia und William. Das Angebot von Mr Fitz, die Geschäftsleitung des neuen Ladens zu übernehmen, konnte ich nicht ausschlagen.

»Was machst du heute Abend noch?«, fragt Mia. In ihrer Stimme liegt so viel Sehnsucht, dass ich mir vorstellen kann, wie sehr Mia das Ausgehen im Moment fehlt.

Es tut mir fast leid, was ich ihr jetzt sage. »Ein Kunde hat mich auf seine Vernissage eingeladen. Er ist noch relativ unbekannt und hat es geschafft, eine seiner Arbeiten dort unterzubringen. Die Bilder werden für einen guten Zweck verkauft. Kunst gegen Krebs. Bei mir hat er sich den Anzug für die Vernissage gekauft.«

Mia stöhnt. »Es reicht. Ich habe genug gehört und ich sage dir eines: Amüsiere dich gut, bevor du Kinder bekommst, denn dann wirst du einige Zeit nur noch zu Hause sitzen!«

»Ich amüsiere mich für dich mit, versprochen.«

»Hast du John eigentlich schon getroffen? Er wohnt auch in New York.«

Als ob ich das nicht wüsste.

Seit diesem schrecklichen Tag vor vielen Jahren habe ich ihn nie wiedergesehen. Jedenfalls nicht persönlich. Mia hingegen hat ihn in den letzten Jahren immer wieder mal getroffen.

»Nein«, sage ich entschieden. »Er ist Wills Freund, nicht meiner.«

»Wann wirst du mir eigentlich erzählen, was das mit euch ist?«

»Da ist nichts.«

Der Kuss wird für immer mein Geheimnis bleiben, schließlich war John damals nicht zu haben. Vor Kurzem hat er sich von dieser schrecklichen Schauspielerin getrennt.

Obwohl mein dummes Herz sich insgeheim Hoffnung gemacht hat, dass er sich vielleicht bei mir melden wird, geschah nichts dergleichen.

Ich ersticke diese Schwärmerei für den unerreichbaren Mann, indem ich mit meinem Nachbarn Max ausgehe, einem Adrian-Brody-Verschnitt mit Vollbart.

»John war nach dem Tod seiner Mutter am Boden und er hat sich immer noch nicht erholt.«

Sie kann das Thema nicht lassen. Johns Mutter ist vor zwei Jahren an Krebs gestorben. Ich habe Ausschnitte ihrer Beerdigung auf YouTube gesehen neben

Dutzenden anderen Schnappschüssen von John.

Mit Kribbeln im Bauch habe ich erkannt, dass er regelmäßig den Nadelstreifenanzug trug, den er bei mir gekauft hat. Aber das war es dann auch schon.

»Die Wahl zum Sexiest Man Alive hat ihn sicher wieder aufgemuntert«, kontere ich bissig.

»Zoe!«

»Entschuldige, aber es nervt mich, dass du immer wieder von ihm anfängst.«

»Das muss ich ja, weil du nie von ihm sprichst.«

»Warum sollte ich?«

Klar, ich muss nicht von ihm sprechen, da ich bestens über ihn informiert bin. Irgendwann erteilte ich mir Google-Verbot, was seinen Namen betrifft.

»Vielleicht sollte ich Will bitten, ihm zu sagen, dass du in New York bist.«

»Wehe!«

»Was ist denn damals nur zwischen euch vorgefallen? Erzählst du es mir irgendwann?«

»Vielleicht.« Ich höre Jasmine im Hintergrund laut schreien.

»Du, ich muss Schluss machen. Josh hat es wieder auf Jasmines Haare abgesehen.«

»Alles klar«, kann ich noch antworten, dann hat Mia auch schon den Hörer aufgelegt.

Puh! Es ist so lange her, dass ich John gesehen habe, dass ich es fast selbst nicht mehr glaube. Eine mögliche Begegnung in New York sitzt mir natürlich schon länger im Nacken, aber die Stadt ist groß.

John

Wo habe ich nur meinen Schlüssel? Das kann doch nicht wahr sein!

Unruhig laufe ich in meiner Wohnung herum. Das Taxi wartet vor dem Haus. Wenn ich nur den dämlichen Wohnungsschlüssel finden würde!

Für den Bruchteil einer Sekunde überlege ich, meine Assistentin anzurufen, um sie nach dem Schlüssel zu fragen, aber ich kann ihn nicht im Büro vergessen haben. Sonst wäre ich nicht in meine Wohnung gekommen.

Ich versuche, meine Gedanken zu sortieren. Vor gut einer Stunde habe ich die Wohnungstür aufgesperrt. Dann habe ich kurz die Post durchgesehen, mich geduscht und mich in Schale geschmissen.

Wo habe ich den Schlüssel hingelegt?

In welchen Zimmern war ich?

Verwirrt bewege ich mich zur Haustür und öffne sie, um jeden Bewegungsablauf noch einmal nachzuvollziehen.

Da nehme ich ein klapperndes Geräusch wahr und aus den Augenwinkeln sehe ich die Bewegung am Türschloss unter dem Knauf.

Wahnsinn! Ich habe ihn tatsächlich im Schloss stecken lassen.

Ich schüttele den Kopf über mich selbst, ziehe den Schlüssel ab und stecke ihn in meine Anzugjacke.

Jetzt wird es aber Zeit.

Im Eiltempo greife ich nach meinem Smartphone und meiner Geldbörse.

Dann mache ich mich auf den Weg zum Taxi.

Vor dem Haus erwarten mich ein paar Fotografen. Es sind nicht viele, doch nach dem Tod meiner Mutter haben es sich einige Paparazzi leider zur Aufgabe gemacht, mich auf Schritt und Tritt zu verfolgen.

Zwei besonders lästige Individuen verfolgten Mum rund um den Globus und nun habe ich sie an der Backe.

Für einen Moment bleibe ich stehen, damit die Typen ein paar Fotos machen können. Das ist wie eine stillschweigende Vereinbarung. Sie bekommen ihre Bilder und dann lassen sie mich in Ruhe.

Ich wende mein Gesicht in verschiedene Richtungen. Auf die Rufe und Fragen nach der Ausstellung reagiere ich nicht. Jede Bewegung meines Gesichts erzeugt im Nachhinein schreckliche Aufnahmen, und die Presse verwendet die grässlichen Gesichtszüge dann wieder, wenn sie eine Fratze braucht.

»John!«

»Hier, John!«

»Wie gefällt Ihnen das Gemälde Ihrer Mutter?«

»Welchen Preis erwarten Sie dafür?«

Genug! Entschlossen setze ich mich in Bewegung. Leider beenden die Fotografen das Blitzlichtgewitter noch lange nicht, aber sie wagen es auch nicht, mir den Weg zum Taxi zu versperren.

Ich steige ein und bin froh, dass es dem Taxifahrer gelingt, sich ohne Probleme in den Verkehr einzufädeln.

»Ist das immer so?«, fragt er mich.

»Nein. Es ist bekannt, dass ich heute auf dieser Ausstellung erscheine, und immer, wenn es einen solchen Anlass gibt, belagern sie mich.«

Der dunkelhäutige Taxifahrer grinst, während er sich kurz zu mir umsieht.

»Das ist echt krass, Mann. So ein Leben wünsch ich nicht mal meinem ärgsten Feind.«

»Ach, das ist nicht so schlimm, wie es aussieht.«

»Das sagen Sie, Mann. So ein irrer Zirkus.«

Nickend lächle ich dem lockeren Typen hinterm Steuer zu, weil er von meiner Anwesenheit nicht beeindruckt ist.

»Was ist das für eine Veranstaltung?«, fragt er, als er meinen Blick im Rückspiegel auffängt.

Kurz erkläre ich ihm, dass dort verschiedene Gemälde für eine Stiftung verkauft werden.

»Und was führt Sie auf diese öde Verkaufsshow? Die wollen Ihnen doch nur das Geld aus der Tasche ziehen.«

»Ein Bild meiner Mutter ist auch unter den Stücken.«

»Das ist natürlich etwas anderes. Ihre Mum war ein echt heißer Feger.« Während er das sagt, kommt er aus dem Nicken und Grinsen nicht mehr heraus, und ich frage mich für einen Augenblick, was meine Mutter zu dem Typen gesagt hätte. Bestimmt hätte sie sich über das Kompliment gefreut.

»Aber trotzdem – es gibt keine jungen Ladys auf solchen Eröffnungen. Ich könnte Sie ganz woandershin bringen. Sie müssen es nur sagen, Mann.«

»Danke, aber ich bleibe bei der langweiligen Vernissage und lasse mir das Geld aus der Tasche ziehen.«

»Müssen Sie wissen.«

Lächelnd sehe ich aus dem Fenster und ziehe die Augenbrauen hoch. Die Fahrt wird durch den Typen auf jeden Fall amüsant.

Zoe

Zufrieden betrachte ich mich im Spiegel. Ich habe meine wertvollsten Ohrringe angelegt und mich für mein kleines Schwarzes entschieden. Bisher war ich in New York noch auf keinem so großen gesellschaftlichen Event. Mit der Geschäftsführung habe ich so viel zu tun, dass ich noch nicht in der Stadt herumgekommen bin. Der Winter zeigte sich bisher auch eher frostig als einladend, um seine Zeit auf den Straßen zu verbringen. Jetzt, Ende April, sind die Temperaturen deutlich milder, und ich freue mich schon auf den Sommer, der es mir ermöglichen wird, mir New York in Ruhe anzusehen.

Erneut drehe ich mich vor dem Spiegel. Mit diesem figurbetonten, langärmeligen Midikleid kann ich nichts verkehrt machen.

Der runde Ausschnitt ist wesentlich weiter als bei einem gewöhnlichen Kleid, das die Träger des BHs verdecken würde. Unter diesem Kleid kann man nur einen trägerlosen BH tragen.

Aufmerksam drehe ich mich vor dem Spiegel und betrachte meine Füße in den schwarzen High Heels. Zufrieden ordne ich ein letztes Mal mein langes Haar, das ich offen trage. Ich greife nach der kleinen dunklen Tasche.

Schon klingelt es an der Tür und ich öffne Max.

»Wow, du siehst toll aus!«, schwärmt er und begrüßt mich mit einem kurzen Kuss.

»Danke.« Natürlich freue ich mich über sein Kompliment.

Auch er trägt seinen besten Anzug.

Unsere Beziehung ist längst an einem Punkt angekommen, an dem wir den nächsten Schritt wagen müssten oder nur Freunde bleiben.

Der gemeinsame Besuch der Vernissage fühlt sich für mich jedenfalls nicht wie ein Date an. Natürlich verbringe ich gerne Zeit mit Max, aber die Schmetterlinge im Bauch blieben bisher aus.

Wir machen uns mit einem Taxi auf den Weg, verlassen es aber schon einige Meter vor dem Ausstellungsgebäude. Es herrscht reger Verkehr, und viele Fahrzeuge halten direkt vor dem Gebäude, um die Besitzer ins Blitzlichtgewitter der Reporter zu entlassen.

Um dem zu entgehen, laufen wir das letzte Stück zu Fuß. Ich hake mich bei Max unter.

Unsere Ankunft wird zwar registriert, aber für die örtliche Presse und für den Rest der Welt sind wir unbeschriebene Blätter, sodass niemand ein Foto von uns macht.

Am Eingang gebe ich meine Einladung ab und betrete mit Max das Gebäude. Meinen Mantel werde ich direkt an der Garderobe los.

Auf der Vernissage erwarten uns nur unbekannte Gesichter.

Max löst sich von mir, geht zu einem der Tische, auf dem Sektgläser stehen, und kehrt mit zweien zu mir zurück. Galant überreicht er mir ein Glas.

Dann mache ich mich mit Max auf den Weg durch die Ausstellung, die im Erdgeschoss und auf einer Galerie im ersten Stock präsentiert wird.

»Wo ist denn der Kunde, der dich eingeladen hat?«

»Er ist bestimmt oben.«

»Wollen wir mal nachsehen, ob wir ihn und sein Bild finden?«

Gute Idee!

Als wir die Galerie erreicht haben, sehe ich meinen Kunden, doch er ist in ein Gespräch vertieft, sodass Max und ich eine Runde durch die Ausstellung schlendern. Max kommentiert einige der Bilder, aber er scheint sich nicht sonderlich für diese Art der Kunst erwärmen zu können.

Trotzdem beschließe ich, mir die Ausstellung in Ruhe anzusehen.

»Sieh dir das an! Das könnte ein Kind besser.« Mit der Hand, in der er das Sektglas hält, deutet Max auf ein Bild, das in meinen Augen tatsächlich sehr abstrakt ist. Allerdings finde ich es extrem unhöflich, das Werk so abzutun. Warum wollte er denn mitkommen, wenn er sich nicht mit den Arbeiten auseinandersetzen will? Mit einem großen Schluck leere ich mein Glas.

Im selben Moment bricht im Erdgeschoss ein kleiner Tumult aus. Es scheint eine prominente Persönlichkeit angekommen zu sein. Wie gut, dass es hier oben so angenehm ruhig ist.

»Soll ich dir noch etwas zu trinken holen?«, will Max wissen.

Ich nicke, um für einen Moment Ruhe vor ihm zu haben und die restlichen Bilder ohne seine unpassenden Kommentare zu genießen.

Lächelnd drücke ich ihm mein leeres Sektglas in die Hand.

Sobald er gegangen ist, betrachte ich ein Gemälde, das sehr kunstvoll ausgeführt ist. Was für eine schöne Arbeit!

Ich umrunde die Stellwand. Auch hier hängen einige Bilder. Sie finden weniger Beachtung, wie ich bemerke. Ob das so ist, weil sie hier so versteckt hängen?

Unverhofft verliere ich mich in einem Bild, das eine junge Frau zeigt. Sie sitzt in einem karg eingerichteten Raum auf einem Stuhl und sieht aus dem Fenster. Bis auf ein Laken, in das sie sich eingehüllt hat, ist sie nackt.

Das Bild ergreift mich, weil ich mich unwillkürlich frage, ob diese Frau auf jemanden wartet. Sie wirkt nicht unglücklich, aber doch ein wenig verloren, als warte sie auf ihren Liebsten, sei sich aber nicht sicher, ob er wirklich kommt.

Normalerweise berühren mich gemalte Bilder nicht so sehr, es sei denn, die kleine Jasmine malt ein Bild von ihrer Tante. Doch dieses Gemälde hier ist anders.

Kein Gast verirrt sich auf diese Seite der Stellwand und ich stehe einfach nur da und sehe die Frau auf dem Bild an.

John

Unglaublich, wie viele Menschen erpicht darauf sind, mich zu sprechen. Dabei bin ich nur hier, um die Kunst zu würdigen, die meiner Mutter sicher gefallen hätte. Eines ihrer Bilder ist auch hier, aber sie war Hobbykünstlerin und hat wohl nicht gedacht, dass um eines ihrer Gemälde einmal so viel Wirbel gemacht wird.

Als ein bärtiger Mann ein paar Sektgläser fallen lässt, nutze ich die Gelegenheit, um mich von den vielen Besuchern abzuseilen, und eile die Stufen zur Galerie hinauf.

Hier oben ist es glücklicherweise etwas ruhiger. Da entdecke ich das Bild meiner Mutter.

Eine Frau steht vor Mums Gemälde. Faszinierend, wie sehr sie in das Bild vertieft ist. Sie bemerkt mich überhaupt nicht.

Das gibt es doch nicht! Das ist …

Ich nähere mich der blonden Frau, die in ihrer ganzen Art sehr elegant wirkt, und versuche, einen Blick auf ihr Profil und vor allem auf ihre Augenfarbe zu erhaschen.

Das ist doch nicht möglich.

»Zoe Chapman?«, traue ich mich, leise zu fragen.

Erschrocken zuckt sie zusammen und hält sich die Hände vor die Brust.

Sie wirkt, als wehre sich etwas in ihr, sich zu mir umzudrehen.

Langsam gehe ich weiter an sie heran und stelle mich zwischen sie und das Bild.

Sie ist es! Wie wunderbar!

Sie ist noch viel hübscher, als ich sie in Erinnerung habe. Und diese Augen! Fantastisch!

»Zoe, ich kann gar nicht sagen, wie sehr ich mich freue, Sie zu sehen.« Ich strahle sie an.

Wie gut es das Schicksal heute Abend mit mir meint!

Mit großen Augen sieht Zoe mich schweigend an und scheint zu überlegen, was sie sagen soll. Ob sie immer noch so schüchtern ist wie bei unserer ersten Begegnung? Oder überrascht sie mein plötzliches Auftauchen einfach nur?

»Guten Abend, Mr Lazenby«, sagt sie dann.

Ihre Stimme klingt ruhig, aber ihr Gesicht ist knallrot angelaufen.

»John, bitte! Zoe, ich freue mich.«

Entschlossen reiche ich ihr die Hand, die sie zaghaft ergreift. Endlich sieht sie mich aus ihren himmelblauen Augen an, die genauso geheimnisvoll funkeln wie damals.

Ihre grazilen Finger liegen immer noch in meiner Hand, und weil sie etwas kühl sind, lege ich automatisch meine andere Hand darüber.

Wie konnte ich nur vergessen, welche Wirkung sie auf mich hat? Ich erinnere mich an den leidenschaftlichen Kuss, den wir geteilt haben. Der Geschmack ihrer Lippen, ihr Körper an meinem … Alles schien zu passen in diesem einen kurzen Moment.

Warum habe ich nicht längst nach ihr gesucht? Dabei brauche ich mir diese Frage nicht zu stellen. Mein schlechtes Gewissen wegen des fatalen Kusses hat mich ewig verfolgt, sodass ich sogar länger als nötig mit Hannah zusammengeblieben bin.

Ob Zoe mittlerweile einen Partner hat?

»Sie heißen doch noch Chapman? Oder sind Sie inzwischen verheiratet?«, platzt es aus mir heraus.

»Ich bin nicht verheiratet.« Ihr Lächeln gepaart mit der wundervollen Stimme wirkt auf mich wie ein Geschenk.

Ihre Lider senken sich einen Augenblick beschämt, aber dann sucht sie gezielt meinen Blick und mustert mich unverhohlen.

Keine Frage, aus der jungen Frau ist eine absolut traumhafte Lady geworden.

Zoe

Es ist schwer, ihn nicht anzusehen. Er sieht viel besser aus als im Fernsehen. Die vier Jahre haben ihn noch attraktiver werden lassen. Die kleinen Fältchen um seine Augen machen ihn zu einem noch anziehenderen Mann. Sein Gesicht hat die jungenhafte Glätte verloren. Sein Haar wirkt nicht mehr ganz so füllig wie früher, aber ich möchte am liebsten meine Finger sanft darin vergraben.

Voller Interesse mustert John mich ebenfalls. Ich komme mir auf einmal unendlich alt vor. Wahrscheinlich sind die Jahre mit mir nicht so gut umgegangen wie mit ihm. Für ihn bin ich bestimmt nichts weiter als ein verwelkter Blumenstrauß.

»Was denken Sie?«, fragt er sanft.

»Ach, ich denke an Blumen.«

Eine kleine brünette Frau kommt zu uns, und John lässt sofort meine Hand los, um sich durch das Haar zu fahren.

»John, da bist du ja«, sagt die Dame, die ein wenig wie Christina Ricci aussieht.

Aufmerksam sieht sie mich an und ich betrachte sie ebenso interessiert.

Wie konnte ich auch nur auf die Idee kommen, dass John Lazenby ohne Begleitung auf einem Event erscheint.

»Zoe, das ist Camille Parker, meine persönliche Assistentin. Camille, das ist Zoe Chapman.«

Sie ist nicht seine Freundin. Ich atme auf.

»Zoe kommt aus Washington und … ja … Was führt Sie eigentlich nach New York?«, fragt John und klingt ehrlich interessiert.

Soll ich ihm sagen, dass ich in seiner Stadt lebe?

»Sie hat die Geschäftsleitung des New Yorker Fitz«, antwortet jemand für mich.

Überrascht wendet John sich von mir ab und ich sehe Max mit zwei Sektgläsern auf uns zukommen. Sein plötzliches Auftauchen verunsichert mich ein bisschen, weil ich mich eben noch so darüber gefreut habe, dass Camille nicht Johns Lebensgefährtin ist. Ich dagegen bin mit meinem Freund hier, der zwar nicht richtig mein Freund ist, aber machen wir uns nichts vor – in den Augen aller anderen Gäste ist es ein Date.

Selbstbewusst eilt Max an meine Seite. Er überreicht mir mein Glas, um dann betont lässig seinen Arm um mich zu legen, während ich wie angewurzelt dastehe.

Ob John sich durch Max' plötzliches Erscheinen irritiert fühlt, bleibt sein Geheimnis. Ihm ist nichts anzumerken.

Er zieht die Augenbrauen hoch. »Haben wir das gewusst, Camille?«, erkundigt er sich und wendet sich seiner Assistentin zu, um ohne Unterbrechung die Unterhaltung weiterzuführen.

»Du hast eine Einladung zur Einweihungsfeier bekommen, aber die fand an dem Wochenende statt, als du zum Skilaufen in Aspen warst.«

»Jetzt erinnere ich mich wieder. Tja, hätte ich gewusst, dass ich Sie dort antreffe, wäre ich der Einladung natürlich gefolgt.« Er lächelt charmant und fügt hinzu: »Sie sind mir doch nicht böse, dass ich nicht da war?«

»Natürlich nicht.« Das kommt vielleicht etwas zu schnell.

Max räuspert sich.

»Ach ja, das ist Max … mein Nachbar.«

»Und Freund«, ergänzt er sofort.

»Ja, und Freund … natürlich. Max, das ist …«

»Wer weiß das nicht? John Lazenby!« Endlich lässt Max von mir ab, aber nur, weil er John die Hand schütteln möchte. Mit aufrichtigem Lächeln erwidert John die Geste, aber ich registriere, dass sein Blick kurz zu mir schweift, als er Max begrüßt.

»Das ist Camille«, stellt John seine Begleitung vor.

Während Max sich nun an Camille wendet, nimmt John den Platz an meiner Seite ein.

»Können wir uns irgendwo kurz ungestört unterhalten?«

Die Stimmen der anderen Gäste werden lauter. Einige von ihnen haben entdeckt, dass es noch weitere Bilder zu bestaunen gibt.

Sofort geht John auf Abstand zu mir. »Bitte geben Sie Camille Ihre Telefonnummer, damit sie sich wegen eines Termins bei Ihnen im Laden melden kann.«

Wie bitte? Geht's noch?

Eilig schließt er sich einer Gruppe von Gästen an und Camille wühlt bereits in ihrer Tasche nach einem Zettel.

»Lassen Sie es gut sein! Wir stehen im Telefonbuch und Sie finden auch alle notwendigen Informationen auf unserer Website«, sage ich knapp und marschiere davon.

Weshalb bin ich bloß so wütend? Es macht mich fast rasend, dass John lediglich an einem Termin bei mir im Laden interessiert ist. Warum macht er die Fliege, sobald andere erscheinen? Ist es ihm peinlich, mit mir gesehen zu werden?

So ein überheblicher Kerl! Er meint auch, er braucht nur mit den Fingern zu schnippen und bekommt, was er will.

Camille geht ihm eilig nach.

Sobald sie verschwunden ist, habe ich wieder die volle Aufmerksamkeit von Max. »Sag mal, woher zum Teufel kennst du John Lazenby?«

»Das ist eine lange Geschichte.«

»Ist ja unglaublich! Das war wirklich John Lazenby.«

»Nicht so laut, Max!«

»Verdammt, hätte ich unten nicht die Gläser zerbrochen, wäre ich ein paar Minuten eher wieder hier gewesen.«

»Entschuldigst du mich kurz? Ich möchte mir die Hände waschen.«

»Klar.«

Als ich die Treppe hinuntergehe, höre ich John hinter mir: »Zoe?«

Ich habe keine Lust mehr, mit ihm zu reden, und gehe einfach weiter. Doch in diesem Moment kommt der Kunde auf mich zu, der mich auf die Vernissage eingeladen hat. Scheinbar hat er etwas zu viel Sekt getrunken, denn er legt sofort seinen Arm um mich.

»Da sind Sie ja! Ich habe Sie schon überall gesucht. Haben Sie mein Bild schon gesehen?«

Sein Lallen ist ebenso abstoßend wie der Alkoholgeruch in seinem Atem. So diskret wie möglich schüttle ich den Arm des Kunden ab. Ich fürchte schon, John hätte das mitangehört, doch als ich mich zu ihm umdrehe, stelle ich erleichtert fest, dass er wieder von anderen Gästen umringt ist.

Es dauert einen Moment, bis John sich wieder Freiraum verschafft hat. Er gesellt sich zu uns.

»Zoe, kann ich Sie einen Moment unter vier Augen sprechen?« Seine warme Hand legt sich auf meine Schulter, und während ich noch unter der Berührung erschaudere, führt er mich bereits zu einem kleinen Raum im Erdgeschoss, der offensichtlich nicht zur Ausstellung gehört. Hier stehen nur ein paar Tische und es liegt allerlei Verpackungsmaterial herum.

Als ich begreife, dass ich hier völlig allein mit ihm bin, ist es bereits zu spät.

»Wie kann ich Sie erreichen?«, fragt John. Seine Stimme klingt, als sei er irritiert.

Habe ich ihn etwa gekränkt, weil er meine Telefonnummer nicht mit Kussmund auf einer Serviette erhielt?

»John, halten Sie das für eine gute Idee?«

Ob er eine Ahnung hat, wie sehr sein Kuss mein Leben durcheinandergebracht hat und wie lange es dauerte, bis ich ihn überwunden habe? Es ist mir heute noch peinlich, dass ihm Mia erzählt hat, wie begeistert ich von ihm war. Dieses Wissen hat er seinerzeit schamlos ausgenutzt. Das passiert mir nicht noch einmal.

»Habe ich Ihnen etwas getan?« Fassungslos mustert er mich.

»Ich bin nicht mehr Anfang zwanzig und über meine pubertäre Schwärmerei längst hinweg.« Leider klingt meine Stimme nicht sehr überzeugend.

»Wow! Sie haben Ihre Schüchternheit abgelegt.«

»Tja, ich habe es auf die harte Tour gelernt.«

»Geht es um den Kuss? Zoe, ich habe mich sofort danach dafür entschuldigt.«

»Sie haben meine Schwärmerei ausgenutzt.«

»Vielleicht habe ich das …«

Seine Anwesenheit gepaart mit der schonungslosen Ehrlichkeit bringt mich völlig durcheinander. Zu allem Überfluss kommt er mir ein Stück näher und der intensive Blick aus seinen Augen lässt mich um Atem ringen.

»Hat Ihnen der Kuss nicht gefallen?«

Warum will er das jetzt noch wissen? Gefällt es ihm, mich zu quälen?

»Ich habe einen Freund.« Das ist das Dümmste, was ich jemals gesagt habe, aber auch das Beste.

Ein Mann wie John ist nichts für mich, selbst wenn er nur einen Anzug bei mir kaufen will.

Aufmerksam mustert John mich noch einen Augenblick, dann kommt Bewegung in ihn. Er schnappt sich eine der Papierservietten, die auf einem Tisch liegen. Dann zieht er einen Stift aus seiner Jackentasche und kritzelt etwas auf die Serviette. Anschließend überreicht er sie mir. Da ich nicht danach greife, legt er sie auf den Tisch.

»Rufen Sie mich an! Ich würde mich wirklich sehr darüber freuen.«

Dann geht er und lässt mich stehen.

Erst als ich mir ganz sicher bin, dass er nicht mehr zurückkommt, greife ich nach der Serviette und stecke sie in meine Tasche. Danach eile ich zu Max, um ihm mitzuteilen, dass ich aufbrechen will.

Fast schon unhöflich serviere ich ihn wenig später vor meiner Haustür ab. Ich will nur noch meine Ruhe.

Warum musste dieser verdammt anziehende John Lazenby wieder in mein Leben treten und alles durcheinanderbringen?

Der Rest der Woche ist die Hölle.

Ich habe John Lazenby einen Korb gegeben. Bin ich von allen guten Geistern verlassen?

Da treffe ich endlich den Mann, nach dem ich mich insgeheim seit Jahren sehne, dessen Leben ich heimlich verfolge wie eine Daily Soap, und er will meine Nummer.

Mist! Ich hätte ihm einfach meine Privatnummer geben sollen. Jetzt habe ich seine Handynummer. Aber ich werde die Ziffern nie wählen.

»Ich werde ihn nicht anrufen«, denke ich, als ich mit dem Smartphone in der Hand in meiner Wohnung sitze.

Seit Tagen bete ich dieses Mantra vor mich hin.

»Ich werde ihm diesen Gefallen nicht tun«, sage ich laut. »Ich werde nicht zu den Tausenden von Frauen gehöre, die ihm hechelnd hinterherlaufen. Es genügt vollauf, dass ich zu den Tausenden von Frauen gehöre, die ihn toll finden.«

Das ist verrückt.

Plötzlich wähle ich die Nummer. Es klingelt eine Weile, und ich halte mir die Hand vor den Mund, um nicht zu schreien.

John

An diesem Abend komme ich gerade in meiner Wohnung an, als mein Smartphone klingelt. Ein Blick auf das Display sagt mir, dass der Anrufer seine Nummer unterdrückt. Soll ich überhaupt rangehen?

»Hier John?«, melde ich mich schließlich nach kurzem Zögern.

Am anderen Ende der Leitung bleibt es still. Es ist zwar deutlich zu hören, dass da jemand atmet, aber die Person sagt nichts.

»Wer ist denn da?«, frage ich grimmig und knalle meinen Haustürschlüssel auf das Schränkchen neben der Tür.

Plötzlich ist die Leitung tot. Aufgelegt!

Für einen Augenblick nehme ich das Smartphone vom Ohr und starre erneut auf das Display. Seltsam.

Vielleicht war die Verbindung schlecht und derjenige wird es später noch einmal versuchen.

Als ich mich meines Mantels entledige, klingelt es tatsächlich wieder.

»Ja?«

»Hey, John Boy«, säuselt eine Frau in mein Ohr, und ich erkenne sofort die Stimme, auch anhand des Spitznamens, den sie mir gegeben hat.

Ich weiß schon seit Tagen, dass diese weltberühmte Sängerin aus Los Angeles gerade in der Stadt ist. Die Presse reißt sich förmlich um sie.

Vor einem Jahr hatten wir ein ausschweifendes Techtelmechtel, an das sie bestimmt anknüpfen möchte.

»Hallo, Melody.«

»John Boy, bist du zu Hause?«

Verdammt! Ihre anzügliche Stimmlage versetzt meinen Körper in sofortige Bereitschaft.

»Bin ich. Hast du eben schon einmal angerufen?«

»Nein. Das ist mein erstes Mal.« Ihr helles Kichern unterstreicht die Worte und mir wird ziemlich warm.

Ich öffne den obersten Knopf meines Hemdes.

»Ich sitze zufällig gerade in der dunklen Limou vor deinem Haus. Magst du nicht kommen?« Erfreut lacht sie und hat offensichtlich Spaß an ihren Wortspielen.

Hastig gehe ich zu einem der Fenster und schiebe den Vorhang ein Stück zur Seite. Tatsächlich! Da steht die erwähnte Luxuskarosse.

»Melody …«, beginne ich seufzend.

Klar wäre ich jetzt sofort in der Lage, es ihr auf der Rückbank zu besorgen, und mein Schwanz hätte da nichts dagegen, aber …

Ja, was aber?

»Ich erwarte dich«, säuselt sie und legt auf.

Das gibt es nicht! Eilig suche ich ihre Telefonnummer aus meinen Kontakten heraus und rufe zurück. Sie lässt es klingeln und geht nicht an den Apparat.

Also gut. Eilig greife ich nach meinem Schlüssel, verlasse die Wohnung und laufe die Stufen hinunter. Als ich auf der Straße angekommen bin, öffne ich die hintere Tür der Limousine.

Noch während ich mich hinunterbeuge, um einen Blick ins Innere zu erhaschen, lehnt sich Melody mir entgegen. Sie trägt einen Pelzmantel. Keine Frage, sie traut sich was, aber trotzdem runzele ich eher deshalb meine Stirn, weil sie mir ein beachtliches Dekolleté präsentiert.

»Melody…«, seufze ich kraftlos.

»Steig schon ein!«

»Ich kann nicht.«

Was sage ich da? Bin ich denn von allen guten Geistern verlassen, dass ich mir diese Sexbombe entgehen lasse? Es ist ja nicht so, dass ich nicht wüsste, was ich verpasse.

Melody zieht theatralisch einen Schmollmund. Ihre großen Rehaugen machen mich schwach.

Mein Schwanz zeigt längst in Richtung der geöffneten Tür und versucht wohl, mir den Weg zu weisen. Ob ich auf ihn hören soll?

»Warum kannst du nicht, John Boy?« Langsam lehnt sie sich zurück und öffnet den Pelzmantel.

Verdammt! Sie ist splitterfasernackt unter dem Teil. Alarmiert schließe ich die Tür ein Stück, damit kein Passant oder versteckter Paparazzo einen Blick auf diese

Einladung werfen kann.

Meine Besorgnis sorgt nur dafür, dass Melody herzlich lacht, doch dann schließt sie den Mantel wieder züchtig.

»Wie heißt sie?«

»Hä?«

»John Boy, mir machst du nichts vor. Wie heißt die Frau, die dich davon abhält, einzusteigen.«

»Das …« Irritiert halte ich inne.

Plötzlich denke ich an Zoe, die Frau, zu der meine Gedanken seit der Vernissage immer wieder wandern. Warum meldet sie sich nicht? Und warum bin ich nicht schon längst bei ihr im Laden aufgetaucht?

Zoe

»Zoe, ich kann dir gar nicht sagen, wie sehr ich mich freue, dich zu sehen«, sagt Mia und wir umarmen uns kurz.

Für Will bin ich extra über ein verlängertes Maiwochenende aus New York angereist, da er seinen 35. Geburtstag mit einer großen Party feiert.

Ich habe Mia versprochen, auf die Kinder aufzupassen. Natürlich werde auch ich an der Feier teilnehmen, aber wenn etwas mit Jasmine oder Josh sein sollte, werde ich mich um sie kümmern, damit Mia und Will den Abend in aller Ruhe genießen können.

Letztes Jahr haben sich Will und Mia ein Haus auf dem Land gekauft. Da Will auch viel von zu Hause aus arbeitet, hat es sich für die beiden so ganz gut ergeben.

Das Haus hat einen großen Garten. Mia bereitet alles für die Grillfeier vor, während ich mit Jasmine und Josh spiele.

Als Wills Cousine ankommt und sich eine Weile um die Kinder kümmern will, gehe ich kurzerhand mit Thor eine Runde spazieren, um die Gegend zu erkunden.

Genau in diesem Moment beginnt der Tag, ein verdammt schlechter Tag zu werden.

Gerade habe ich Thor von der Leine gelassen und schlendere hinter ihm her durch ein Waldstück, das sich in der Nähe von Mias Haus befindet.

Da kommen mir zwei Spaziergänger entgegen. Der Mann trägt Jeans, T-Shirt und ein Basecap, die blonde, dünne Frau ebenfalls. Sie gehen entspannt nebeneinanderher, und die Frau lächelt den Mann an, während er sich ihr zuwendet, um ihr etwas ins Ohr zu flüstern.

Zwischen den beiden bahnt sich bestimmt gerade etwas an.

Thor setzt einen Haufen an den Wegrand und ich ziehe die mitgebrachte Plastiktüte aus der Hosentasche. Als ich in die Hocke gehe, lege ich die lose Hundeleine neben mir auf den Boden, damit ich den monströsen Haufen einsammeln kann. Das Pärchen bleibt neben mir stehen.

»Sehr vorbildlich«, höre ich die Stimme der Frau.

Konzentriert widme ich mich dem stinkenden Haufen, lächle aber über die Bemerkung. »Ja, ich finde, wenn man einen Hund hat …« Ich werfe dem Pärchen einen kurzen Blick zu und erstarrte.

John Lazenby! Das gibt es doch nicht!

Ruckartig schnelle ich in die Höhe, als hätte man mich beim Klauen erwischt.

Jetzt stehe ich doch tatsächlich mit einer Tüte Hundekot in der Hand vor John.

»... ähm, wenn man ... einen Hund hat, dann sollte man das Zeug auch wegräumen.«

Die Frau scheint nicht zu verstehen, warum ich so perplex bin, und sieht mich mit großen Augen an. Auf mich wirkt sie wie eine zweite Ausgabe dieser blöden Serienschauspielerin, mit der John zusammen war.

Warum sagt er denn nichts zu mir?

Er hat mich doch wohl erkannt.

»Hallo, John«, sage ich, kann ihm aber die Hand nicht reichen, weil ich diesen Haufen festhalte.

»Hallo, Zoe«, antwortet er endlich.

Seine melodische Stimme zu hören, versetzt mich immer noch in Wallung.

Einen Augenblick sehen wir uns tief in die Augen und die Zeit scheint stillzustehen.

John

Eigentlich hätte ich mir denken können, dass sie heute auch hier sein wird. Aber auf der anderen Seite auch nicht. Seit meinem Besuch damals war Zoe nie mehr da, wenn ich Billy besucht habe.

Es gefällt mir nicht, wie sie es immer wieder schafft, mich mit ihrem Blick zu hypnotisieren und mich daran zu erinnern, dass sie die eine Frau ist, die ich nicht haben kann. Hätte sie sich nicht längst bei mir gemeldet, wenn es anders wäre?

Spielerisch stupst Thor Zoe an und sie stülpt hektisch die Tüte über den stinkenden Haufen. Anschließend verknotet sie das Säckchen zügig. Ihr Gesicht ist puterrot angelaufen.

»Ich muss weiter. Bis irgendwann«, sagt sie locker und hebt die Hundeleine vom Boden auf, die lose dort lag. Zoe hat sie wohl dort abgelegt, weil sie sonst den riesigen Haufen nicht hätte aufheben können.

Schwungvoll wendet sie sich von uns ab. Der Karabiner am Ende der Hundeleine schwingt aus und trifft mich am Oberschenkel, bevor ich reagieren kann.

»Autsch!«

Zoe fährt sofort zu mir herum. »Oh, das tut mir leid. Das wollte ich nicht«, bringt sie gepresst hervor.

Hastig reibe ich über die Stelle an meinem Bein und lächle Zoe an, damit sie merkt, dass es mir gut geht. Sie scheint nicht zu wissen, ob sie gehen oder sich um mich kümmern sollte. Ihre Wangen glühen, und ich befürchte, es zum wiederholten Male geschafft zu haben, dass sie sich in meiner Anwesenheit unwohl fühlt.

»Hast du dich verletzt?«, fragt Nicole.

Nicole wirft einen Blick auf mein Bein. Da die Hose intakt ist, wird sie so kaum feststellen können, ob der Karabiner eine Wunde verursacht hat.

»Alles in Ordnung.« Obwohl meine Antwort schnell kam, fährt Nicole mit der Hand über mein Bein, um sich davon zu überzeugen.

Auch wenn ich mich verkrampfe, zeigt die Aktion bei Zoe ihre Wirkung. Zwischen ihren Augen bildet sich eine tiefe Furche und schon dreht sie sich um und legt einen eiligen Abgang hin.

Seufzend lasse ich sie ziehen.

»Wer war das denn?«, fragt Nicole so laut, dass Zoe es hören muss.

Zoe

Johns Antwort höre ich nicht mehr.

Den Spaziergang ziehe ich länger hinaus als nötig. Auf einmal verspüre ich keinen Drang mehr, zum Haus zu gehen.

Erst zwei Stunden später kehre ich zum Haus zurück, während ich gedanklich meine Fehler-des-Lebens-Liste erweitere.

Schau nach, wer dir entgegenkommt, wenn du dich nach Hundekot bückst.

Schlage niemanden mit einer Hundeleine, außer er hat dich darum gebeten.

Halte dich von John fern!

Der letzte Punkt wird schwieriger als erwartet. Als ich zu Jasmine ins Zimmer schlendere, sitzt John mit ihr auf dem schmalen Kindersofa und liest ihr eine Geschichte vor.

Unmerklich seufze ich.

Sogar die kleine Jasmine hat schon kapiert, dass John ein besonderes Exemplar der Gattung Mann ist.

Eben will ich mich unentdeckt wieder zurückziehen, da hat mich Jasmine bereits entdeckt.

»Zoe, komm und schau mit mir das Buch an!«

Sofort unterbricht John das Vorlesen und sieht mich erwartungsvoll an.

Halte dich fern, halte dich fern, halte dich fern!

»Also gut«, sage ich und gebe mich geschlagen. Sachte setze ich mich vor der Couch auf den Boden.

Da trottet Thor ins Zimmer und legt sich zu mir. Ich kraule ihn, während John die Geschichte von einer kleinen Prinzessin vorliest, die viel lieber ein ganz normales Mädchen wäre.

Als das Buch zu Ende ist, springt Jasmine plötzlich auf.

»Ich zeige euch meinen neuen Fotoapparat«, verkündet sie mit zuckersüßer Stimme und rennt aus dem Zimmer.

Thor erhebt sich und begleitet sie wie selbstverständlich.

Wie versteinert sitze ich auf dem Boden und traue mich kaum, zu atmen.

Plötzlich beugt sich John zu mir.

»Wollen Sie gar nicht wissen, wie es meinem Bein geht?«, raunt er kaum hörbar in mein Ohr.

Seine Versuche, sich mit mir zu unterhalten, in allen Ehren, aber ich könnte explodieren, weil er mich immer wieder aus der Reserve locken möchte.

»Es sah so aus, als hätten Sie eine gute Krankenschwester dabei.«

»Nun, ich weiß nicht, was sie beruflich macht.«

Wie? Er kennt sie gar nicht richtig?

Was ist er nur für ein Womanizer! Die beiden wirkten so vertraut, als sie mir aus der Ferne entgegenkamen.

»Das Kraulen damals hat mir jedenfalls wesentlich besser gefallen als der Schlag vorhin mit der Hundeleine. Ich wusste nicht, dass Sie Ihr Repertoire erweitert haben.«

Sorry, aber diese witzige Masche zieht bei mir nicht. Seine charmanten Annäherungsversuche werden mich nicht schwach machen.

Ich stöhne entnervt auf.

»Das nächste Mal reibe ich Sie mit dem Hundehaufen ein, wenn Sie auf solche Dinge stehen.«

Als John leise lacht, streift sein Atem meine Wange. Für einen Moment verwirrt mich der Duft seines Aftershaves.

Endlich saust Jasmine zurück ins Zimmer. Ich bin ihr sehr dankbar für das wunderbare Timing. Fachmännisch führt sie uns ihre Digitalkamera vor und wir schießen unzählige Fotos.

»Jetzt mache ich ein Bild von euch. Setz dich zu John auf das Sofa, Zoe!« Jasmines Befehlston duldet keine Widerworte.

Mühsam rappele ich mich vom Boden auf und lasse mich mit größtmöglichem Abstand zu John auf der Couch nieder.

Aber Jasmine weiß, was sie will. »Nein, ihr müsst nah beieinander sitzen.«

Nachgiebig rücken John und ich näher zusammen, und es fühlt sich merkwürdig an, seinen Schenkel an meinem zu spüren. Auf der weichen Kindercouch sinken wir auch etwas zu tief ein, sodass wir aneinandergedrückt werden.

Erst als Jasmine kichert, wird mir bewusst, dass John hinter mir mit seiner Hand Hasenohren über meinem Kopf macht.

Entsetzt reiße ich den Mund auf und schupse ihn von mir weg. Mit einer schelmischen Grimasse bringt er Jasmine zum Lachen und legt seinen Arm um mich.

»Lächeln!«, fordert er mich auf und drückt seine Wange an meine.

O Mann! Seiner Art kann ich einfach nicht widerstehen. Es ist zum Verrücktwerden.

Das Strahlen, das mich überkommt, kann ich nicht verhindern. Inzwischen hat Jasmine wohl eine ganze Reihe von Bildern gemacht, die sie mir jetzt aber nicht zeigen will.

Schließlich steht John auf, weil Will lautstark durchs ganze Haus nach ihm brüllt. Er verlässt den Raum mit den scherzhaften Worten, dass es ihm wohl nicht vergönnt sei, eine Minute ohne seinen nervigen Freund zu sein.

Wie kann er mich einfach so sitzen lassen, nachdem wir gerade so vertraut miteinander waren?

Jetzt werde ich wieder die ganze Zeit an ihn denken. Er hat es mal wieder geschafft, mich innerlich aufzuwühlen.

John

Zoe Chapman, ich werde nicht schlau aus dir.

Wüsste ich es nicht besser, könnte man meinen, wir wären zwei Magnete, deren Pole sich ständig verschieben. Mal werden wir extrem zueinander hingezogen und dann stoßen wir uns wieder voneinander ab.

Wenn sie wüsste, dass ich ihretwegen seit einiger Zeit keine Frau mehr an mich heranlasse, geschweige denn körperlich dazu bereit bin … Irrwitzig ist das schon, denn letztendlich bestrafe ich mich damit nur selbst, und das trägt nicht gerade zu meiner Zufriedenheit bei.

»Kann ich dir etwas helfen?«, frage ich Mia, als ich die Küche betrete, weil von Billy keine Spur zu sehen ist.

Mia sieht kurz von der Arbeitsplatte auf, auf der sie Gemüse schneidet. Ich stelle wieder einmal fest, wie ähnlich sich die Schwestern sehen, was die ansehnliche Statur, den eleganten Hals und die Haarfarbe angeht. Aber an Zoes Augen kommt niemand ran.

»Auf keinen Fall. Du bist unser Gast«, sagt Mia tadelnd. »Du könntest dich noch ein bisschen mit Nicole unterhalten, wenn es dir nichts ausmacht. Sie sitzt draußen auf der Terrasse, und Billy ist ein bisschen verzweifelt, weil sonst kaum jemand da ist.«

Also gut. Daher sein Hilfeschrei! Da Nicole ebenso wie ich etwas früher angereist ist, werde ich gentlemanlike an ihrer Seite verweilen, bis die anderen Partygäste eintreffen.

»Gut.« Ich mache mich auf den Weg, strecke aber noch einmal meinen Kopf in die Küche.

»Sag mal. Ist Zoe eigentlich in festen Händen?«

Mias Messer schnellt auf das Brett, und sie sieht überrascht zu mir, was mich meine unbedachte Frage bereuen lässt. »Nein, ist sie nicht … glaube ich.«

Warum lächelt sie denn jetzt so frech? »Warum fragst du?«

»Ach, nur so. Ich dachte, da gab es einen … Max.«

»Max? Der aus der Nachbarschaft?« Mia legt das Messer weg und verschränkt die Arme. »Diese Episode ist abgeschlossen.«

Nickend presse ich die Lippen aufeinander, und mein Blick schweift ab, weil ich an den tollpatschigen Mann mit dem Bart denke, der so überhaupt nicht zu Zoe passt.

»Du vergisst Nicole nicht?«, erinnert mich Mia an mein Vorhaben und widmet sich wieder dem Gemüse.

Ich füge mich in mein Schicksal, ein bisschen mit Nicole Small Talk zu betreiben.

Obwohl ich nicht richtig Lust darauf habe, bin ich kurze Zeit später in ein Gespräch mit ihr vertieft und gehe darauf ein, als sie mit mir flirtet. Sie lässt sich nur zu gerne von schmeichelnden Worten bezirzen, was die Unterhaltung angenehm und kurzweilig macht.

Zoe

Als die Kinder friedlich schlafen, klemme ich mir das Babyfon an meinen Hosenbund und schlendere nach draußen in den Garten.

Es ist inzwischen dunkel. Da der Abend so warm ist, tummeln sich die meisten Gäste im Freien. In einer Metallschale brennt ein nicht zu verachtendes Feuer, es gibt Stehtische, aber auch Picknickdecken und Biertische.

Die Gruppen haben sich verteilt und die Stimmung scheint ausgelassen. Die angeregten Unterhaltungen und das Gelächter werden von rockiger Musik untermalt.

Da ich aus dem hellen Haus komme, erkenne ich zuerst nur schemenhaft die Details.

Als ich über einen Gegenstand auf dem Boden stolpere, ist es bereits zu spät zu reagieren. Obwohl ich noch die Arme hochreiße, stürze ich der Länge nach hin.

Glücklicherweise fliege ich in Richtung einer Picknickdecke, die sich dunkel vor mir auftut. Wie ich feststelle, liegt dort jemand, und ich falle dieser Person direkt in die Arme. Derjenige umfängt mich blitzschnell und mildert meinen Sturz ab.

Einen Moment lang kann ich mich nicht rühren und bringe nur ein »Ah« heraus.

Da steigt mir ein wohlbekanntes Aftershave in die Nase und schon schlingt der Mann von der Decke seine Arme um mich und hält mich fest.

»Entschuldigung«, nuschle ich und hoffe, dass ich ihn nicht verletzt habe. Mal wieder.

Mein Herz schlägt nicht nur wegen des unverhofften Sturzes wie verrückt. John so nah zu sein, bringt mich eines Tages noch um den Verstand.

»Hab ich Ihnen wehgetan?« Während ich das frage, versuche ich mich aus seiner Umklammerung zu lösen. Da ist so viel fremder Körper, den ich an mir spüre. Das alles erinnert mich viel zu sehr an den leidenschaftlichen Kuss, den wir geteilt haben.

Während ich das flaue Kribbeln in mir ignoriere, spüre ich Johns Finger an meinem Kinn. Zielstrebig lenkt er meine Aufmerksamkeit in Richtung seines Gesichts, und obwohl ich ihn im Schein der Flammen nur schlecht sehe, erkenne ich doch den Glanz in seinen Augen. Warum sieht er mich so zärtlich an?

»Heute hast du mich nicht verletzt. Dass du mich nicht angerufen hast, war wesentlich schlimmer«, raunt er mir zu.

»Aber …« Mehr kann ich nicht sagen.

Schweigend starren wir uns im Halbdunkel an und ich wehre mich nicht mehr gegen seine innige Umarmung. Wir versinken ineinander und dann, ganz langsam, nähern sich seine Lippen.

Bevor ich darüber nachdenken kann, ob es eine gute Idee ist, landen seine Lippen sanft auf meinen.

Für einen Moment gebe ich mich ihm völlig hin, merke, wie ich weich werde und mich an ihn schmiege.

Wie viele Jahre habe ich darauf gewartet?

John

Sie schmeckt so köstlich und ich will mehr von ihr. Sie ist wie eine Droge, nach der ich beim ersten Kontakt süchtig geworden bin und auf die ich nie wieder verzichten kann. Von allen Frauen auf der Welt will ich nur diese.

Sie ist mir direkt in die Arme gefallen und ich packe die Gelegenheit beim Schopf.

Ich presse mich an Zoe, intensiviere den Kuss,

möchte ihr zeigen, wie verrückt ich nach ihr bin, wie sehr ich sie begehre.

»Was ist denn hier los?«

Mit einem Mal ist der Moment vorbei und Zoe zieht ihren Kopf von mir weg. Als ich die Augen öffne, sieht sie mich erschrocken an und reißt sich los.

Schon ist sie aufgestanden.

Wer hat uns da unterbrochen?

Wie erstarrt steht Nicole direkt neben der Picknickdecke und hält die Cocktails in den Händen, die sie für uns holen wollte.

Langsam setze ich mich auf und atme geräuschvoll aus.

»Nicole«, sage ich besänftigend, als müsse ich mich bei ihr entschuldigen.

Dabei haben wir uns nur nett unterhalten. Natürlich habe ich bemerkt, wie sie mich ansieht und wie sehr sie sich bemüht hat, mir zu gefallen, aber deshalb bin ich zu nichts verpflichtet.

Weil Nicole wie eine Säule vor mir steht und ich das Gefühl habe, ich bekomme gleich einen Cocktail ins Gesicht, erhebe ich mich rasch.

Aber Nicole hat nur einen giftigen Blick für mich und dann für Zoe übrig, bevor sie sich abwendet und geht.

»Ich glaube, sie hat da etwas falsch verstanden. Ich muss …«, erkläre ich Zoe und deute in die Richtung, in die Nicole verschwunden ist.

»Klar«, haucht sie tonlos und räuspert sich. Dann verschränkt sie die Arme und senkt den Blick.

Puh! Wie habe ich das nur wieder verbockt?

»Ich bin gleich wieder da.« Und schon verschwinde ich, um Nicole zu erklären, dass … Ja, was eigentlich?

Zoe

Ungläubig starre ich John hinterher. Dann sehe ich mich um. Einige Gäste scheinen den Vorfall mitbekommen zu haben. Ich verdrücke mich langsam und unauffällig in Richtung Haus.

Die Party hat für mich noch nicht einmal begonnen und jetzt ist sie wieder vorbei.

Es bringt nichts, auf John zu warten. Was wollen wir denn besprechen? Keine Ahnung, ob es ihm ernst mit mir ist oder ob ich nur eine weitere Frau in seiner langen Liste von Eroberungen bin. Sollte er es aufrichtig mit mir meinen, wäre es beängstigend, weil er ein Mann ist, der sein Leben unter den Augen der Öffentlichkeit führt. Das ist ein Alltag, den ich mir nicht vorstellen kann.

Sollte ich nur eine weitere unbedeutende Liebschaft für ihn sein, muss ich mir das nicht antun.

Im Haus halte ich es nicht lange aus, deshalb schnappe ich mir Thor und vertrete mir vor dem Haus die Beine. Ich möchte John auf jeden Fall aus dem Weg gehen.

Während ich die Straße hinuntergehe, achte ich darauf, mich nur so weit vom Haus zu entfernen, dass das Babyfon noch Empfang hat.

Ich bin aufgewühlt und extrem unruhig. Meine Lippen kribbeln noch von diesem unerwarteten Kuss.

Der sensible Thor scheint meine Gefühlslage zu spüren, da er mich immer wieder mit schief gelegtem Kopf ansieht und dabei ein Geräusch von sich gibt, das nach Mitleid und Trost klingt.

Nach einiger Zeit setze ich mich auf die Stufen vor dem Haus und Thor setzt sich wie ein Freund neben mich. Die Geräusche des Festes dringen nur entfernt bis zu uns herüber.

Sanft lege ich den Arm um Thor, und er schnuppert an meinem Gesicht, um dann leise zu winseln. Meine Stimmung scheint ihm keine Ruhe zu lassen, daher streichle ich ihn, um ihn zu beruhigen.

»Ach, Thor, sei froh, dass du ein Hund bist.«

Auf einmal füllen sich meine Augen mit Tränen, und ich gebe mir keine Mühe, sie zurückzuhalten. Winselnd versucht Thor, mir über die Wange zu schlecken, was ich sanft, aber bestimmt unterbinde.

»Lass das, Thor! Ein unfreiwilliger Kuss pro Tag reicht mir schon. O Mann, was ist nur mit mir los? Was läuft nur falsch in meinem Leben?«

Voller Verständnis hechelt Thor, lässt dabei seine Zunge weit aus dem Mund hängen und ich wische mir mit dem Handrücken über die feuchte Wange.

»Thor, wenn du ein Mann wärst, würde ich dich sofort heiraten. Du hörst zu, du bist treu und du folgst aufs Wort.«

Frustriert ziehe ich die Beine an, lege meine Arme darauf ab und vergrabe mein Gesicht darin.

»Es kann doch nicht sein, dass ich zur kompletten Idiotin mutiere, wenn dieser Kerl in meiner Nähe ist.«

»Zoe?«, höre ich die Stimme meiner Schwester.

Ruckartig hebe ich den Kopf und wische mir die Tränen von den Wangen, während sich Mia neben mir auf die Stufen setzt.

»Willst du darüber reden?«

Meine Lippen beben und sie nimmt mich in die Arme. Dann sprudelt es aus mir heraus. Alles. Angefangen von meinem ersten Treffen mit John im Geschäft bis hin zu diesem irrtümlichen Kuss im Garten.

Das Einzige, was ich ausspare, sind die Gedanken über meine Gefühle für ihn. Über sie möchte ich nicht sprechen.

»Zoe, ich hatte ja keine Ahnung. Ich habe mich schon gewundert, warum er sich jedes Mal nach dir erkundigt hat, wenn er bei Will angerufen hat.«

»Jedes Mal?«

»Ja, die beiden telefonieren mindestens einmal pro Woche, und er hat immer gefragt, wie es dir geht und ob alles in Ordnung sei. Heute hat er mich gefragt, ob du einen Freund hast.«

»Ehrlich?«

Meine Emotionen überschlagen sich, dabei bin ich nicht in der Lage, sie zu sortieren. Ist es Angst oder unbeschreibliche Freude, die ich spüre? Wahrscheinlich von allem ein bisschen, und meine Gefühle streiten sich eindeutig darüber, wer die Oberhand gewinnt.

»Weißt du, er hat dich gesehen, als du in den Garten kamst. Du bist über sein Bein gestolpert.«

Mein Herz setzt für einen Schlag aus und schlägt dann doppelt so schnell weiter, was meinen Körper beben lässt.

Da knistert es aus dem Babyfon und kurze Zeit später höre ich Josh rufen: »Will tinken.« Der Kleine hat Durst.

»Ich gehe schon«, sagt Mia und steht auf.

Tröstend tätschelt sie mir noch einmal kurz die Schulter und geht dann ins Haus.

John

Da Mia jetzt verschwunden ist, nehme ich das mal als mein Stichwort. Schließlich stehe ich hier schon lange genug. Vorsichtig räuspere ich mich.

Mit einem Mal werden Zoes Augen groß. Das erkenne ich sogar im Halbdunkel.

Weil sie sich nicht rührt, stoße ich mich von der Hauswand ab, an der ich gelehnt habe, und gehe langsam auf Zoe zu. Ich lasse mich direkt neben ihr nieder, doch nur Thor scheint sich über mein Auftauchen zu freuen. Aufgeregt tänzelt er ein paarmal vor mir auf und ab, da ich ihm aber nicht die nötige Aufmerksamkeit schenke, lässt er sich schließlich zu unseren Füßen nieder.

Für einige Sekunden starren wir gemeinsam vor uns in die Dunkelheit.

»Wo ist Nicole?«, fragt Zoe leise.

»Als ich sie im Haus fand, war sie in ein Gespräch mit einem der Gäste vertieft. Wie es scheint, bin ich nicht in der Lage, einer Frau das zu geben, was sie sich wünscht. Ich bin eben kein Hund.«

Urplötzlich sieht sie mich mit wachen Augen an und ich kann ihr Unbehagen beinahe greifen. »Wie lange bist du schon hier?«

Ihr Gesicht will sich einfach nicht entspannen, daher werde ich ihr reinen Wein einschenken.

»Genau genommen war ich schon vor dir hier und habe den Zeitpunkt verpasst, an dem ich mich hätte melden können.«

»Hast du mir mit Absicht das Bein gestellt?«

Darauf möchte ich nicht sofort antworten. Soll ich ihr endlich die volle Wahrheit sagen, auch wenn sie mich dann vielleicht für verrückt hält?

»Ich wollte dich schon küssen, als wir gemeinsam in dieser Umkleidekabine standen.«

Mein Geständnis scheint sie wie der Blitz zu treffen, da sie mich völlig entgeistert anstarrt.

»Du warst nur dort, um dir einen neuen Anzug zu kaufen.«

»Ursprünglich schon. Aber ich habe dich getroffen und war fasziniert von dir. Dann hast du an meinem Hosenverschluss herumgefummelt. Ich war ziemlich … erregt. Hast du das nicht bemerkt?«

»Nein«, raunt sie leise und starrt wieder vor sich.

Die Stille ist kaum auszuhalten, da ich nicht einschätzen kann, wie mein Geständnis auf Zoe wirkt.

»Ich habe versucht, mich auf den Verschluss der Hose zu konzentrieren, nicht auf den Inhalt der Hose«, schreit sie plötzlich und ich lache befreit auf.

»Was?«, faucht sie sofort und ich presse die Lippen aufeinander.

»Du hast es versucht …«, sage ich dann amüsiert und weise sie darauf hin, dass ein Versuch nicht unbedingt zum Ziel führen muss.

Plötzlich wird sie still und läuft rot an. Ertappt, würde ich mal sagen. Vielleicht fühlt sie sich doch zu mir hingezogen und wir können das ewige Hin und Her beenden und endlich Nägel mit Köpfen machen.

»Du hattest damals eine Freundin. Es war nicht richtig, mich zu küssen.«

»Aber jetzt habe ich keine.«

»Bis vor Kurzem war ich noch in … na ja … sagen wir: Ich war fast in festen Händen.«

Jetzt reicht es! Dieses Theater wird sofort beendet. Ich muss wissen, ob es ihr genauso geht wie mir. Es kann doch nicht sein, dass ich sie völlig kaltlasse. Selbst wenn sie sich das einredet, werde ich sie fühlen lassen, was sie mit mir macht.

Zoe

Mit einem Mal schlingt John seine Arme um mich und küsst mich so stürmisch und leidenschaftlich, dass ich mich nicht dagegen wehren kann. Ich will mich auch gar nicht dagegen wehren.

Thor wird unser Knutschen zu viel. Mit einem Brummen zieht er sich zurück.

Johns Küsse fühlen sich aufregend und doch vertraut an.

Schließlich ist es John, der sich von mir löst.

»So, jetzt bist du am Zug«, sagt er atemlos und sieht mich voller Lust an.

Wie?

Eben explodierten noch sämtliche Glückshormone

in mir, und nun soll ich wissen, was ich will? Alles in mir schreit nach diesem Mann und doch bin ich mir nicht sicher.

»Wären wir auf einer einsamen Insel und du keine öffentliche Person …«

Es ist nicht fair, es ist verrückt, und mein Herz droht, in tausend Teile zu zerspringen, weil ich so dumm bin, diesen Mann nicht zu wollen. Doch ich will ihn, aber ich kann mich nicht auf ihn einlassen.

»Zoe, willst du mir gerade sagen, dass du verdammt noch mal die einzige Frau auf dieser Welt bist, die nicht von John Lazenby gevögelt werden will?«

Meine Hand will nach ihm ausschlagen, weil er sich wie ein eingebildeter Idiot anhört, aber ich halte mich zurück. Ich schlage keine anderen Menschen, selbst dann nicht, wenn sie so unverschämt sind wie er.

»Arschloch«, sage ich stattdessen und springe auf.

»Es tut mir leid. Manchmal schieße ich übers Ziel hinaus«, entschuldigt er sich und versucht, mich zu beschwichtigen, aber ich kann deutlich seine Resignation hinter den Worten spüren.

»Nein, es tut *mir* leid.« Meine Stimme klingt zitterig und weinerlich. »Du bist jemand, den jeder kennt. Ich bin jemand, der lieber unerkannt bleibt. Wir passen nicht zusammen, John. Ich gehöre nicht in deine Welt.«

Der Lazenby-Clan und alles, was dazugehört, ist Respekt einflößend. »Und auch falls du nicht vorhattest, mich in deine Welt mitzunehmen, möchte ich dir sagen, dass ich für ein unbedeutendes John-Lazenby-Gevögel nicht zu haben bin.«

So, das war's. Jetzt ist alles gesagt und ich flüchte in mein Zimmer.

Da ich an diesem Abend emotional völlig durch den Wind bin und Ablenkung brauche, erhält meine Überlebensliste einige Neuzugänge.

Sprich nicht mit einem Hund, jedenfalls nicht über Dinge, die außer dem Hund niemand hören darf!

Mache einen großen Bogen um Grillpartys, auf denen Picknickdecken zu verführerischem Beisammensein einladen!

Und verdammt noch mal: Schlag dir John Lazenby aus dem Kopf!

Teil 3: Deeply

Eine Woche später

Zoe

Schwer beschäftigt sitze ich in meinem Büro im New Yorker Fitz und arbeite mich durch den täglichen Berg von Papieren.

Diese Aufgaben und ihre Routine helfen mir über den Herzschmerz hinweg, an den ich mich über die letzten Jahre tatsächlich schon irgendwie gewöhnt habe. Es scheint, als dürfe John Lazenby zu jeder Zeit meine Gefühlswelt ordentlich aufmischen, um mir dann kurze Momente der Erholung zu gönnen.

Trotzdem schaffe ich es, mich auf die Arbeit im Geschäft zu konzentrieren. Zwischen Mr Fitz und mir besteht ein vertrauensvolles Arbeitsverhältnis und er lässt mir in vielen Angelegenheiten freie Hand. Inzwischen traue ich mich sogar, die Farbwahl der Kleidung, die ich im Laden trage, mehr nach meinen Vorstellungen zu treffen. Heute trage ich einen roten langen Rock, der sich eng an mich schmiegt, und eine weiße Bluse.

Jemand klopft zaghaft an die Bürotür.

»Herein«, sage ich und blicke erwartungsvoll zur Tür.

Meine Mitarbeiterin Nora streckt ihren lockigen Haarschopf zur Tür herein.

»Zoe, da ist ein Herr, der von Ihnen bedient werden möchte.«

Wieder einmal wundere ich mich über Noras Ähnlichkeit zu Anne Hathaway. Noras freundliches Lächeln kann auf jeden Fall locker mit Hathaways mithalten, ebenso ihr Blick aus den strahlenden Augen.

»Ich komme sofort.« In aller Ruhe lege ich den Kugelschreiber neben die Blätter, die ich noch abzuarbeiten habe, stehe auf und streiche den engen Rock glatt.

Ich greife nach der roten Jacke, die ich zusammen mit dem Rock gekauft habe, und verlasse mein Büro, während ich in die Jacke schlüpfe. Nora, die in der offenen Tür auf mich gewartet hat, beugt sich vertraulich zu mir. »Zoe, ich wusste ja gar nicht, dass Sie John Lazenby kennen.«

Für einen Moment halte ich inne und eruiere, ob ich richtig gehört habe, aber ein Blick in den Laden bestätigt es mir. Da steht er. Er trägt einen dunkelblauen Anzug.

Für den Bruchteil einer Sekunde nehme ich mir die Zeit, mich auf ihn einzustellen, als wenn das jemals möglich wäre, aber noch hat er mich nicht gesehen. Entschlossen atme ich ein und strecke mich. Vor Nora werde ich mir auf keinen Fall eine Blöße geben.

Selbstsicher bewege ich mich auf John zu und reiche ihm meine Hand.

»John, wie schön, Sie zu sehen.«

Mein Lächeln ist vielleicht nicht hundertprozentig echt, ich gebe es zu, aber dafür lächelt John umso charismatischer.

»Zoe, sind wir nicht per du?«, raunt er leise und weigert sich dabei standhaft, meine Hand wieder freizugeben.

Nora, die mir gefolgt ist und nun neben mir steht, sieht aus, als schmelze sie jeden Moment ehrfurchtsvoll dahin.

»Ich bin sehr froh, dass du dir Zeit für mich nimmst. Deine Mitarbeiterin meinte, du hast viel zu tun.«

Lächelnd fletsche ich die Zähne, während er mir immer noch fest die Hand drückt.

»Für einen Kunden wie dich nehme ich mir gerne die Zeit.«

Puh! Wenn das so weitergeht, werde ich ausfällig – ob Nora nun neben mir steht oder nicht.

Die feinfühlige Nora mit ihrem Gespür für zwischenmenschliche Spannungen entschuldigt sich und lässt mich mit John allein.

Vor Erleichterung sacke ich förmlich in mich zusammen, obwohl der Grund für meine Anspannung immer noch vor mir steht, mich schelmisch mustert und sich weigert, mich loszulassen.

»Du bist also auf der Suche nach einem neuen Anzug?«, frage ich höflich und versuche, ihm unauffällig meine Hand zu entwinden.

»Zoe, ich möchte mich bei dir entschuldigen.« Sanft zieht er mich ein Stück zu sich.

Nein! Ein Gespräch dieser Art kann ich doch hier nicht führen. Mit wild klopfendem Herzen und einem kräftigen Ruck befreie ich mich aus Johns Umklamme-

rung und marschiere zielstrebig zu einer der Kleiderstangen, um einen Anzug auszusuchen.

»Mal sehen, die Größe dürfte noch dieselbe sein
wie vor fünf Jahren.«

»Zoe«, knurrt John, als er neben mir auftaucht.

Ich nehme einen dunklen Anzug und halte ihn wie
einen Schutzschild vor mich, um ihn John zu zeigen.

»Der wäre doch genau richtig. Schwarz steht dir ja
auch sehr gut und du könntest verschiedenfarbige Hem-
den dazu tragen.«

»Zoe!« Dieses Knurren ist eine Spur lauter als zuvor.

John

Diese Frau ist der Wahnsinn!

»Ja?«, singt sie unbedarft, als habe sie keine Ahnung, was ich hier wollen könnte, außer einen dämlichen Anzug zu kaufen.

Langsam, aber bestimmt nehme ich ihr den Drei-
teiler aus den Händen und hänge ihn an die nächstbeste Kleiderstange. Dabei lasse ich sie keinen Moment aus
den Augen. Heute wird sie mir nicht davonkommen.

»Hey, der gehört da nicht hin!«, sagt sie sofort, aber
ich bringe sie zum Schweigen, indem ich einfach ihre
Hände ergreife.

Hektisch sieht sie sich im Geschäft um, ob uns jemand beobachtet.

»Zoe.« Geduldig warte ich, bis sie mich wieder ansieht.

Am liebsten würde ich mit ihrem Blick verschmelzen und nie wieder etwas anderes als das Blau ihrer Augen vor mir haben.

»Habe ich jetzt endlich deine Aufmerksamkeit?«

Befangen nickt sie und sieht mich an. Lächelnd nehme ich zur Kenntnis, dass sie mir nun vollkommen zuhört, und umfasse ihre Hände noch ein bisschen fester, um ihr dabei intensiv in die Augen zu sehen.

»Es tut mir leid, dass ich dich nun schon mehrmals absichtlich geküsst habe.«

Ich versuche ein vorsichtiges Lächeln. Ja, ich bitte um Verzeihung, aber letztendlich rechne ich doch damit, dass diese Angelegenheit endlich vom Tisch ist.

Dann bin ich derjenige, der ihrem Blick nicht standhalten kann. Für einen Moment senke ich die Lider, und mir wird die Absurdität dieser Entschuldigung bewusst, was meine Stirn augenblicklich in Falten legt.

»Schon merkwürdig, für so etwas musste ich mich bisher noch nie entschuldigen.«

»Ich –«, beginnt sie, scheint aber nicht zu wissen, was sie sagen soll.

»Ehrlich gesagt tun mir die Küsse auch nicht leid, aber deine Reaktion darauf hat mich dazu gebracht, mich zu entschuldigen«, unterbreche ich sie, bevor sie mich erneut abweist.

Wieder sieht sie sich vorsichtig in ihrem Geschäft um, als wäre es ihr unangenehm, mit mir so vertraut beisammenzustehen. Doch ich weigere mich standhaft, ihre Hände freizugeben. Für Außenstehende könnte es aussehen, als mache ich ihr jeden Augenblick einen Heiratsantrag.

»Schon in Ordnung, lassen wir es gut sein. Ich hätte dich nicht beleidigen dürfen. Das tut mir wirklich sehr leid. Ich wünschte, ich könnte es zurücknehmen.« Ihr Hauchen ist beinahe tonlos.

Ich kaufe ihr jedes Wort ab, obwohl man glauben könnte, sie sagt das nur, damit sie dieser Situation endlich entkommen kann.

Zoe

Normalerweise werfe ich nicht mit derben Beleidigungen um mich, außer in meinen Gedanken. Deshalb bin ich froh, dass ich John um Verzeihung bitten konnte.

Ich hoffe sehr, dass er mich endlich freigibt, damit ich die nötige Distanz zwischen uns herstellen kann.

Warum muss er immer wieder in mein Leben platzen und meine Gefühlswelt durcheinanderbringen? Es ist wie verhext. Seit unserer ersten Begegnung komme ich nicht von ihm los.

Als er seine Finger bewegt, bin ich kurz davor, befreit durchzuatmen. Allerdings lässt er mich nicht los. Er zieht meine Hände an seinen Mund und drückt mir unendlich sanft einen Kuss auf die Hand. Die Berührung seiner Lippen auf meinem Handrücken jagt mir explosionsartig verbotene Gefühle durch den ganzen Körper.

Völlig handlungsunfähig frage ich mich, was der Mann hier macht und warum er so charmant meine Hand küsst? »Vergeben und vergessen«, murmelt er und schenkt mir einen Blick aus seinen nussbraunen Augen, der mir lustvoll durch den Körper schießt.

Langsam, aber entschlossen entziehe ich ihm meine Hände und greife nach dem Anzug, um ihn zurück an die richtige Stange zu hängen.

Hilfe! Ich brauche Platz, Luft, Distanz!

»Halt, ich möchte ihn gerne anprobieren. Würde dir dieser Anzug an mir gefallen, wenn du ein Date mit mir hättest?«

Normalerweise fühle ich mich, was Herrenausstattung angeht, auf sicherem Terrain, aber John schafft es, dass mir wegen einer einfachen Frage schwindelig wird.

Schluss jetzt! Bleibe sachlich und antworte dem Kunden, ermahne ich mich in Gedanken.

»So etwas wurde ich wirklich noch nie gefragt, aber ja, er würde mir bestimmt an dir gefallen. Probier ihn an!«

Gut, dann ist jetzt alles wieder klar zwischen uns. Wir haben uns beide entschuldigt. Ich verkaufe ihm einfach diesen Anzug und gut ist es.

»Das mit dem farbigen Hemd lassen wir aber. Das Einzige, was vielleicht noch als Farbe geht, ist die Krawatte«, höre ich John sagen, als er mitsamt dem Anzug die Umkleide betritt.

Ich gehe in Gedanken unsere enorme Auswahl an Krawatten durch. Das gibt mir Sicherheit. Dann gehe ich zu der Wand, an der sie ausgestellt sind, und greife nach einem roten Schlips.

Als John schließlich in dem Anzug aus der Umkleidekabine tritt, reiche ich ihm die Krawatte.

Den blauen Schlips, den er trägt, löse ich mit ein paar geübten Handgriffen.

»Darf ich?« Sicherlich kann er im Schlaf einen Schlips binden, doch er nickt erfreut.

Ich lege ihm die Krawatte um den Hals.

Für einen kurzen Moment bin ich ihm sehr nahe, und ich muss an die leidenschaftlichen Küsse denken, die wir ausgetauscht haben. Sein Duft, die Mischung seines Aftershaves und der Geruch seiner Haut dringen in meine Nase, und ich atme tief ein, während ich die Krawatte binde.

»Daran könnte ich mich gewöhnen«, feixt er, schafft es aber damit nicht, die elektrisierende Spannung, die zwischen uns herrscht, zu zerstören.

»So, fertig.« Kaum habe ich meine Hände zurückgezogen, dreht John sich zum Spiegel neben der Umkleide um.

Ich stelle mich neben ihn und lege den Kopf schief. Erst jetzt fällt mir auf, dass mein rotes Outfit perfekt zu der Krawatte passt.

John zieht den Krawattenknoten in eine andere Position. Fasziniert erkenne ich die kleinen Grübchen, die sich bei dieser Bewegung an seinem Kinn bilden. Ich kann mich nicht sattsehen an ihm.

»Wir passen farblich ganz gut zusammen, findest du nicht?« Während er fragt, legt er den Arm um mich.

Da ist es wieder, das verbotene Prickeln in mir gepaart mit seiner Art, mich zur Verbündeten zu machen. Diese Art hat mich von Anfang an gefesselt. Ich kann mich nicht gegen das Gefühl der Zusammengehörigkeit wehren.

Merkt er denn nicht, was er mit seinen Berührungen anrichtet? Ich winde mich aus seiner Umarmung.

»Der Anzug steht dir ausgezeichnet.«

Lächelnd zwinkert er mir zu und löst den Knoten der Krawatte. »Ich nehme den Anzug, und die Krawatte nehme ich natürlich auch.«

»Damit bist du für jedes Date bestens gerüstet.«

Der Traum, jemals ein Date mit ihm zu haben oder gar die Frau an seiner Seite zu sein, zerplatzt jäh. Dieser Mann ist einfach nichts für mich. John ist ein Lazenby! Das ist jenseits meiner Vorstellungskraft.

»Wer weiß, ich habe die betreffende Dame noch nicht gefragt, ob Sie mit mir ausgehen will«, antwortet er und begibt sich zurück in die Umkleidekabine.

»Ich kann mir nicht vorstellen, dass sie dir einen Korb geben wird.«

Was sage ich denn da?

Es stimmt schon, ihn würde wahrscheinlich keine Frau abblitzen lassen. Ein Mann wie er hat es vermutlich leicht mit den Frauen. Viel zu leicht.

John

Meint sie das ernst? Ihr letzter Satz hallt mir im Kopf nach, während ich mich aus dem Anzug schäle, und plötzlich wird mir bewusst, wie nervös ich bin.

Ich stelle mich beim Umziehen selten dämlich an und meine Hände folgen den Weisungen meines Gehirns nur teilweise.

Wenn ich nicht bald etwas sage, ist dieser Versuch hier genauso zum Scheitern verurteilt wie all meine vorhergehenden Bemühungen, dass Zoe mir gegenüber aufgeschlossener wird. Jetzt ist es höchste Zeit, klare Voraussetzungen zu schaffen.

»Bist du eigentlich momentan Single?«, frage ich.

»Ich?«, entfährt es ihr. Nach einer kurzen Pause klingt ihre Stimme merkwürdig belegt. »Ja, ich bin Single.«

»Ich ebenso.«

Für einen Augenblick höre ich auf, mit meinen Klamotten zu rascheln, und lausche. Schade, dass ich nicht sehen kann, wie sie auf die Aussage reagiert.

So schnell wie möglich ziehe ich mich an, verlasse die Umkleidekabine und stehe vor einer blassen Zoe, die ziemlich durcheinander wirkt. Als sei sie ferngesteuert, nimmt sie mir den Anzug ab und beginnt damit, die Jacke zuzuknöpfen.

»Wärst du wieder so freundlich?« Bittend halte ihr meine mitgebrachte Krawatte hin, deren Knoten ich gelöst habe.

»Natürlich.« Wie betäubt legt sie den Anzug über eine Kleiderstange und atmet tief ein.

Ob sie bereits ahnt, was ich vorhabe?

Sie wendet sich mir zu, und ich recke den Hals, als sie mir den Hemdkragen hochkrempelt.

Ihre Nähe ist kaum auszuhalten. Wie kann sie mir so nah sein, ohne dass ich sie in meine Arme ziehen darf? Sie sollte mir gehören – ganz und gar!

Als sie die Krawatte um meinen Hals schlingt, halte ich es nicht mehr aus. Irgendwo muss ich hin mit der Nervosität und lache daher laut auf.

Zoe sieht mich mit großen Augen an.

»Nachdem ich zuerst so entschlossen war, traue ich mich nicht mehr, dich zu fragen«, sage ich.

Der Anfang ist gemacht.

Für den Bruchteil einer Sekunde verschmelzen unsere Blicke miteinander. Dann macht sie sich daran, die Krawatte zu binden, und mir fällt es schwer, ruhig stehen zu bleiben.

»Was willst du wissen?«, fragt sie leise und scheint völlig auf den Krawattenknoten konzentriert zu sein.

»Du bist die Frau, mit der ich ausgehen will.«

Sofort hält sie inne und sieht ungläubig zu mir auf.

Dann muss sie plötzlich kichern, was mich aus dem Konzept bringt. Ich versuche, mir meine innere Unruhe nicht anmerken zu lassen.

Während ich mich frage, warum sie das so witzig findet, versucht sie, sich zu beruhigen. Das Kichern schreibe ich ihrer Aufregung zu und das lässt mich hoffen. Wenn sie genauso nervös ist wie ich, ähneln sich unsere Empfindungen füreinander und sie freut sich über meine Einladung.

»John, veräppelst du mich? Wann bist du denn auf die Idee gekommen? Als ich mit der Hundeleine nach dir geschlagen habe oder als ich mich mit Thor unterhalten habe? Oder war es, als ich den Hundehaufen in meinen Händen hielt? Ich wusste es doch. Das hat richtig Eindruck gemacht.«

Köstlich, wie sie versucht, mit Humor der Situation den Ernst zu nehmen. Hätte sie vor vielen Jahren schon so souverän gehandelt, stünden wir jetzt vielleicht ganz woanders.

Liebend gerne steige ich auf ihre humorvolle Art ein und schenke ihr ein Lächeln der besonderen Art.

»Um ehrlich zu sein, ich weiß selbst nicht mehr, wann ich auf diese Idee gekommen bin. Aber letztendlich war es wahrscheinlich eine Mischung aus all diesen Momenten. Sehr überzeugend wirkte auch, dass du mein Bein unter dem Tisch gestreichelt hast. Die Tatsache, dass du bei unserer ersten Begegnung eine durchsichtige Bluse anhattest, möchte ich auch nicht unerwähnt lassen.«

»O nein, erinnere mich doch nicht an all das!« Ihre Augen funkeln amüsiert.

O Zoe, wenn du wüsstest, wie sehr du mich verzauberst!

Zoe

Es fällt mir schwer, nicht sofort zuzusagen. Aber ich will es ihm auch nicht ganz so einfach machen. Er ist es sicher gewohnt, dass jede Frau auf eine Verabredung mit ihm hofft. Außerdem kann ich doch jetzt nicht einfach zusagen, nachdem ich mich jahrelang gegen ihn gewehrt habe.

»Darf ich über die Einladung nachdenken?«

Warum ich ausgerechnet diese Frage vorschiebe, weiß ich nicht.

»Natürlich«, sagt er knapp und zuckt mit den Schultern.

»Danke.«

Warum bewegt er sich denn jetzt nicht? Worauf wartet er?

»Und? Bist du zu einem Ergebnis gekommen?«

»Jetzt schon?«

»Ja, du hattest genau …« Mit einer schnellen Bewegung checkt er die Uhrzeit an seinem Handgelenk. »… zehn Sekunden Zeit, dich zu entscheiden.«

Sprachlos über seine Beharrlichkeit entkommt mir ein kleiner Seufzer.

»Geh mit mir aus, Zoe! Ich finde, das ist schon seit Jahren überfällig«, raunt er so sanft, dass ich fürchte, ich hebe gleich vom Boden ab.

Seine Bitte ist so vorsichtig und doch innig formuliert, dass ich mich nicht länger dagegen wehren will.

»In Ordnung.« Nach der Zusage muss ich mich an der nächstgelegenen Bekleidungsstange festhalten.

Sein Lächeln erwärmt mein Herz.

»Ich würde dich gerne anrufen. Bekomme ich deine Telefonnummer diesmal?«

Es macht mich fertig, wenn er mich auf diese Art ansieht und mir dabei so nah kommt. Sein Blick ist intensiv, aber ich muss zugeben, es fühlt sich fantastisch an, im Zentrum seiner Aufmerksamkeit zu sein.

Ich weiche einen Schritt zurück, um einen klaren Kopf zu bekommen.

»Ich muss schnell einen Stift holen, Moment«, hauche ich zitterig.

Eilig verschwinde ich in meinem Büro und wühle nervös auf dem Schreibtisch herum. Endlich finde ich einen Kugelschreiber und schreibe meine Privatnummer auf die Rückseite meiner Visitenkarte.

Soll ich ein Herz daneben malen? Nein, ein Hundehaufen wäre angebrachter. Kurzerhand entscheide ich mich für einen Smiley. Als ich aus dem Büro komme, wartet John entspannt und geduldig auf mich.

»Hier, bitte.« Lächelnd überreiche ich ihm die Karte und drehe sie gleich auf die Seite, auf die ich meine Privatnummer geschrieben habe.

»Vielen Dank, Zoe, rechne mit meinem Anruf.« Charmant zwinkert er mir zu und macht sich auf den Weg zur Kasse.

Gelöst trage ich den Anzug zu Nora und verabschiede mich von John. Während wir uns die Hände geben und uns anlächeln, überkommt mich das Gefühl, dass wir an einem Punkt angekommen sind, ab dem nun alles leichter wird.

Als ich in mein Büro zurückgekehrt bin und die Tür geschlossen habe, entkommt mir ein Freudenschrei, der hoffentlich nicht durch den ganzen Laden zu hören ist. Irgendwo muss die Energie hin, mit der mich John aufgeladen hat.

John

Beschwingt verlasse ich das Fitz mit meinem neuen Anzug und – was noch viel wichtiger ist – mit Zoes Telefonnummer in der Tasche. Klar hätte ich auch ihren Schwager bitten können, mir ihre Nummer zu geben, aber das wäre längst nicht so befriedigend gewesen.

Kaum bin ich die Straße ein Stück hinuntergegangen, entdecke ich den Fotografen vor mir, der mich hemmungslos mehrfach ablichtet, während ich ihm entgegengehe.

Als »Sohn« der Stadt bin ich es gewohnt, überall erkannt zu werden. Die Pressefotografen haben es sich zur Gewohnheit gemacht, mich auf Schritt und Tritt zu verfolgen.

Gelangweilt gebe ich vor, den Mann mit dem Fotoapparat nicht zu beachten, was mich bisher immer gut durchs Leben gebracht hat. Trotzdem kann ich mein Lächeln nicht abstellen und es ist mir auch egal. Soll doch jeder sehen, dass es mir gut geht.

Wenn die Fotografen ihre Bilder haben, verschwinden sie schnell wieder. Es bringt nichts, sich ihnen in den Weg zu stellen, und oft genug profitiere ich auch von meiner Prominenz. Sie öffnet mir viele Türen.

Noch am selben Abend rufe ich bei Zoe an. Ihre Nervosität ist deutlich in ihrer Stimme zu hören, aber ich bin ebenso aufgeregt – im positiven Sinne.

»John! Ich freue mich über deinen Anruf.«

»Und ich freue mich, dass du ihn entgegennimmst«, scherze ich und komme dann gleich zur Sache. »Kennst du ein Lokal, in das du gerne gehen würdest? Eines, das vielleicht etwas Privatsphäre zulässt?«

»Bei mir in der Straße gibt es einen wirklich leckeren, kleinen Italiener.«

»Du stehst also auf leckere Italiener?«

Befreit lacht sie auf. »Nein, das Essen ist lecker, aber der Besitzer ist mir sehr sympathisch.«

»Dann möchte ich lieber woandershin gehen. Nein, das war ein Scherz. Lass uns dahin gehen!«

»Soll ich reservieren?«

»Nein, ich kümmere mich darum.«

Sie erklärt mir den Weg zu dem Restaurant. Eigentlich würde ich sie gerne abholen, aber ich merke, dass ihr das noch zu viel ist. Da ich froh bin, dass sie meiner Einladung folgt, gebe ich nach. Ich stimme schließlich sogar zu, dass sie den Tisch reserviert, da sie den Besitzer kennt. Außerdem vermeide ich so, dass die Presse sie sofort sieht, falls mir jemand folgen sollte.

Ich freue mich, dass unsere Verabredung bereits für den folgenden Tag steht.

Endlich wagen wir den nächsten Schritt.

Zoe

Nervös, wie ich bin, kann ich mich den ganzen Tag kaum auf meine Arbeit konzentrieren.

Am Abend bin ich so aufgeregt, dass ich mit Mia einige Kurznachrichten hin und her schicke, um mich von ihr beruhigen zu lassen.

Sie berät mich bei der Auswahl der Kleidung für die Verabredung. Schließlich entscheide ich mich für ein rotes Kleid, da ich davon ausgehe, dass er die rote Krawatte tragen wird, die ich ihm verkauft habe.

Mein Kleid sieht ein bisschen aus wie das berühmte weiße Kleid von Marilyn Monroe, dessen Rock sie über dem Luftschacht der U-Bahn hochwirbeln ließ. Prüfend halte ich das gute Stück vor mir in die Höhe und betrachte es. Es ist wirklich wunderschön, aber ich habe mich bisher nie getraut, es zu tragen.

Da erreicht mich eine weitere Kurznachricht, und

mit dem Gedanken an meine Schwester nehme ich mein Smartphone von der Kommode und lese, was sie mir geschrieben hat. Die Nachricht kommt allerdings von John, der fragt, ob es bei der Uhrzeit bleibt.

Lächelnd antworte ich mit »Ja« und wühle währenddessen einhändig in meiner Wäsche herum.

Dann schicke ich eine Frage an Mia. »String oder normale Unterwäsche?«

Wieder erreicht mich eine Botschaft von John, der sich schon auf später freut. Ja, ich freue ich auch, denke ich, als eine neue Nachricht von Mia eintrifft: »String!«

Sofort schreibe ich an John, dass ich mich auch schon freue, und dann an Mia. »String ist nicht gut, da zupfe ich mir den ganzen Abend am Po herum.«

Ich sichte meine schönsten Slips, die zwar sexy aussehen, aber doch bequem sind.

Da signalisiert mir mein Mobiltelefon zwei eingehende Nachrichten kurz hintereinander.

Mia schreibt: »Kann deine Freude nachvollziehen. Viel Spaß.«

John schreibt: »Dann lass den String weg.«

Schockiert beiße ich mir auf die Lippe und tippe sofort an John: »Sorry, war falsche Nachricht an falsche Adresse.«

Kurz darauf antwortet er mir. »Macht nichts. War aufschlussreich.«

Peinlich berührt entkommt mir ein kleines Kichern, aber ich bleibe trotzdem bei der Entscheidung für den Slip.

Überpünktlich treffe ich wenig später in der kleinen Pizzeria ein. Ich habe bereits gestern mit dem Besitzer darüber gesprochen, dass ich ein privates Abendessen plane und mir dafür den kleinen Tisch in der versteckten Nische wünsche.

Cosimo lächelt mich breit an, als ich das Lokal betrete.

»Zoe, du musst noch kurz an dem Stehtisch warten. Wir sind noch nicht ganz fertig mit dem Tisch.«

Verschwörerisch hebt Cosimo seine buschigen Augenbrauen. Der Italiener sieht aus wie der Schauspieler Eugene Levy, der den Vater in den American-Pie-Filmen spielt.

Er hat auch diese imposanten Augenbrauen. »Cosimo, du führst hoffentlich nichts im Schilde.«

Trotzdem gehe ich anstandslos zu dem Stehtisch.

Auf dem Weg dorthin bleibt etwas an der Sohle meines Schuhs hängen, und ich versuche es abzustreifen, was mir aber nicht gelingt.

Als ich nachsehen will, was es ist, betritt John das kleine Lokal.

Er sieht fantastisch aus, einfach göttlich! Für einen Augenblick vergesse ich alles um mich herum und starre ihn hemmungslos an. Es macht mich ganz irre, dass seine Aufmerksamkeit mir allein gilt. Sein freches Zwinkern entlarvt mein Gaffen.

Natürlich trägt er den neuen Anzug und die rote Krawatte. Langsam glaube ich, dass Cosimo meinen Auftritt an diesem Stehtisch geplant hat, da ich exakt gegenüber der Eingangstür stehe, während John genau den Mittelgang durch das Lokal auf mich zukommt.

Die Bedienung stellt zwei Gläser Sekt auf den Stehtisch. Sie lächelt. »Das geht aufs Haus.«

»Mr Lazenby. Guten Abend!«, höre ich Cosimo sagen. Er hat John also erkannt. Seiner Stimme ist deutlich zu entnehmen, dass Cosimo es kaum fassen kann, wer meine Verabredung ist. Der Italiener sieht mich an, als wäre ich eine Außerirdische.

Cosimo hat mich gestern gefragt, ob ich ein Date hätte, und ich habe es gerne bejaht. Er hat oft gesagt, dass er es immer schade fände, wenn eine junge Frau wie ich ohne Begleitung zum Essen in sein Lokal käme. Ich gebe zu, ich bin hier ziemlich oft, da das Restaurant direkt neben meiner Wohnung liegt und ich mir oft die Mühe spare, für mich allein zu kochen.

John reißt mich aus meinen Gedanken, indem er mir eine roséfarbene Rose überreicht.

»Danke.« Erfreut nehme ich die Blume entgegen und rieche an der Blüte.

Mit einem Blick auf die Sektgläser fragt John: »Hast du das arrangiert?«

»Nein. Ich fürchte, ich hätte Cosimo nicht erzählen sollen, dass ich einen männlichen Begleiter mitbringe.« Peinlich berührt ziehe ich eine Grimasse.

Aber John zuckt nur mit den Schultern.

»Ich finde, das war eine sehr gute Idee von Cosimo.« Feierlich nimmt er das Glas, sieht sich um, und als er den Chef entdeckt, prostet er ihm zu.

Ich greife ebenfalls nach meinem Glas: Da fällt mir wieder ein, dass ich immer noch etwas an meiner Schuhsohle kleben habe. Durch Reibung der Sohle am

Belag des Stehtischsockels versuche ich, den Dreck ab-
zureiben.

Nachdem John und ich angestoßen und einen
Schluck getrunken haben, beugt sich John zu mir.

»Also ich mag dich wirklich gerne, aber findest du
diese Anmache nicht ein bisschen plump?«

Irritiert suche ich in Johns Gesicht nach dem Sinn
seiner Ansage, aber er sieht lediglich nach unten in
Richtung des Bodens.

Fürchterliches ahnend senke ich den Kopf und sehe
meine Befürchtung bestätigt. Tatsächlich schabe ich
mit dem Schuh nicht über den Stehtischsockel, sondern
über Johns noblen Lackschuh.

Ruckartig verzieht sich mein Gesicht zu einer Grimasse, aber John grinst mich frech an, während ich absolut peinlich berührt bin.

Tröstend legt er kurz seinen Arm um mich und
drückt mich an sich.

»Nicht so schlimm. Hauptsache, du bittest mich
jetzt nicht wieder, ich soll dich in Ruhe lassen.«

John

»Nein, sicher nicht«, sagt sie schüchtern und senkt lächelnd den Blick.

Cosimo bittet uns endlich an den Tisch in der
Nische, die nicht für jeden Gast im Lokal einzusehen
ist. Zoe hält einen Augenblick inne, als sie das Arran-
gement aus Rosenblättern und Kerzen sieht. Gespannt
beobachte ich ihre Reaktion. Sie wirft Cosimo einen

tadelnden Blick zu, kann ihre freudige Überraschung aber nicht verbergen.

Nachdem wir uns gesetzt haben und Cosimo verschwunden ist, deutet sie auf die Tischdekoration. »Das ist wirklich nicht auf meinem Mist gewachsen.«

»Vielleicht ist es ja auf meinem Mist gewachsen.« Neugierig warte ich ihre Antwort ab.

»Nein!«, sagt sie und wirkt erstaunt, was mir ein verschwörerisches Lächeln entlockt.

»Doch.«

Wie wunderbar, dass diese kleine Überraschung gelungen ist! Nur, weil Zoe die Reservierung an sich gerissen hat, heißt das nicht, dass ich keine Vorkehrungen treffen darf. Das ist unser erstes Date und es soll uns als etwas Besonderes in Erinnerung bleiben.

Wir widmen uns der Speisekarte. Obwohl Zoe vorgibt, sich intensiv mit dem Angebot der Karte zu beschäftigen, ertappe ich sie immer wieder dabei, wie sie mir verstohlene Blicke zuwirft.

Es macht den Anschein, als könnte sie es nicht glauben, dass sie tatsächlich hier mit mir sitzt.

Als sich unsere Blicke treffen, nutze ich die Gelegenheit, sie unverhohlen anzusehen, indem ich die Speisekarte senke. Daraufhin verschanzt sie sich wie ertappt hinter der Karte. Mir entkommt ein kurzes Lachen. Zoe ist wirklich befangen, was ich niedlich finde. Sie ist eine ganz Süße.

Schließlich erscheint Cosimo, weil ich die Karte schon länger geschlossen habe, während Zoe mit hochrotem Kopf immer noch in die ihre starrt. Ob sie sich wirklich noch nicht entschieden hat?

»Haben Sie schon gewählt?«

»Die Dame zuerst«, bitte ich und unterstütze die Worte mit einer Handbewegung in Richtung Zoe, damit sie endlich wieder hinter der Speisekarte auftaucht.

Mit großen Augen sieht sie mich an und scheint nach Worten zu suchen.

»Eine Vorspeise?«, fragt sie mit belegter Stimme, was ich sofort nickend bestätige.

»Dann nehme ich den Tomatensalat, danach die Pizza Tonno und zum Schluss das Tiramisu«, rattert sie blitzschnell herunter.

Zoe

Schon wieder lächelt John mich auf eine Weise an, die mich nur noch nervöser macht.

»Und zu trinken?«, hakt Cosimo nach.

»Wollen wir einen Wein trinken?«, fragt John.

Ich nicke und er bestellt den Wein.

Dann ahmt er meine etwas zu schnell vorgebrachte Bestellung nach, indem er ebenfalls in rasantem Tempo eine Suppe, eine Pizza und das Tiramisu bestellt.

Cosimo versteht die Anspielung und lacht amüsiert auf.

»Ich mache eine große Pizza für euch zusammen.« Er zuckt mit den Augenbrauen. »Pizza Amore.«

Fragend sieht John mich an und ich nicke. Zufrieden grinsend zieht Cosimo mit den Speisekarten von dannen.

An meiner Karte musste er fast schon zerren, damit ich sie ihm überlasse.

In dem Moment legt John seine Hände sehr weit

vor sich auf den Tisch. Würde ich meine Finger ausstrecken, könnte ich ihn berühren.

»Wann hattest du dein letztes Date?«

»Das ist schon eine Weile her.«

»Bist du deswegen so furchtbar aufgeregt?«

Endlich traue ich mich, ihm ins Gesicht zu sehen, und er erwidert den Blick ehrlich interessiert.

»Nein, ich glaube, das ist es nicht.«

»Was dann?«

»Ich glaube, dass du der Grund dafür bist.«

»Ich? Komm schon. Mach mir jetzt nicht weis, dass du mit mir nicht umgehen kannst, weil mein Name Lazenby ist! Du hast mir längst bewiesen, dass du dich dadurch nicht einschüchtern lässt.«

Spontan fällt mir ein anderer Grund ein. Schließlich hat er mit den Lazenbys angefangen. »Mein Vater ist Anhänger der Republikaner.«

John lacht und fährt sich kurz mit der Zunge über die Lippen.

»Du hast also Angst vor seiner Reaktion, wenn er erfährt, dass du mit dem Sohn eines Demokraten ausgehst?«, fragt er fast schon belustigt.

»Ihn würde das nicht stören, ganz im Gegenteil. Er liebt politische Diskussionen.« Wie gut, dass wir vom Thema abgekommen sind.

Die Bedienung serviert die Getränke, und John behält sich vor, mir den Wein einzuschenken.

»Dann liegt es also an mir persönlich, dass du so nervös bist? Nicht, dass es mich stören würde, ich finde es zugegebenermaßen sehr anziehend.«

Schon sind wir wieder beim Thema und seine Ehrlichkeit macht mir weiche Knie. Zum Glück sitze ich, sonst wäre ich vermutlich zusammengesunken.

John lächelt und sagt dann sanft: »Ich bin schon vielen Frauen begegnet, die sich in meiner Anwesenheit so ähnlich verhalten haben wie du. Aber meistens war es dieses Getue so nach dem Motto: ›O Gott, das ist John Lazenby!‹ Bei dir ist es etwas anderes, Zoe, und es würde mich wirklich interessieren, ob du es beschreiben kannst.«

Also gut. Die Stunde der Wahrheit. Nach kurzer Pause entschließe ich mich, es einfach mit Ehrlichkeit zu versuchen.

»Ich bin völlig verunsichert, wenn du in meiner Nähe bist, weil ich schon weiß, dass wieder etwas passieren wird, was mir schrecklich unangenehm ist. Sogar heute habe ich es wieder geschafft, mich vor dir zu blamieren, weil ich meinen Schuhdreck an deinem Schuh abgestreift habe.«

John

Ehrlich? Das ist wirklich die zuckersüßeste Offenbarung, die mir jemals gemacht wurde.

Ich frage mich, ob ich es inzwischen schaffe, sie mit provokanten Äußerungen ein bisschen aus der Reserve zu locken, ohne dass sie sofort den Kopf einzieht, um mich anschließend zu verteufeln.

»Du vergisst die aufschlussreiche Kurznachricht.«

Ertappt stöhnt sie auf. »Erinnere mich bloß nicht daran!«

Nach dem ersten Schock kann sie tatsächlich darüber lachen. »Das muss unbedingt auf meine Liste.«

»Liste?«

»Ja.«

»Es ist dir schon klar, dass das nicht mit einem ›Ja‹ getan ist. Ich will mehr hören!« Neugierig beuge ich mich näher zu ihr.

»Seit ich dich kenne, führe ich eine Liste. Ich sammle wichtige Erkenntnisse, die mich davor bewahren sollen, wieder in ähnliche Situationen zu geraten.«

»Das ist interessant.«

»Seltsamerweise muss ich die Liste immer nur dann ergänzen, wenn ich dich getroffen habe. Heute zum Beispiel: ›Kontrolliere sehr genau, wem du deine Nachrichten schickst!‹ Und: ›Wenn du deinen Schuh abstreifst, sieh erst nach, woran du ihn reibst!‹«

Die Ernsthaftigkeit, mit der sie das vorbringt, lässt mich herzlich lachen und sie sieht schon wieder peinlich berührt zu Boden.

»Zoe, diese Dinge sind alle halb so schlimm. Lache einfach darüber! Es ist nur peinlich, wenn du es dazu machst.«

In dem Moment werden meine Suppe und ihr Salat serviert. Ich atme den köstlichen Duft der heißen Suppe ein.

»Guten Appetit«, wünsche ich, was sie erwidert.

Doch Zoe stochert nur in ihren Tomaten herum, und ich möchte nichts lieber, als ihr diese ständige Sorge um Peinlichkeiten zu nehmen.

»Ich habe auch eine Liste«, beginne ich daher und habe sofort ihre volle Aufmerksamkeit.

»Nein!«

»Ich sammle alles, was mir bei einer Frau wichtig erscheint.«

Der Anfang ist gemacht. Einen Augenblick muss ich mich zur Ruhe mahnen und überlegen, wie genau ich nun vorgehen will. Neugierig widmet sich Zoe nur noch mir, und der Tomatensalat ist vergessen, was mich tatsächlich nervös macht.

»Ich habe festgestellt, dass ich diese Liste auch immer nur dann erweitere, wenn ich mit dir zusammen war.«

Das ist der Moment, in dem Zoe ihre Gabel fallen lässt. Glücklicherweise bleibt sie auf dem Tisch liegen, aber ich zucke kurz und hoffe, dass sie meine Worte beeindruckt haben.

Ihre Lippen beben kurz, und sie blinzelt ein paarmal ungläubig, bevor sie den Mund öffnet. »Kannst du ein Beispiel nennen?«

Diese Reaktion ist wirklich hinreißend. Sie will es ganz genau wissen. Also gut.

Entschlossen lege ich meinen Löffel beiseite, stütze die Ellenbogen auf den Tisch und verschränke die Finger ineinander. Ich suche Zoes Blick und sortiere meine Gedanken.

»Punkt 1: Meine Traumfrau sieht mir zuletzt ins Gesicht. Sie fängt bei den Schuhen an und arbeitet sich nach oben.«

Überrascht reißt Zoe die Augen auf. Ja, das ist mir durchaus aufgefallen.

»Punkt 2: Diese Frau hat den Anstand, rot anzulaufen, wenn ihre Unterwäsche zu sehen ist. Punkt 3: Meine Frau muss nicht perfekt sein. Es kann vorkommen, dass sie ihre Bluse falsch herum trägt.«

Mein Lächeln wird immer breiter, aber leider steigert sich meine Aufregung ebenso, da Zoes Mimik inzwischen vollkommen erstarrt ist. Lediglich auf ihren Wangen zeigen sich rote Flecken und ihre hellblauen Augen funkeln faszinierend.

»Punkt 4: Sie schafft es in ganz beengten Verhältnissen, eine Hose zu öffnen. Punkt 5: Sie kleidet sich dem Anlass entsprechend und schreckt nicht vor legerer Farbzusammenstellung zurück. Sie kann eine Weinflasche entkorken. Sie krault mein Bein unter dem Tisch. Sie genießt ihren Nachtisch, als wäre es ihre letzte Mahlzeit für Jahre. Sie gibt nicht jedem dahergelaufenen Schönling ihre Telefonnummer, auch wenn diese im Telefonbuch steht. Sie ist lustig, wenn auch manchmal unfreiwillig. Sie scheut nicht davor zurück, sich mit Hundekot die Hände schmutzig zu machen. Sie kann gut mit Kindern umgehen. Wenn sie stolpert, fällt sie in meine Arme. Sie zu küssen, ist einfach unbeschreiblich schön. Manchmal redet sie mit Tieren. Sie ist höflich, zögert aber auch nicht, mir ihre Meinung zu sagen.«

Mit einem Mal fallen Zoes Augen zu und eine Träne rinnt über ihre Wange.

Unbeirrbar werde ich ihr alles sagen, was ich auf dem Herzen habe. Sie soll ruhig wissen, wie einzigartig und besonders sie ist. »Sie ist eine elegante Geschäftsfrau und zugleich noch ein Mädchen. Ein Krawattenknoten ist für sie kein Problem. Sie möchte sich bei einer Verabredung nicht selbst in den Po zwicken müssen. Und ganz aktuell, sozusagen frisch hinzugekommen: Sie darf mich als ihren Fußabstreifer benutzen.«

Ich beende meinen Vortrag und hoffe, dass sie bald bereit ist, mich wieder anzusehen.

Zoe

Das ist unglaublich! All die kleinen Details, die ihm aufgefallen sind, machen mich sprachlos. Wie um Himmels willen konnte er sich das alles merken? All die Jahre habe ich so oft an ihn gedacht und wusste dabei nicht, wie er mich wahrnimmt.

Weil ich jetzt nur noch die leise Gitarrenmusik höre, die den Raum erfüllt, öffne ich vorsichtig meine Augen.

Nach der emotionalen Ansprache hat John nach seinem Löffel gegriffen und isst mit viel Appetit die Suppe, als hätte er lediglich eine entspannte Unterhaltung geführt.

Hastig tupfe ich mit meiner Serviette die Feuchtigkeit von meinem Gesicht. Nein, das wird mir jetzt nicht auch noch peinlich sein. John hat recht. Es liegt an mir und nicht an den anderen, ob ich etwas als peinlich empfinde oder nicht.

Ich sitze einfach da und sehe John dabei zu, wie er sein Essen genießt.

War das eine Liebeserklärung?

Hat John Lazenby mir soeben durch die Blume gestanden, dass ich seine Traumfrau bin?

Das war eine Liebeserklärung.

Schließlich schlucke ich den Kloß in meinem Hals hinunter und taste mit wässerigen Augen blind nach der Gabel für den Salat. Ich kann nicht behaupten, dass ich mich weniger nervös fühle.

»Ach ja«, sagt er unvermittelt, »diese Frau jubelt in ihrem Büro, wenn sie ein Date mit mir hat.«

»Nein«, hauche ich und werde dennoch langsam lockerer, weil er sich so entspannt gibt.

Das hat er also auch gehört.

»Du hast die Sache mit der Hundeleine vergessen«, sage ich einfach, »die ist jedenfalls auf meiner Liste. Schlage niemanden mit einer Hundeleine, außer er hat dich darum gebeten.«

John lacht herzlich und ich stimme mit ein.

Jetzt schaffe ich es endlich, das Loch in meinem Magen mit Tomatensalat zu füllen, und denke dabei über meine Liste nach.

»Weißt du, meine Sammlung sollte mich immer vor dir bewahren«, gebe ich zu und John sieht mich fragend an. »Na ja, so nach dem Motto: Halte dich vom Sexiest Man Alive fern, schlage dir John Lazenby aus dem Kopf, interessiere dich nicht für jemanden, den so viele Frauen toll finden.«

Aufmerksam mustert mich John, und ich esse meinen Salat, weil ich über meine eigene Ehrlichkeit etwas schockiert bin.

»Zoe, dieser Titel ist schon längst verjährt, und ich

kann nichts dafür, wie ich auf Frauen wirke.«

»Ja, du Ärmster.«

»Warum wolltest du, dass ich dich in Ruhe lasse?«

Langsam schiebe ich die leere Salatschüssel ein Stück von mir weg und warte, bis Cosimo das Geschirr an sich genommen hat.

»Es ist die Öffentlichkeit, die mir unangenehm ist, mal abgesehen davon, dass ich bei unserer ersten Begegnung wahnsinnig eingeschüchtert war. Ich habe erst viel später begriffen, dass du eventuell mit mir flirten wolltest, aber du hattest ja damals auch diese Freundin … Und dann die Entschuldigung nach dem Kuss. Ich war verwirrt.«

»Ich verstehe das. Aber bei unserer Begegnung auf dieser Ausstellung hast du auch einen großen Bogen um mich gemacht.«

»Da war ich einfach beleidigt, weil du mich so herablassend an deine Assistentin weitergereicht hast.«

Heute scheint der Tag der Wahrheit zu sein. Erstaunlicherweise geht es mir gut damit.

»Aber, Zoe, da sind auf einmal all diese Leute erschienen, die ich kenne, und genau aus dem Grund, weil ich dich aus der Öffentlichkeit heraushalten wollte, habe ich mich so plötzlich abgewendet. Nicht umsonst sind die einzigen langfristigen Beziehungen, die ich hatte, immer mit Frauen gewesen, die selbst in der Öffentlichkeit stehen und dies auch gewohnt waren. Ich hatte dich gerade zufällig getroffen, eine junge Frau, die ich gerne näher kennenlernen wollte. Meinst du, ich führe sie sofort der ganzen Meute vor?«

Schulterzuckend nehme ich seine Erklärung auf und denke, dass er wohl nicht wirklich eine Antwort auf die Frage will.

»Ich wollte dich für mich ganz alleine haben«, sagt John leise. Er schüttelt den Kopf, als hätte er Schmerzen. »Aber du hast nicht angerufen.«

»Doch, ein Mal, aber ich habe wieder aufgelegt.«

Mit einem Seitenblick scheint John zu überlegen, wann das war, aber wenigstens das hat er vergessen.

In dem Moment bringt Cosimo uns eine überdimensional große Pizza in Form eines Herzens. Eine Hälfte ist mit Thunfisch belegt, die andere mit Peperoni und scharfer Salami. Dazu serviert er zwei separate kleine Teller und einen Pizzaschneider.

Eine Weile beschäftigen wir uns mit dem Essen. Das Schweigen zwischen uns stellt sich aber nicht als unangenehm heraus. Es herrscht vielmehr Einigkeit zwischen uns, die entstanden ist, weil wir offen miteinander gesprochen haben.

John

Irgendwann reden wir über alltägliche Dinge. Offen berichte ich ihr von meiner Tätigkeit als Anwalt für den Familienkonzern, von der Aufmerksamkeit der Presse, die nicht unbedingt durch meine Arbeit begründet ist, sondern vielmehr aufgrund meiner Anwesenheit bei der Entführung meines Vaters.

»Kannst du dich an ihn erinnern?«

»Nein. Wenn ich an ihn denke, bin ich mir nicht

sicher, ob es meine Erinnerungen sind oder nur Bestandteile von Fotos und Filmen über ihn.«

Mein Vater. Es fällt mir manchmal immer noch schwer, von ihm zu sprechen.

»Das muss schlimm sein.«

Es hat noch nie jemand verstanden, dass das so ist.

»Es ist nicht leicht.«

»Weil von dir erwartet wird, in seine Fußstapfen zu treten?«

Nickend presse ich die Lippen aufeinander und frage mich, wie sie mich so gut kennen kann, wo wir doch seit Jahren nur umeinander herumschleichen.

»Mein Vater war ein großer, ein gebildeter Mann, der sicherlich noch viel erreicht hätte, wenn er nicht getötet worden wäre.«

»Er wollte Präsident werden?«

»Das wollte er.« Jedenfalls hat mir das meine Mutter erzählt.

»Und du? Willst du auch Präsident werden?«

Schmunzelnd nehme ich ihre Neugier zur Kenntnis. »Da läge in der Tat ein langer Weg vor mir, aber ich liebäugle tatsächlich damit, in die Politik zu gehen.«

»Weil es deine Familie so will?«

»Die Lazenbys auf jeden Fall. Meine Mutter hat meiner Schwester und mir allerdings beigebracht, dass wir uns völlig frei entfalten dürfen, ohne daran zu denken, was von uns erwartet wird.«

»Deine Mutter war bestimmt eine besondere Frau.«

»Das war sie. Es ist schade, dass du sie nie kennengelernt hast.«

»Vielleicht ist das auch besser so. Sie war so elegant, so vornehm und belesen.«

»Sie hätte dich gemocht, glaub mir!«

»Woher willst du das denn wissen?«

»Ihre Abneigung gegen Hannah war kein Geheimnis, aber das lag mehr an ihrer Ablehnung gegen den Lebenswandel mancher Schauspielerinnen. Sie hätte dich geliebt, weil du mir am Herzen liegst.«

»Danke, wenn du das sagst, muss es so sein.«

Mit gerührtem Blick lächelt Zoe mich aufrichtig an, und ich merke, dass es nun für mich Zeit wird, das Thema zu wechseln. Seit der Erwähnung meiner Eltern spüre ich deutlich, wie sich meine Stimmung verändert, und ich möchte heute Abend nicht wehmütig sein.

»Erzähl mir was über deine Eltern!«

»Da gibt es wirklich nicht viel zu erzählen. Meine Eltern wohnen in Moorefield und betreiben einen kleinen Handel für Kfz-Ersatzteile mit Werkstatt. Sie wohnen auf einem Hof und halten auch ein paar Tiere für den Eigenbedarf.«

»Ah, daher auch das Schwein namens Billy.«

»Genau.« Lachend erinnert sie sich sofort an ihren Schwager, der sich bei ihren Eltern lieber nicht als Billy vorgestellt hat.

»Du hast keine Geschwister außer Mia?«

»Nur Mia.«

»Was hast du beruflich vor? Möchtest du auch in die Politik?«

Ihr herzliches Lachen erwärmt mein Herz noch mehr für sie.

»Ich bin bei Fitz ganz glücklich. Der Chef ist weit weg und ich habe freie Hand. Das gefällt mir.«

Die folgenden Minuten unterhalten wir uns weiterhin völlig entspannt.

Lebhaft erzählt Zoe einige Dinge aus ihrem Leben, aber mir fällt auf, dass sie ihr bisheriges Liebesleben komplett ausspart. Da werde ich auch sicher nicht nachhaken, schließlich möchte ich nicht über meine Freundinnen mit ihr reden. Entgegen der öffentlichen Meinung bin ich zwar kein Playboy, wie es bei den Lazenbys leider oft üblich ist, aber im Laufe der Jahre hatte ich doch einige Freundinnen.

Amüsiert beobachte ich ihr wildes Gestikulieren, als sie berichtet, wie das Schwein Billy eines Tages ausgebrochen ist. Genüsslich verwüstete er den heimischen Gemüsegarten, und es muss schwierig gewesen sein, ihn wieder einzufangen. Obwohl sie fesselnd erzählt, fällt es mir schwer, gedanklich völlig bei ihrer Geschichte zu sein.

Schließlich habe ich ein Geschenk für sie mitgebracht, und ich möchte den richtigen Zeitpunkt abpassen, um es ihr zu überreichen.

Nach dem Tiramisu sehe ich den Moment gekommen. Entschlossen reiche ich ihr mein Geschenk über den Tisch.

»Ich weiß nicht, ob du sie schon hast, aber falls nicht, dann hoffe ich, dass du dich darüber freust.«

»Das wäre doch nicht nötig gewesen.«

Bis in die Zehenspitzen gespannt beobachte ich, wie sie das Geschenkpapier öffnet und auseinanderfaltet.

Zoe

Er hat mir ein Geschenk mitgebracht! Wie aufmerksam.

Kurz bevor sich meine Ahnung bestätigt, dass es sich um Fotos handeln könnte, sagt John:

»Ich habe lange gebraucht, bis ich Jasmine so weit hatte, dass sie mir ihre Kamera kurz überlässt, damit ich mir die Bilder herunterladen konnte.«

Überrascht ziehe ich die Abzüge unter dem Papier hervor und betrachte die Aufnahmen, die Jasmine von John und mir gemacht hat.

Auf dem ersten Foto schauen wir beide so verkrampft in die Kamera, dass ich grinsen muss.

Auf dem zweiten Bild sehe ich die Hasenohren, die John mir über den Kopf hält.

Das dritte Foto zeigt die Szene, als ich John empört von mir wegstoße. Ich muss lachen. Doch das letzte Bild ist einfach unbeschreiblich schön! John hat sich an mich geschmiegt, und wir lächeln beide, als seien wir ein frisch verliebtes Paar. Wir sehen so herrlich normal aus in unseren Alltagsklamotten. Natürlich möchte ich nicht behaupten, dass mir der John im schicken Anzug nicht gefällt, aber der junge Mann in Jeans und Shirt spricht mich noch viel mehr an.

Verzückt presse ich die Fotos samt Papier an meine Brust.

»Danke«, sage ich überwältigt, »das ist wirklich eine gelungene Überraschung.«

»Gerne.« Sein smartes Lächeln, das so viel mehr sagt als tausend Worte, löst einen elektrisierenden Sturm der Gefühle in mir aus.

Nachdem ich die Fotos wie einen Schatz in meine Tasche gepackt habe, bezahlt John die Rechnung und wir verlassen das Restaurant.

Die überraschend kühle Nachtluft lässt mich frösteln, und ich bereue, nur einen dünnen Cardigan zu meinem Kleid gewählt zu haben.

Zögernd bleibe ich vor dem Lokal stehen, um mich von John zu verabschieden, aber er bemerkt sofort, was ich vorhabe.

»Nichts da! Ich bringe dich noch sicher bis zu deiner Tür«, sagt er bestimmt.

»Ich wohne nicht weit entfernt.«

Als hätte er meinen Einwand nicht gehört, legt er seinen Arm um mich und schließt sich mir an, als ich langsam in Richtung meines Blockes schlendere.

Während John keine Eile zu haben scheint, lege ich etwas an Tempo zu, weil ich friere.

»Der Abend mit dir hat mir sehr gut gefallen«, höre ich Johns raue Stimme ganz nah an meinem Ohr, was mir eine zusätzliche Gänsehaut verursacht.

Nervös fange ich an, nach dem Hausschlüssel in meiner Tasche zu kramen.

»Ja, es war wirklich schön.« Meine Stimme ist nur ein Hauchen, aber ich bin nicht ganz bei John, weil ich den Schlüssel einfach nicht finde.

»Wollen wir das wiederholen?«, fragt John, während ich mir meine geöffnete Tasche in der Dunkelheit nah vor das Gesicht halte.

»Nein!«

John

Sie will das nicht wiederholen? Jetzt erwischt sie mich zugegebenermaßen eiskalt. Das habe ich nicht kommen sehen.

Oder meint sie gar nicht mich?

»Zoe, suchst du etwas?«

»Meinen Schlüssel.« Kraftlos lässt sie die Tasche sinken. »Das gibt es doch nicht!«

Ich überlege kurz. »Das ist tatsächlich ungewöhnlich. Normalerweise gehört das in mein Repertoire, Schlüssel zu verlegen oder zu vergessen.«

»Komm!« Mit einer Handbewegung bedeutet mir Zoe, dass ich ihr folgen soll. »Ich mache dir noch einen Tee.«

»Ich dachte, du kannst nicht in deine Wohnung? Sollte da nicht eher ich dir einen Tee bei mir anbieten?«

»Wir müssen bei Helen Mirren klingeln. Soweit ich weiß, hat sie für Notfälle einen Zentralschlüssel.«

»Helen Mirren wohnt bei dir im Gebäude?«

Verschmitzt grinsend beißt sich Zoe kurz auf die Unterlippe. »Warte ab!«

Dann klingelt sie bei jemandem und ich lese den Namen Preacher auf dem Schild. Das Glück ist auf unserer Seite. Es dauert nur kurz, dann verkündet die Tür mit einem Summen, dass wir eintreten dürfen. Gemeinsam betreten wir das Haus und im Erdgeschoss streckt eine alte Dame ihren Kopf aus der Tür.

Vor lauter Überraschung muss ich mir ein Lachen verkneifen. Die Ähnlichkeit zwischen Mrs Preacher und Mrs Mirren ist tatsächlich frappierend, von Mrs Preachers hellblauen Haaren einmal abgesehen.

»Ah, Zoe, ich habe schon an deinem Schatten erkannt, dass du es bist. Und wen hast du denn da dabei?«

Für gewöhnlich scheint Mrs Preacher eine Brille zu tragen, denn sie streckt ihren Kopf erstaunlich weit nach vorn und verengt ihre Augen zu kleinen Schlitzen, als wir uns nähern. »John Lazenby? Das ist ja was!«

Mit einem Mal werden ihre Augen groß, und sie lächelt, als wäre sie vierzig Jahre jünger. Amüsiert grüße ich sie.

»Ich habe mich ausgesperrt. Könnten Sie mir die Wohnung aufmachen?«, fragt Zoe rasch.

»Natürlich«, sagt Mrs Preacher und verschwindet in ihrer Wohnung. Es dauert eine Weile, dann drückt sie Zoe einen Schlüsselbund in die Hand. In ihrer anderen Hand hat sie ein hochmodernes Smartphone.

»Bitte bringen Sie den Schlüssel spätestens morgen früh zurück«, sagt sie beiläufig zu Zoe, um sich dann an mich zu wenden. »Darf ich ein Foto mit Ihnen machen? Für die Frauen aus meiner Bingo-Runde.«

Seufzend tausche ich kurz einen Blick mit Zoe, die kaum merklich mit den Augen rollt, dabei aber nickt.

»Also gut.« Schmunzelnd nehme ich der alten Dame das Smartphone aus der Hand und stelle mich neben sie. Einen Arm lege ich um sie und mache mich ein Stück kleiner, damit wir auch beide auf dem Foto zu sehen sind. Den anderen Arm recke ich mit dem Smartphone in die Höhe, um dann den Schnappschuss zu machen.

Selig lächelnd nimmt Mrs Preacher ihr Smartphone an sich, als handele es sich dabei um ihren größten Schatz.

»Auf Wiedersehen. Und vielen Dank!«

»Sehr gern geschehen.« Ich deute eine kleine Verbeugung an, wende mich dann um und gehe zu Zoe, die schon am Fuße der Treppe auf mich wartet.

Wir nehmen gemeinsam die Stufen nach oben.

»Du alter Charmeur«, tadelt mich Zoe, sobald wir außer Hörweite von Mrs Preacher sind, die bestimmt immer noch in ihrer offenen Tür steht und lauscht. »Du bist wirklich bekannt wie ein bunter Hund.«

»Was soll ich sagen? Ich kenne es nicht anders. Ich bin so aufgewachsen und die Leute sind eigentlich immer nett zu mir. Darum bin ich auch nett zu ihnen.«

An Zoes Wohnungstür angekommen, macht sie sich sogleich daran, die Tür aufzusperren.

Nachdem Mrs Preachers Tür bestimmt immer noch offen steht – jedenfalls konnte ich nicht hören, dass sie sie geschlossen hat –, zwinge ich mich zur Zurückhaltung.

»Ich möchte mich gerne verabschieden.«

Mit überraschtem Gesichtsausdruck wirbelt Zoe zu mir herum, während sie mit beiden Händen verkrampft am Schlüssel im Schloss hängt.

»Ich habe gesagt, ich bringe dich sicher bis zu deiner Tür. Das habe ich hiermit getan.«

»Okay. Schade.«

Ihre Wortkargheit berührt mich zutiefst und entlockt mir ein leises Lachen. Kraftlos lässt sie die Arme sinken, als bedauere sie es wirklich sehr, dass ich nicht mehr mit hineinkomme.

»Darf ich dich wieder anrufen?«

»Ruf mich an!«, sagt Zoe grinsend und sieht mich abwartend an.

Automatisch schweift mein Blick auf ihre vollen Lippen und mit spitzbübischer Freude nähere ich mich ihr. Während sie sich mir langsam entgegenstreckt, drücke ich ihr einen besonders sanften Kuss auf ihren Mund.

Meine Hand findet ihre Wange. Am liebsten würde ich Zoe ungestüm an ihre Tür pressen und sie mit Haut und Haar verschlingen, um ihr zu zeigen, dass sie mir gehört. Mein Körper ist längst bereit für sie, und es kostet mich alle Kraft, nicht über sie herzufallen.

Aber heute soll es nicht sein. Trotzdem lege ich all meine Lust auf sie in diesen einen Kuss. Damit will ich ihr das Versprechen auf viel mehr geben. Seufzend gibt sie mir zu verstehen, dass meine Lust bei ihr angekommen ist.

Vorsichtig löse ich mich aus unserem Kuss und lächle sie voller Liebe an, als sie langsam die Augen öffnet.

»Bis bald«, raune ich, und sie grinst, während ihre Wangen glühen und ihre Augen voller Lust funkeln.

Es kostet mich große Überwindung, mich von ihr zu lösen und sie zu verlassen, aber ich wende mich trotzdem ab.

Beschwingt gehe ich die Stufen nach unten und treffe dort sofort auf Mrs Preacher.

»Gehen Sie schon wieder?«

»Ja, Mrs Preacher. Ich bin ein anständiger Junge.«

»Das wusste ich doch. Ihre Mutter, diese wunderbare Frau, hat Sie grandios erzogen. Nach dem, was mit Ihrem Vater −«.

»Ich wünsche Ihnen einen schönen Abend, Mrs Preacher«, unterbreche ich die alte Dame nicht unhöflich, aber bestimmt.

Dann verlasse ich das Haus und mache mich auf den Weg in mein Appartement.

Zoe

Nach einer schlaflosen Nacht, die ich hauptsächlich mit Gedanken an John verbracht habe, ruft er mich bereits am nächsten Vormittag in der Arbeit an.

»Fitz, New York. Sie sprechen mit −«. Ein Schluckauf unterbricht mich. »Entschuldigung! Zoe Chapman.«

»›Hicks! Entschuldigung, Zoe Chapman.‹ Das klingt interessant. Was mag deine Eltern nur dazu gebracht haben, dir diesen Namen zu geben?« Natürlich erkenne ich Johns Stimme sofort, und meine Stimmung verbessert sich, obwohl das kaum noch möglich ist, weil er so herrlich amüsiert klingt.

»John«, hauche ich gespielt empört.

Er lacht heiser und räuspert sich. »Ich habe gerade an dich gedacht.«

Das gefällt mir.

»Wie wäre es, wenn wir heute unsere Mittagspause zusammen verbringen?«

»Gute Idee –«. Wieder unterbricht mich der Schluckauf.

»John, nicht Hicks«, verbessert er mich, und ich höre an seinem Tonfall, dass er grinst.

Leider kann ich den Schluckauf nicht unterdrücken.

»Gibt es da etwa noch jemanden, mit dem du dich triffst?«

»Wenn du«, Schluckauf, »nicht aufhörst, dich über mich lustig zu machen, dann lege ich …« Schluckauf. Jetzt muss ich selbst lachen, weil die Töne immer an den passenden Stellen aus mir herauswollen.

»Meine Pause ist leider nur kurz. Magst du bei mir im Büro vorbeikommen und mich abholen?«

»Gerne. Wie ist deine Adresse?«

In der Mittagspause mache ich mich eilig auf den Weg zu dem Gebäude, in dem der Lazenby-Konzern seine Büroräume hat. Als ich vor der großen Tafel in der Eingangshalle stehe und auf Anhieb nicht erkennen kann, in welches Stockwerk ich fahren muss, spricht mich ein Mitarbeiter an.

»Kann ich Ihnen helfen, Miss?« Der uniformierte Mann wirkt ein bisschen barsch. Wie ein strenger Samuel L. Jackson.

»Ich suche John Lazenby«, flüstere ich und wende mich wieder der Tafel zu.

»Was wollen Sie denn von Mr Lazenby?«

Irritiert von dem strengen Ton wende ich mich zu ihm um. Der Mann begutachtet mich von oben bis unten und scheint es witzig zu finden, dass ich nach John suche.

»Ich habe eine Verabredung zum Essen mit ihm.«

Für diese Aussage ernte ich nur ein zweifelndes Grinsen. Der Mann winkt mich zu einer Theke in einer Ecke der Eingangshalle und greift dort zielstrebig zum Telefonhörer. Kaum hat er die Verbindung hergestellt, verschlägt es mir die Sprache.

»Norman hier, es ist wieder eine da. Ja, ich warte …«, sagt er mürrisch.

Ich fasse es nicht! Das hört sich an, als kämen hier täglich reihenweise unbekannte Frauen vorbei, die vorgeben, mit John verabredet zu sein.

»Wie ist Ihr Name?«, fragt mich der Mann dann plötzlich, aber mir ist es inzwischen vergangen, mit John essen zu gehen.

»Zoe Chapman«, raune ich trotzdem leise und höre, wie der Mann meinen Namen durchgibt.

Ich lasse meinen Blick auf die Straße schweifen und entdecke prompt einige Männer mit großen Fotoapparaten, die rauchend in der Nähe des Eingangs herumlungern und sich unterhalten.

»Verstehe … ja … Ich sage es ihr«, höre ich den Mann sagen.

»Tut mir leid, Miss, aber Mr Lazenby ist momentan in einer Besprechung, und seine Mitarbeiterin weiß nichts davon, dass Sie erwartet werden.«

»Schon gut«, nuschle ich, konzentriere mich aber immer noch mehr auf die Paparazzi vor der Tür.

Dann wende ich mich dem uniformierten Mann zu.

»Tut mir leid. Wie konnte ich nur davon ausgehen, dass ich hier einfach hereinspazieren kann«, sage ich bitter.

Die unvorhersehbare Entwicklung löst einen Sturm der Gefühle in mir aus.

Trotzdem mache ich kehrt und verlasse das Gebäude auf dem schnellstmöglichen Weg. Draußen ziehe ich einen Bogen um diese Fotografen, für die ich glücklicherweise ein unbeschriebenes Blatt bin.

Im Vorbeigehen schnappe ich noch ein paar Wortfetzen von zwei jungen Frauen auf, die das Gebäude neugierig betrachten.

»Meinst du, er kommt über Mittag raus?«

»Wir sollten auf jeden Fall warten. Vielleicht haben wir ja Glück.«

Das ist einfach nur noch schrecklich. Sie reden doch wohl hoffentlich nicht von John.

Doch ich kann wohl davon ausgehen, dass es so ist. Der Sohn der Stadt, *New Yorks Son,* gehört allen. Wie konnte ich nur darauf kommen, dass ich ein Recht hätte, mit ihm zusammen zu sein?

Mit einem Mal kann ich dem John Lazenby, der in der Öffentlichkeit steht, nichts mehr abgewinnen. Mit alldem will ich nichts zu tun haben. Wäre er doch nur der normale Kerl in Jeans und Shirt, den niemand kennt. Schließlich will ich einfach nur mein Leben leben, fernab von Fotografen und hysterischen Frauen.

Hastig greife ich in meine Handtasche und stelle mein Smartphone aus.

Es hat keinen Sinn. Mit diesem Mann sollte ich einfach privat nichts zu tun haben. Obwohl es mir das

Herz bricht – aber er ist nicht gut für mich. Was mich wieder zu einigen wichtigen Punkten auf meiner Liste bringt, die ich nicht ohne Grund geschrieben habe.

Obwohl ich die einzig vernünftige Wahl getroffen habe, habe ich das Gefühl, als sei alles in mir zerstört. Mir ist der Appetit vergangen. Mir ist richtiggehend übel und ich muss mit aller Kraft den Wunsch unterdrücken, mich heulend in mein Büro zu verkriechen.

John

Wie spät ich dran bin, verrät mir ein flüchtiger Blick auf die Uhr. Ich verabschiede mich von den Beratern, mit denen ich mich viel zu lange über meine politische Laufbahn unterhalten habe. Dann eile ich in mein Büro, wo ich im Vorraum auf Camille treffe, die an ihrem Schreibtisch sitzt.

»Mr Walker aus London hat angerufen. Er und sein Geschäftspartner Mr Hart –«.

Mit einer Handbewegung bringe ich sie im Vorbeigehen zum Schweigen.

»Nicht jetzt, Camille! Tut mir sehr leid, aber ich habe es eilig.«

»Geht es um eine …« Camille sieht ihre Notizen auf ihrem Schreibtisch durch. »Zoe Chapman?«

Ich bleibe stehen. »Ja. Was ist mit ihr?«

»Norman aus der Lobby hat angerufen, aber ich wusste von nichts.«

»Oh, Camille!« Gestresst fahre ich mir durch das Haar und eile wieder aus dem Raum. Beim Gehen sage ich: »Ruf Norman an, und sag ihm, er soll ihr sagen, dass ich sofort da bin!«

Das ist nicht gut. Ich habe ein richtig schlechtes Gefühl.

Ungeduldig betätige ich mehrmals den Knopf des Fahrstuhls und den des Aufzuges daneben.

Einer wird doch mal hier ankommen. Das dauert alles viel zu lange.

Shit! Mein Smartphone. Ich habe es während der Besprechung auf lautlos umgestellt. Jetzt ziehe ich es hervor und aktiviere es.

Mir werden jede Menge Anrufe und Nachrichten signalisiert, aber von Zoe ist nichts dabei.

Nach einem Blick auf die Anzeige des Fahrstuhls rufe ich sie an.

»Komm schon! Geh ran!«

Leider lande ich auf ihrer Mailbox und lege erst einmal auf, weil endlich einer der beiden Aufzüge beschlossen hat, seine Türen für mich zu öffnen.

Noch nie hat die Fahrt ins Erdgeschoss so lange gedauert.

Blitzschnell verlasse ich den Lift, obwohl die Türen noch nicht ganz geöffnet sind, um die Lobby nach Zoe abzusuchen.

»Norman«, rufe ich.

In aller Seelenruhe dreht er sich zu mir um. »Ja, Mr Lazenby?«

Sofort bin ich bei ihm. »Wo ist sie?«

»Wer denn, Sir?«

»Meine Verabredung.«

»Ach, die junge Dame.« Er lacht auf, was mir beinahe den Geduldsfaden reißen lässt. »Die ist wieder gegangen.«

»Was?«

Unfassbar! Sofort wende ich mich von Norman ab und sehe mich erneut um. Dabei schießt mein Blutdruck in die Höhe. Normalerweise bin ich nicht so schnell aus der Ruhe zu bringen, aber wenn es um Zoe geht …

Abrupt eile ich ins Freie. Konzentriert sehe ich nach rechts und links. Vielleicht habe ich Glück und sie ist hier irgendwo.

»Verdammt!«

»John!«, ruft ein Mann, und leider bin ich so ungeschickt, mich nach ihm umzudrehen.

Schon werde ich von mehreren Fotografen unaufhörlich abgelichtet. Dafür habe ich jetzt überhaupt keine Nerven. Wütend drehe ich mich wieder um und sehe mich plötzlich mit zwei kichernden Frauen konfrontiert, die mir viel zu nahe gekommen sind. Eine der beiden hält mir ein zerknittertes Foto von mir aus einer Zeitschrift entgegen.

»Kann ich ein Autogramm haben, bitte.«

»Jetzt nicht«, brumme ich und strecke mich, um über die Köpfe der Ladys hinweg die anderen Passanten erkennen zu können.

In meinem Rücken klicken die Fotoapparate und vor mir beginnt eine der Frauen beinahe zu weinen.

»Wenigstens ein Selfie?«, fragt die andere und hält erwartungsvoll ihr Smartphone in den Händen.

Normalerweise macht mir das wenig aus. Schnell ein Foto hier, ein Autogramm da und dann freundlich lächelnd weiterziehen.

Jetzt nervt es unendlich.

»Nein«, brumme ich und gehe zurück ins Gebäude. Die beiden Frauen bleiben stehen, aber die Fotografen folgen mir knipsend bis zur Drehtür, wo sie vom dort postierten Wachpersonal aufgefordert werden, zurückzubleiben. Das alles nehme ich nur am Rande wahr, weil ich nur an Zoe denke.

In der Lobby ziehe ich erneut mein Smartphone hervor und rufe sie an. Wieder nur die Mailbox.

Zoe

Den Nachmittag bringe ich fast nicht zustande. Ich kann mich kaum auf die Arbeit konzentrieren, ertappe mich dabei, wie ich dunkelblaue Anzüge anstarre und mich dafür verfluche, keine Boutique für Damen zu leiten. Eine halbe Stunde vor Ladenschluss streiche ich die Segel, indem ich mich an meine Mitarbeiterin wende.

»Nora, ich mache für heute Schluss. Ich bin ziemlich erschöpft.«

Nora nickt. »Ich sperre dann alles ab.«

Ich begebe ich mich auf den Heimweg und trotte so langsam wie nie zurück in meine Wohnung. Wie eine alte Frau schleppe ich mich die Stufen zu meiner Etage hinauf, und erst als das Schloss der Wohnungstür von innen eingerastet ist, atme ich tief durch.

Atemlos sacke ich in mich zusammen und lasse den

Schmerz zu, der seit heute Mittag in mir tobt. Ich muss John aufgeben, weil ich ein Leben wie seines nicht führen kann. Das bricht mir das Herz. Aber es ist vernünftig und ich muss es ihm sagen.

Mit tränenverschleiertem Blick ziehe ich mein Smartphone aus der Tasche und schalte es ein.

Wie erwartet habe ich eine ganze Menge Anrufe verpasst. Wie erwartet? Ich hatte es gehofft. So schrecklich, wie ich mich heute Mittag in dieser Eingangshalle gefühlt habe, ist es nur fair, wenn er versucht hat, mich zu erreichen.

Allerdings hat er mir keine einzige Nachricht hinterlassen.

Plötzlich klingelt mein Smartphone, was mich so zusammenfahren lässt, dass es mir beinahe aus der Hand fällt. Natürlich ist er es.

Ich nehme den Anruf an.

»Ja?«

»Zoe? Es tut mir so leid.« Er hört sich wirklich betroffen an, was es mir nur schwerer macht, ihn zu enttäuschen.

Mein Innerstes droht zu zerbersten.

»Ja, mir auch«, brumme ich leise.

»Wie kann ich es wiedergutmachen? Muss ich Camille entlassen?« Der Scherz klingt nicht so locker, wie ich es von John gewohnt bin. Zu deutlich kann ich seine Unruhe wahrnehmen.

Es entsteht eine Pause.

»Zoe, bitte rede mit mir!« Johns Tonfall verändert sich. Jetzt klingt er ernsthaft besorgt.

Mann! Er hat keine Ahnung, dass ich nicht stark genug bin, um an seiner Seite zu sein.

»Was willst du denn hören?«, frage ich kraftlos. »Dass sich dieser Typ in Uniform über mich lustig gemacht hat, als ich nach dir gefragt habe?«

»Was? Das kann doch nicht wahr –«, will John ansetzen, aber ich lasse ihn nicht weitersprechen.

»Oder willst du hören, dass Fotografen vor der Tür lauerten und kichernde Groupies herumlungerten?«

John bleibt einen Moment still. Es scheint, als müsse er die Information erst verarbeiten.

»Das tut mir wirklich leid«, sagt er dann. »Ich habe vergessen, Camille zu informieren, und mein Meeting dauerte länger als erwartet.«

»Schon gut, John.«

Wegen seiner Vergesslichkeit bin ich ihm wirklich nicht böse. Im Gegenteil, mir wurden dadurch die Augen geöffnet.

»So hört es sich aber nicht an.«

»Es soll einfach nicht sein. Es ist wahrscheinlich besser so.«

»Nein!«, sagt er sofort. »Bitte, schließ mich nicht wieder aus!«

Mein zitteriges Einatmen scheint ihm den Rest zu geben.

»Ich komme sofort vorbei«, sagt er bestimmt.

»Aber –«, will ich loslegen, da hat er schon aufgelegt.

Eine ganze Weile sitze ich regungslos mit meinem Smartphone in der Hand da und versuche, einen einigermaßen sinnvollen Gedanken zu fassen. Immer wieder fällt mir nur ein Satz ein: *Ich muss hier raus.*

Hektisch sammele ich meine Tasche und die Jacke zusammen, die noch neben mir auf dem Boden liegen, und verlasse die Wohnung.

Im Eiltempo renne ich die Treppe hinunter und falle beinahe aus der Tür auf die Straße. Zum Glück steht jemand direkt vor dem Haus, und ich stürze ihm genau in die Arme, sonst wäre ich wahrscheinlich der Länge nach hingeschlagen.

»Oh, danke! Gut, dass Sie gerade hier …«

John

Gott sei Dank. Sie ist es!

»Gern geschehen«, sage ich erleichtert und halte sie in meinen Armen.

Im ersten Moment scheint sie mich nicht zu erkennen, was kein Wunder ist. Mit der Baseballkappe verkehrt herum auf dem Kopf und der Bomberjacke sehe ich nicht gerade so aus, wie man John Lazenby im Allgemeinen kennt.

»Du«, haucht sie und mustert mich von oben bis unten, während ich sie immer noch stütze. »Du siehst so … normal aus.« Ihr Blick fällt auf meine Jeans und bleibt an den Sneakers hängen.

»Du trägst Sportschuhe?«

Obwohl ich aufgewühlt wie nie zuvor in meinem Leben bin, bringt mich ihre Frage zum Schmunzeln. Sie muss unter Schock stehen.

»Na und? Ich habe dich schon einmal in gelben Wollsocken gesehen.«

Ihr Gesicht verzieht sich augenblicklich zu einer wütenden Maske. »Oh!«, schimpft sie genervt und stupst mich mit ihrem Zeigefinger hart auf die Brust. »Du … Ich wusste es, dass du immer wieder mit diesen alten Kamellen kommen wirst.«

Spielerisch versuche ich, ihren Finger einzufangen, und lockere dabei meine Umarmung. Sie fällt beinahe um, sodass ich sie schnell wieder an mich ziehe.

»Du flüchtest vor mir?«, stelle ich mit einem tiefen Blick in ihre Augen fest.

»Dachte ich mir doch, dass du das denkst«, murrt sie und versucht, sich zu befreien.

Ich lasse sie los. Sofort geht sie auf Abstand.

»Ich weiß aber, dass es so ist.« Obwohl ich belustigt ihr Verhalten beobachte, wächst meine Unruhe über ihr verwirrendes Auftreten.

Wieder fährt ihr Zeigefinger aus, und ich versuche, ihn erneut zu fangen. Weil sie nicht damit aufhört, ergreife ich ihre Hand. Jetzt ist aber Schluss! Liebevoll schlinge ich meine Arme erneut um sie.

»Warum läufst du vor mir davon?«, raune ich.

Ihre anfängliche Anspannung und leichte Gegenwehr verpufft. Ob sie immer noch vorhat, abzuhauen?

»Ich wollte nur ein wenig spazieren gehen«, sagt sie in einem unschuldig klingenden Ton.

»Zoe, ich werde es nicht zulassen, dass du dich aus der Affäre ziehst.«

»Welche Affäre?«

Sie ist wirklich niedlich, wenn sie so neben der Spur ist, aber es wäre mir trotzdem lieber, dass sie sich wieder fängt.

Wenn ich sie so in meinen Armen halte, ist sie mir sowieso hilflos ausgeliefert. Ihr mürrischer Gesichtsausdruck wird weich, und ihre funkelnden Augen beobachten mich erwartungsvoll, während ich mich an ihrem Duft und dem wunderbaren Gefühl, ihren Körper so nah an meinem zu spüren, ergötze.

Zoe

Warum kann ich nicht wütend auf ihn sein? Das wäre mir wirklich eine große Hilfe, um ihm klarzumachen, dass ich nicht die richtige Frau für ihn bin.

Jetzt ist all mein Frust vergessen, meine Angst wie weggeblasen. Es gibt nur John und mich.

Im Grunde hatte er mich von Anfang an am Haken, schon als er so schwunghaft die Treppe des Geschäftes in Washington empor gelaufen kam in seinen makellosen Schuhen.

Zaghaft nähert er sich mir, und ich befürchte, dass er mich küssen will. Eigentlich sehne ich einen Kuss herbei, eine Versöhnung und Wiedergutmachung, aber ich möchte es nicht zugeben.

»Also James Bond würde niemals Sportschuhe tragen«, stelle ich stattdessen fest und frage mich, wo dieser Gedanke auf einmal herkam.

Er stutzt und vergrößert den Abstand zu meinem Gesicht, um mich intensiv zu mustern, während ich mich halbherzig in seinen Armen winde.

»James Bond?«, stellt er erstaunt fest und entlockt mir damit ein Grinsen. »Sollen wir bei Helen Mirren nachfragen, ob sie das auch so sieht?«

Schon zieht er mich in Richtung meiner Haustür, um dort nach dem Klingelknopf von Mrs Preacher zu suchen.

»Halt, bitte!«, presse ich leise hervor, obwohl ich eigentlich gar nicht weiß, warum ich nicht will, dass er bei Mrs Preacher klingelt.

Plötzlich ist sein Gesicht ganz nah an meinem.

»Heute würde ich die Einladung auf eine Tasse Tee gerne annehmen«, raunt er mir verlockend ins Ohr und entfacht damit sofort prickelnde Vorfreude in mir.

»Also gut.«

Mann, ich bin so was von schwach! Dabei weiß ich ganz genau, dass mich die Wirklichkeit irgendwann einholen wird.

Langsam lässt John mich los, ergreift dann meine Hand und zieht mich zur Tür.

Schweigend öffne ich sie.

Während wir die Treppe zu meiner Wohnung hochsteigen, halten wir uns an der Hand.

Auf einmal bin ich schrecklich aufgeregt, weil er mein Zuhause betritt. Keine Ahnung, wann ich das letzte Mal Männerbesuch hatte. Schnell schließe ich die Tür zu meinem Schlafzimmer, da auf dem Nachttisch noch die Abzüge der Fotos von uns liegen, fein säuberlich nebeneinander aufgereiht. Eilig gehe ich in die Küche und beginne, in meinem Schrank nach den Teepackungen zu suchen.

»Ich setze gleich Teewasser auf. Welchen magst du? Ich habe Früchtetee, schwarzen Tee, grünen …« Weiter komme ich nicht, da er in die Küche kommt und mich so merkwürdig lächelnd betrachtet, dass mir ganz flau im Magen wird.

Hilfe! Will er mit mir schlafen?

Verkrampft klammere ich mich an die zwei Papp-schachteln mit Teebeuteln in meinen Händen, während er mir immer näher kommt. Völlig bewegungsunfähig registriere ich, dass er sich einfach hinter mich stellt und mich umarmt. Sein Kinn liegt auf meiner Schulter und ich kralle meine Fingernägel in die Teepackungen. Meine Hände verbeulen die Packungen, als er sich mit seinen Lippen meinem Ohr nähert. Seine flachen Hände ruhen auf meinen Hüften.

»Es tut mir wirklich leid. Du wirst mir deswegen doch nicht ewig böse sein?«

»Öhm, nein …« Ich erkenne meine eigene Stimme nicht mehr. Sie ist nur noch ein raues Flüstern.

»Danke«, haucht er in mein Ohr.

Auf einmal spüre ich warme Lippen auf mei-ner Wange, während seine flachen Hände auf meinen Bauch wandern. Diese intime Berührung entfacht so-fort hemmungslose Leidenschaft in mir, für die ich mich ein wenig schäme.

Die Teeschachteln in meinen Händen erinnern in-zwischen an Knüllpapier, und ich schließe einfach die Augen, damit ich meine verkrampften Finger nicht län-ger sehen muss. Hauchzart küsst er mich mehrmals auf die Wange.

»Grüner Tee«, flüstert er auf einmal, und ich brauche einen Moment, um zu kapieren, dass das kein zuckersüßes Kompliment war.

Bis ich mich wieder gefasst habe, sitzt er schon gemütlich hinter mir am Küchentisch und beobachtet mich. Schnell lasse ich die verbeulten Teeschachteln im Schrank verschwinden und greife nach der intakten Packung mit dem grünen Tee. Während ich zitternd Wasser in den elektrischen Kocher einfülle, spüre ich seinen Blick in meinem Rücken.

»Sieh es doch einmal so: Jetzt ist mir auch endlich etwas richtig Peinliches passiert. Ich habe dich versetzt«, scherzt er.

Ich traue mich, ihm kurz einen Blick zuzuwerfen.

Lächelnd führt er weiter aus: »Außerdem habe ich dich mit meinen Schuhen schockiert, etwas, was ich vermutlich nie wieder gutmachen kann.«

Grinsend befördere ich zwei Teebeutel in die Tassen.

»Vielleicht muss ich deswegen eine Therapie machen. Doch ich werde darüber hinwegkommen«, bringe ich lachend hervor und setze mich zu John an den Tisch, um dort zu warten, bis das Wasser kocht.

Mein Körper ist immer noch in Alarmbereitschaft und Johns lüsterner Blick verstärkt das innere Prickeln nur noch.

John ergreift meine Hände und zieht sie an seine Lippen. Zärtlich knabbert er an meinen Fingern und betrachtet meine Hände liebevoll. Mein Mund klappt auf, was ihm ein Lächeln entlockt, als er es bemerkt.

»Du hast so wundervolle Hände«, höre ich ihn zwischen den Küssen murmeln.

»Hände«, höre ich mich dämlich echoen.

Aber John lässt sich nicht von mir ablenken. »Deine schlanken Finger sind mir sofort aufgefallen.«

»Bist du ein Handfetischist?« Ich versuche locker zu bleiben, was mir ganz und gar nicht gelingt.

Schließlich beendet er seine Nascherei an meinen Fingern und sieht mir tief in die Augen.

»Ich bin ein Zoe-Fetischist.«

Der automatische Schalter des Wasserkochers unterbricht mit lautem Klacken die Stromzufuhr und ich springe von meinem Stuhl auf. Bis zur Arbeitsplatte schaffe ich es gar nicht mehr, da John mir den Weg abschneidet und meine Hände wieder ergreift. Schon küsst er die Innenseite meiner Handgelenke.

»Tee?«, kann ich noch fragen.

John sieht mich mit glühenden Augen an. »Scheiß auf den Tee!«

Seine überraschend derbe Ausdrucksweise macht mich in diesem Moment mehr an, als ich es für möglich gehalten hätte.

Lächelnd überlege ich, was ich ihm stattdessen anbieten könnte. »Zoe?«

Sein überraschter Ausdruck verblasst schneller, als er entstanden ist. Seine Hände ziehen meine Arme um seinen Körper. Blitzschnell rückt er ganz nah zu mir, fährt mit seinen Händen meine Arme entlang, über den Rücken und legt sie schließlich auf den Beckenknochen ab. Seine Stirn lehnt an meiner und er schließt die Lider.

Als hätte er sich einen Moment sammeln müssen, küsst er mich so plötzlich, dass ich überrascht die Augen aufreiße.

Davon lässt John sich nicht irritieren und zieht mich noch näher an sich. Die Art, wie er den Kopf und die Lippen bewegt, während er mich sanft, aber bestimmt küsst, verursacht ein merkwürdig lähmendes Gefühl in mir.

Dieser Mann ist wie eine betäubende Arznei für mich und ich starre seine geschlossenen Augenlider fasziniert an.

»Bist du bald fertig damit, mich anzustarren?«, knurrt er mich zwischen den Küssen an.

Mein Lächeln kann er selbst mit geschlossenen Augen spüren, weil er mich weiterhin intensiv küsst.

Ich schließe meine Augen und lasse mich voll und ganz auf diesen Moment ein.

John

Sie schmeckt so köstlich, so vertraut. Mein Verlangen nach ihr kann niemals gestillt werden.

»Ist dein Schlafzimmer der Raum, den du vorhin so panisch geschlossen hast?«, frage ich sie leise.

»Hm?« Alarmiert sieht sie mich an, entspannt sich dann aber sofort wieder. »Ja.«

»Wie wäre es dann, wenn du mich dahin einlädst?«

»Sehr gerne, Mr JohnLazenby.«

Wenn sie wüsste, wie verrückt sie mich damit macht, dass sie meinen Namen auf diese Weise ausspricht.

Am liebsten würde ich sie erneut stürmisch küssen, aber sie hält mir ihren gestreckten Zeigefinger vor die Nase und lächelt schelmisch. Dann ergreift sie meine Hand und führt mich aus der Küche, über den Flur in ihr Schlafzimmer.

Sobald wir den Raum betreten haben, ziehe ich sie in meine Arme und drücke sie an mich.

Sie beobachtet mich und wirkt dabei unheimlich nervös. Für einen Moment verliere ich mich völlig im himmlischen Blau ihrer Augen, doch als ich mich ihr nähere, senkt sie die Lider, und wir verschmelzen erneut in einem erst sanften, dann immer leidenschaftlicheren Kuss. Alles in mir sehnt sich nach ihr. Heute werde ich nicht nachgeben, mich nicht zurückziehen. Jetzt ist sie mein! Mein Herz gehört längst ihr.

Ihre Hände lösen sich aus meinen und begeben sich auf Wanderschaft. Zuerst zaghaft, dann immer mutiger erkundet sie meinen Oberkörper und macht mich damit ganz irre. Ungeduldig ziehe ich mein Hemd aus der Hose, sodass ihre Finger darunter schlüpfen können. Es fühlt sich elektrisierend an, als ich ihre Finger auf meiner Haut spüre.

Längst bin ich erregt wie nie und muss mich zurückhalten, wenn nicht alles rasend schnell vorbei sein soll.

Trotzdem kann ich mich nicht länger beherrschen. Vorsichtig öffne ich den Reißverschluss ihres Kleids und streife die Träger über ihre Schultern.

Ihr graziler Hals ist mir schon vom ersten Moment an aufgefallen, aber so bloßgelegt ist er noch schöner.

Ihre erhitzte Haut ist weich, und ich will, ja ich

muss Zoe endlich nackt sehen.

Als hätte sie meine Gedanken erraten, löst sie sich von mir und schält sich aus dem Kleid mitsamt ihrem BH. Dabei sieht sie mir selbstbewusst in die Augen, und mir ist klar, dass sie jede meiner Regungen beobachtet, während das Kleid von ihrer Hüfte rutscht und auf den Boden fällt.

»Wow!«, seufze ich.

Sie ist viel schöner, als ich es mir in meiner Fantasie jemals hätte ausmalen können.

»Du bist wunderschön, Zoe, einfach wunderschön.«

Obwohl sie errötet, öffnet sie einladend die Arme. Ich hebe sie hoch und lege sie sanft auf ihr Bett.

Für einen Moment küsse ich sie, dann löse ich mich von ihr und werfe noch einmal einen vorsichtigen Blick auf ihre entblößten Brüste, deren Nippel sich mir aufreizend entgegenstrecken.

Zuerst traue ich mich kaum, die weiche Haut darum zu berühren, aber als sich ihr Oberkörper an mich schmiegt, greife ich mutig zu.

Wie in Trance drückt sie ihren Kopf in den Nacken und öffnet ihren Mund, was mich so heiß macht, dass ich augenblicklich kommen könnte.

Doch ich möchte unsere Erregung bis zum letztmöglichen Punkt auskosten.

Meine Hände erkunden Zoes Körper und dann fällt auch ihr letztes Stück Stoff. Das süße Spitzenhöschen ist zwar kein Tanga, aber dafür nicht minder sexy. Außerdem interessiert mich das, was sich darin versteckt, wesentlich mehr.

Ich setze mich auf und nehme jedes Detail von ihr in mich auf.

Mit halb geöffnetem Mund sieht sie mich an und hat jede Scham fallen gelassen. Beinahe lüstern erscheint ihre Körperhaltung. Mit leicht gespreizten Beinen erfüllt sie mir den Wunsch, einen Blick auf ihre feucht glänzende Vagina werfen zu können. Mir wird unendlich heiß, und dem pulsierenden Druck, den ich inzwischen in meiner Hose spüre, kann ich nicht länger standhalten.

»Zieh dich aus!«, raunt sie mir genau in dem Moment zu und wirft dabei einen Blick auf die ausgebeulte Stelle meiner Hose.

Das lasse ich mir nicht zweimal sagen. Eilig knöpfe ich mein Hemd auf, streife es ab und entledige mich meiner Hose.

Als ich mich zuletzt an meine Unterhose machen möchte, unterbricht mich Zoe.

»Halt!« Schon sitzt sie und macht sich selbst daran zu schaffen.

Mein Schwanz schnellt ihr entgegen, als sie mir die Hose abstreift.

Schon legt sie ihre Hände um den pulsierenden Schaft und treibt mich damit an den Rand des Wahnsinns. Wollte ich mich noch vor wenigen Minuten über sie hermachen, fühle ich mich ihr jetzt völlig ausgeliefert.

Zoe

Unbeschreiblich, wie sehr ich seine Erregung genieße! Es törnt mich extrem an, wie der charismatische Lazenby im

Bett zu einem hormongesteuerten Individuum mutiert, das seinen hungrigen Blick nicht von mir nehmen kann.

Ich ahne, dass er anfangs ein rücksichtsvoller Liebhaber sein wird, der aber genau weiß, wie er mich bis zum Äußersten treiben kann.

Ohne ihn aus den Augen zu lassen, helfe ich ihm aus der Hose. Seine Wärme, der Duft seiner Haut – überhaupt so intim mit ihm zu sein, benebelt mir die Sinne. Nackt sieht John noch atemberaubender aus.

»Leg dich wieder hin!«, fordert er mich sanft auf und ich sinke zurück ins Kissen.

Schon spüre ich seine Finger an meinen Schenkeln, zuerst außen, dann innen. Streichelnd wandern sie immer höher.

Keine Frage, er weiß, was er tut. Als er vorsichtig mit einem Finger in mich taucht und anfängt, mich zart zu stimulieren, klinke ich mich aus dem Hier und Jetzt aus.

Willig öffne ich mich ihm mehr, bewege mein Becken, um seine Liebkosungen zu unterstützen.

Als er auch noch meine Brustwarzen zwirbelt, löst sich ein wohliger Seufzer aus meiner Kehle.

Noch nie habe ich erlebt, dass mich ein Mann allein durch sein Fingerspiel zum Orgasmus bringt, aber wenn er so weitermacht, dann …

»Oh!«, stöhne ich.

Alle meine Muskeln sind gespannt, doch ich will nicht ohne ihn kommen. Er zieht seinen Finger aus mir und ich atme auf. Einen Augenblick später senkt er den Kopf zwischen meine Beine, und als ich seine Zunge an den Schamlippen spüre, greife ich nach meinem Kissen und drücke es mir auf das Gesicht, damit nicht das ganze Haus meine Lustschreie hört. Hemmungslos spreizt John mich mit den Händen auf und versenkt sich in mir.

Seine raue Zunge, die mir immer und immer wieder über meine empfindlichste Stelle leckt, treibt mich höher und höher.

»Oh …«, stöhne ich. »John … nicht … ich komme …«

Gleich wird es so weit sein.

»John … bitte … ich will mit dir kommen«, flehe ich.

Ein paarmal führt er seine gekonnten Zungenschläge noch aus, dann hebt er den Kopf und schiebt sich zu mir hoch.

Gezielt platziert er seinen Penis an der richtigen Stelle und gleitet wie von selbst in mich. Genussvoll kosten wir gemeinsam den Moment der völligen Vereinigung aus, und erst dann beginnt John, sich in mir zu bewegen.

Wir küssen uns, streicheln uns, wir bewegen uns in völligem Einklang, so lange, bis wir beide gemeinsam den Höhepunkt erleben.

Als wir Stunden später erschöpft und glücklich in meinem Bett liegen, kuscheln wir uns eng aneinander. Verträumt kraule ich durch Johns gelocktes Brusthaar, während er vorsichtig die Form meines linken Ohres mit zwei Fingern ertastet.

»Ganz ehrlich, das war der beste Sex meines Lebens«, schnurre ich zufrieden.

Es war atemberaubend, er ist atemberaubend. Wie er es geschafft hat, perfekt auf mich einzugehen, ohne sich selbst dabei zu vernachlässigen. Er war zärtlich und fordernd zugleich, und er hat es geschafft, mich mehrmals zum Höhepunkt zu bringen.

Sein Kuss auf meine Stirn lässt mich zufrieden aufseufzen.

John

»Es freut mich, dass Sie so zufrieden mit mir sind, Miss Chapman. Ich dachte schon, dass der Vergleich mit James Bond vielleicht hinken würde, wenn ...«, witzele ich und freue mich über Zoes Kichern.

So glücklich wie jetzt habe ich mich schon lange nicht mehr gefühlt. Der Sex war der Wahnsinn und alles andere stimmt ebenfalls. Zoe ist die Richtige, da bin ich mir ganz sicher.

»Also ich weiß ja nicht, wie James Bond bestückt ist, aber wahrscheinlich würde er bei deinem Anblick blass werden.«

Vorsichtig legt Zoe ihren Kopf auf meine Brust. Ihr Ohr liegt direkt auf Herzhöhe. Sie kann bestimmt meinen Herzschlag hören. Jetzt schlägt es nur noch für sie.

Sanft fahre ich durch ihre langen Haare, die so seidig und weich sind.

»Zoe?«

»Hm?«

»Starten wir morgen ... ich meine, heute Mittag noch einmal einen Versuch?«

Sofort hebt sie ihren Kopf und bohrt ihr Kinn auf meine Brust. »Wer wäre ich denn, wenn ich dir keine zweite Chance geben würde?«

Ich hebe den Kopf. »Komm her, ich will dich küssen!«

Mit gespitzten Lippen schiebt sie sich zu mir und wir küssen uns eine Weile spielerisch wie zwei frisch verliebte Teenager.

Bevor uns die Leidenschaft erneut übermannt, löse ich mich von ihr.

»Ich muss los. In dem Aufzug kann ich nicht ins Büro gehen und ein paar Stunden Schlaf tun dir auch gut.«

Mit einem gewissen Widerwillen schwinge ich mich aus dem Bett. Frech grinsend betrachtet Zoe sehnsüchtig meinen nackten Körper von oben bis unten.

»Keine Sorge, du siehst mich wieder!«

Lächelnd ziehe ich mich an und sie beobachtet jede meiner Bewegungen.

Als ich zur Tür gehe, will Zoe aufstehen, wahrscheinlich, um mich zu verabschieden.

Sofort setze ich mich zu ihr auf das Bett und bedeute ihr mit einer Geste, nicht aufzustehen.

»Bleib liegen, mein Engel! Ich finde selbst den Weg.«

Mit glücklichem Herzen beuge ich mich zu ihr, um sie noch einmal liebevoll zu küssen.

»Bis später.« Mit diesem Versprechen verabschiede ich mich.

Zoe

Pünktlich zu meiner nächsten Mittagspause mache ich mich erneut auf den Weg zu Johns Büro. Diesmal werde ich erwartet.

Der Wachmann, der wie Samuel L. Jackson aussieht, kommt sofort auf mich zu.

»Miss Chapman?«

»Ja, immer noch.« Ich grinse.

»Warten Sie bitte einen Moment!«

Wie gestern geht er zu dem Telefon hinter der Theke und tätigt einen Anruf. Dann deutet er auf eine Bank an der Wand. Immerhin bin ich diesmal nicht abgewimmelt worden. Langsam bewege ich mich zu der Bank und setze mich.

In dem Gebäude herrscht reger Personenverkehr. Unruhig beobachte ich die vielen Menschen, die sich auf dem blank polierten Marmorboden spiegeln, und warte auf ein bekanntes Gesicht.

Es dauert wirklich lange, bis John endlich aus dem Aufzug kommt.

Als ich ihn sehe, ertappe ich mich dabei, dass ich geradewegs an den Sex mit ihm denken muss. Das verräterische Ziehen zwischen meinen Beinen signalisiert mir, dass ich sofort bereit wäre, mit ihm in eine Abstellkammer zu verschwinden. Während ich aufstehe und breit grinse, sieht er sich suchend nach mir um. Als er mich erspäht, lächelt er sofort und kommt mit schnellen Schritten auf mich zu. Unsicher, wie ich mich in der Öffentlichkeit ihm gegenüber verhalten soll, gehe ich ihm ein paar Schritte entgegen. Mit ausgestreckten Händen greift er nach meinen und verteilt großzügig ein paar Wangenküsschen.

»Hallo, mein Engel!«, raunt er mir zu und löst dabei das pure Glück in mir aus.

»Hallo.« Mit strahlenden Augen betrachte ich ihn.

John lächelt, als wisse er genau, woran ich denke.

»Sieh mich nicht so an!«

»Sonst?«

»Vergesse ich mich und auch das Essen.«

»Leider habe ich Hunger.«

»Ich auch. Ich habe unbändigen Hunger auf –.«

»John!«, hören wir eine laute Männerstimme hinter uns.

Überrascht wenden wir uns zu einem grau melierten Mann um, der auf John zusteuert. Er sieht ein wenig wie Alan Rickman aus, also Professor Snape mit kurzen grauen Haaren.

»Steht unser Termin nachher?«, fragt der Mann und mustert mich interessiert.

»Natürlich«, bestätigt John, und da mich der Mann immer noch betrachtet, räuspert sich John.

»Zoe, das ist mein Onkel Philip Lazenby. Phil, das ist Zoe Chapman.«

»Sehr erfreut.« Philip grinst und wir schütteln uns die Hand. »Haben Sie geschäftlich mit meinem Neffen zu tun?«

»Nun …« Ich bin überfragt.

»Neugierig wie eh und je«, tadelt John seinen Onkel lächelnd, was mir eine Antwort erspart. »Bis später«, sagt er in einem Tonfall, der keinen Zweifel daran lässt, dass das Gespräch beendet ist.

Wir gehen auf den Ausgang zu.

»Ich kenne da einen Imbiss, der bietet leckere Mittagsmenüs an. Dort gibt es ein Eck, in dem wir ungestört —«.

John hält inne und bleibt stehen.

»Verdammt!«

»Was denn?«

»Ach, meine Freunde sind da.«

Ich folge seinem Blick und entdecke die beiden Fotografen vom Vortag. Können die nicht genug bekommen?

»Wir nehmen den anderen Ausgang.«

Er wendet und führt mich durch die Lobby auf die andere Seite des Blocks. Durch den Notausgang verlassen wir das Gebäude und landen in einer kleinen Gasse, die wir unerkannt hinter uns lassen, um auf der anderen Seite des Blocks in den Trubel auf dem Gehweg einzutauchen.

»Hier entlang!«, sagt John und wir schlendern gemütlich nebeneinanderher.

John

Ich achte darauf, Zoe nicht zu berühren, und das ist auch besser so. Die meisten Passanten erkennen mich sofort und der ein oder andere grüßt mich sogar.

»John«, haucht Zoe neben mir.

»Hm?«

»Die Leute«, tuschelt sie, »schauen alle so.«

Erneut hebe ich den Blick und sehe mich um. Eine junge Mutter mit Kinderwagen bleibt so plötzlich vor uns stehen, um mich überrascht anzulächeln, dass wir ausweichen müssen, aber ich reagiere nicht auf die Aufmerksamkeit.

»Ist das immer so?«

»Ja.«

»Das ist ja …«

Ein Mann mit einem überdimensionalen Fotoapparat taucht vor uns auf.

»Einfach nicht beachten«, weise ich Zoe an und gehe ruhig weiter.

Ihr verhaltener Gang und der gesenkte Kopf zeigen mir jedoch deutlich, dass sie sich unwohl fühlt. Sie vergrößert sogar den Abstand zu mir.

Natürlich werde ich von dem Mann fotografiert, aber ich ignoriere ihn.

»Wir sind gleich da«, raune ich Zoe beruhigend zu und werde schneller.

Inzwischen geht sie sogar ein paar Schritte hinter mir, und ich bin froh, dass ich den Eingang zu dem unscheinbaren Bistro bereits sehe.

Als ich durch die Tür gehe, huscht Zoe eilig hinter mir her.

Zielstrebig dringe ich so weit wie möglich in das Lokal vor, das um die Mittagszeit brechend voll ist. Der Geräuschpegel von Unterhaltungen und klapperndem Geschirr ist hoch und der unverkennbare Restaurantgeruch hängt in der stickigen Luft.

Wir ergattern einen kleinen Tisch, der abgeschirmt hinter ein paar Trennwänden für uns reserviert ist.

Obwohl ich froh bin, dass wir dem Fotografen entkommen sind, scheint sich Zoe nicht zu entspannen.

»Zoe, bitte beruhige dich! Wir sind jetzt unter uns«, scherze ich und mustere sie aufmerksam.

Ihr knallroter Kopf lässt mich befürchten, dass sie bei Weitem nicht bereit ist, die öffentliche Seite meines Lebens zu akzeptieren. Je länger ich darüber nachdenke, umso deutlicher wird mir bewusst, dass ich auch noch nicht dazu bereit bin, sie mit der Welt zu teilen. Ein Artikel in der heutigen Tageszeitung zeigt, wie interessant ich für die Presse immer noch bin, obwohl ich nur einen berühmten Namen trage. *Nach wem hält er Ausschau?* Diese Überschrift gepaart mit einem Foto von mir, wie ich vor dem Block nach Zoe suche, zeigt mir deutlich, dass die Presse sich liebend gern auf die Frau an meiner Seite stürzen würde.

Zoe

Wie kann er meinen, dass wir unter uns sind?

Unauffällig sehe ich mich um. Das Restaurant ist mehr als gut besucht, und ich bilde mir schon wieder ein, dass John von einigen anderen Gästen angegafft wird, obwohl wir relativ abgeschirmt hinter Trennwänden sitzen.

Manchmal bin ich mir nicht sicher, ob er wegen seines guten Aussehens oder des eleganten Auftretens auffällt. Es kann doch nicht sein, dass ganz New York

John Lazenby kennt. Aber wie sonst hätte ich sein Leben so in den letzten Jahren auf YouTube verfolgen können, wenn er nicht ständig irgendwo gefilmt oder fotografiert worden wäre? Wie das für ihn sein muss, merke ich erst jetzt.

»Es ist nur ein Name, Zoe«, stellt John fest.

Er lächelt entspannt, aber dennoch entgeht mir nicht, dass er weiterhin wachsam bleibt.

»Lazenby?«

»Nach dem Tod meines Vaters hat meine Mutter sich alle Mühe gegeben, meine Schwester und mich aus dem Familien-Clan herauszuhalten. Wir sind davon unberührt aufgewachsen. Trotzdem lastete der Druck der Lazenbys immer wieder auf mir. Bis meine Mutter eines Tages zu mir sagte, es sei nur ein Name. Das hat mir sehr geholfen, mich zu entspannen.«

»Das glaub ich dir.«

Von Anfang an habe ich gewusst, auf wen ich mich da einlasse. Seit unserer ersten Begegnung war ich hin und weg von ihm. Wenn man es genau nimmt, habe ich mich jahrelang gegen seine Anziehungskraft gewehrt. Ohne Erfolg.

»Trotzdem frage ich mich, wie du das aushältst«, sage ich leise.

»Das fragst du dich jetzt schon nach dem kurzen Fußmarsch mit mir?« Es ist das erste Mal, dass John einen Hauch von Hilflosigkeit zeigt.

Natürlich muss ihm das alles auch hie und da zu viel sein. Kein Mensch hält diese ungewollte Öffentlichkeit auf Dauer aus.

»Fällt dir gar nicht auf, wie dich alle anstarren?« Ich versuche vergebens, die anderen Gäste um uns herum auszublenden.

»Ich kenne es nicht anders. Es war schon immer so. Ich glaube, die New Yorker haben mich nach dem Tod meines Vaters einfach alle adoptiert.« Er erklärt das so ruhig, dass seine Entspannung auf mich abfärbt.

Es ist unglaublich, wie er mich mit seiner Ausstrahlung beeinflussen kann.

Lächelnd betrachte ich seine charismatischen Gesichtszüge, den intensiven Blick und den sinnlichen Mund. Warum habe ausgerechnet ich es verdient, einen Teil dieses Mannes abzubekommen, wenn sich doch die ganze Welt nach ihm sehnt?

»Ja, du bist New Yorks Son«, erinnere ich mich an den Titel, den die Presse ihm gegeben hat. »Das macht mir Angst.«

»Bitte, sag das nicht! Niemand überschreitet eine Grenze. Alle sind höflich und freundlich.«

»Du kennst es nicht anders.«

»Zoe, ich verstehe ja, dass es für dich ungewohnt ist. Aber die Öffentlichkeit gehört zu mir. Das war schon immer so.«

Natürlich hat er recht und ich möchte darüber auch nicht mit ihm diskutieren.

John

Zoe ist nicht meine erste Freundin, die nicht in der Öffentlichkeit steht. Aber als ich jahrelang mit meiner ers-

194

ten großen Liebe zusammen war, lebte ich nicht in New York und das Interesse der Presse hielt sich in Grenzen.

Was Zoe als meine Lebensgefährtin erwartet, wird sie fordern, aber hoffentlich nicht überfordern.

»Bitte, sag jetzt nicht, dass du mich wegen der Aufmerksamkeit der New Yorker sitzen lässt!« Obwohl meine Frage ein Scherz sein soll, greife ich nach Zoes Hand, die vor ihr auf dem Tisch liegt, und ziehe theatralisch einen Schmollmund.

Zum Glück lacht sie befreit auf. »Wie könnte ich? Das hätten wir klären können, bevor wir miteinander geschlafen haben«, raunt sie kaum hörbar und ich nehme das verbotene Aufblitzen ihrer Augen durchaus wahr.

»Da hatten wir Besseres zu tun.«

Ihr Lächeln berührt mich zutiefst, und ich drücke ihre Hand, während ich versuche, nicht an Sex mit ihr zu denken. »Du wirst dich daran gewöhnen.«

Sie lächelt zwar, aber ich nehme doch den Zweifel in ihrem Blick wahr, was mir ernsthaft zu denken gibt. Mit einem Mal erkenne ich, dass hier die eine Frau vor mir sitzt, die mich vielleicht aus tiefstem Herzen liebt, die mich aber wegen des Rummels um meine Person nicht lieben möchte.

Erneut drücke ich ihre Hand und streichle mit dem Daumen über ihren Handrücken. Ist das Angst, die ich spüre?

Bitte, ich möchte dich nicht verlieren.

»Du bist mir sehr wichtig, Zoe. Ich würde dich nicht bitten, mein Leben vor aller Öffentlichkeit als das deine anzunehmen, wenn es mir nicht ernst wäre.«

»John«, haucht sie.

»Sag nicht, dass du an meinen Absichten gezweifelt hast! Ich bin nicht der Playboy, für den mich einige halten.«

»Ich verspreche dir, ich werde versuchen, mich an alles zu gewöhnen«, antwortet sie zaghaft lächelnd, und ich spüre, dass sie mir momentan nicht mehr sagen kann.

Aber wenigstens wird sie es versuchen. Das reicht mir für den Moment.

Nach dem Essen gehen wir zurück zu meinem Büro. Von Fotografen und Reportern ist nichts zu sehen. Nachdem wir ein paar Schritte zurückgelegt haben, ziehe ich sie spontan in einen dunklen Hauseingang.

Für eine Sekunde warte ich ab, ob uns jemand folgt, dann drücke ich sie an die Mauer und nagele ihre Arme mit meinen Händen fest. Ich sehe ihr fest in die Augen und koste es aus, mich ihr unendlich langsam zu nähern. Erregt nehme ich wahr, wie ihr Körper bebt, bevor ich meinen Mund auf ihren lege. Gut so! Schließlich versetzt sie meinen Körper in einen Zustand extremer Lust, und ich muss zusehen, dass kein New Yorker meinen Dauerständer sieht.

Langsam löst Zoe ihre Arme aus meiner Umklammerung und schlingt sie um mich. Leidenschaftlich ziehe ich sie an mich und genieße jede Sekunde des heimlichen Kusses, während ich mich an sie presse, als wolle ich mit ihr verschmelzen.

»Kommst du heute Abend zu mir?«, frage ich sie schließlich atemlos.

Sie nickt.

Es fällt mir schwer, zum Büro zurückzugehen. Ich könnte ewig mit Zoe in diesem Hauseingang stehen.

Diesmal trennen wir uns rechtzeitig vor dem Gebäude. Sehnsüchtig sehe ich ihr nach, bis ich sie nicht mehr ausmachen kann. Dafür freue ich mich schon sehr auf heute Abend.

Kaum bin ich in meinem Büro angekommen, sucht mich Onkel Phil auf.

»John, wer war die Frau? Neue Freundin?«

»Phil, hat meine Schwester dich auf mich angesetzt?«

»Nein, aber ich kenne sie nicht. Ist sie der Öffentlichkeit gewachsen?«

»Lass das meine Sorge sein!«

»Hast du dir das überlegt? Ist sie stark genug?«

Darauf antworte ich nicht. »Gibt es etwas Geschäftliches, was wir besprechen müssen?«

»Wie war dein Gespräch mit den Wahlmanagern? Wirst du kandidieren?«

»Es sieht ganz danach aus.«

»Dann rate ich dir, verstricke dich nicht in eine Affäre! Das käme den Republikanern gerade recht. Kennst du alle Leichen, die deine neue Freundin im Keller hat? Wer ist sie? Wie heißt sie?«

»Das ist verdammt noch mal meine Angelegenheit!«

»Du täuschst dich. Du bist und bleibst ein Lazenby und außerdem New Yorks Son, du wirst nie deine eigenen Angelegenheiten haben.«

Mit diesen Worten geht Phil endlich, aber er hat leider einen Nerv getroffen. Durch meine Kandidatur zum Senator des Staates New Yorks wird sich nicht nur für mich alles ändern.

Zoe

Voller Vorfreude treffe ich am Abend im Stadtteil Tri-BeCa vor Johns Wohnhaus ein. Er bewohnt ein Loft im höchsten Gebäude der Straße.

Die wenigen Stufen zu der wenig einladenden Metalltür ins Haus nehme ich schnellen Schrittes. Unsicher sehe ich mich um. Ob jemand meine Ankunft bemerkt oder auf einem Bild festhält? Wahrscheinlich eher nicht, aber trotzdem fühle ich mich verfolgt.

John empfängt mich direkt, als der Lift in seiner Etage hält.

Ich falle ihm sofort in die Arme, um ihn zu küssen. Nur zu gerne erwidert er meine sinnliche Begrüßung und ich kann deutlich seine Erregung spüren.

Dann löst er sich jedoch von mir. »Wir müssen uns leider noch ein bisschen beherrschen. Ein Freund von mir kommt kurz auf einen Kaffee vorbei.«

»Alles klar. *Ich* bin ganz brav.«

Er versteht meine Anspielung auf seinen Ständer und räuspert sich. »Dann zeige ich dir jetzt erst einmal mein Zuhause.«

Bei der Führung durch das Loft fühlt sich mein eigenes Dasein plötzlich ziemlich mickrig und unbedeutend an. Johns Loft erstreckt sich über die gesamte obere Etage, was bedeutet, dass er in jede Himmelsrichtung sehen kann.

Gespannt beobachtet er meine Reaktion, aber ich weiß nicht, was ich sagen soll.

»Gemütlich«, stelle ich schließlich fest.

Es ist so ordentlich, wie ich erwartet habe. Teilweise türmen sich Zeitschriften und an den Wänden hängen unzählige Bilder. An der Wand im Wohnzimmer entdecke ich auch Fotografien. Sie zeigen seine Eltern und ihn als kleinen Jungen.

Neugierig sehe ich mir die Aufnahmen an und finde es plötzlich verrückt, dass ich hier in John Lazenbys Wohnung bin. Jeder kennt ihn und seine Eltern. Seine Mutter war die Stilikone ihrer Zeit, und sein Vater ein wirklich charismatischer Politiker, der unserem Land sicherlich viel Gutes gebracht hätte, wäre er nicht so früh gestorben.

Johns Leben ist so exklusiv, so bedeutend. Er hat schon als Kind die Welt bereist und von Geldsorgen war bestimmt nie die Rede. Dafür durfte ich mit beiden Eltern aufwachsen. Ich möchte nicht mit ihm tauschen.

»Deine Eltern sehen glücklich aus.«

»Das waren sie eine Zeit lang bestimmt auch.«

Nickend bestätige ich, was eigentlich jeder weiß. Johns Vater war keine treue Seele.

Ein Klingeln unterbricht uns.

»Das wird Bob sein.«

»Bob? Du willst also sagen, dass deine Freunde Billy und Bob heißen?«

»Richtig. William und Robert.«

Als John mich im Wohnzimmer stehen lässt, um seinen Freund hereinzubitten, wird mir meine Nervosität bewusst. Jetzt werde ich einen seiner Freunde kennenlernen. Wie wird John mich ihm vorstellen? Wie soll ich mich verhalten?

Keine Minute später betritt John wieder den Raum, gefolgt von einem großen Mann mit blond gelocktem Haar. Ich wundere mich, weil mir auf Anhieb kein Prominenter einfällt, der ihm ähnelt. Doch das kommt bestimmt noch.

Lächelnd eilt John an meine Seite und legt seinen Arm um mich. »Das ist sie.«

Verwundert sehe ich von John zu Robert, der mir mit festem Griff die Hand schüttelt.

»Freut mich, Zoe. Ich bin Bob, also Robert Lettman.«

»Ich freue mich auch, dich kennenzulernen, RobertLettman.«

»Siehst du, jetzt macht sie es wieder!«, erwähnt es John sofort.

»Was denn?«

»Wie du die Namen aussprichst, das jagt mir immer wieder einen wohligen Schauer über den ganzen Körper. Mehr sage ich dazu nicht, weil es nicht jugendfrei wäre.«

Ich reiße die Augen auf. »John!«

»Keine Sorge, Bob versteht das schon! Nicht wahr?«

Bob nickt grinsend. »Ich kenne den Kerl schon eine Ewigkeit. Unsere Mütter waren befreundet.«

John

»Komm, Bob, wir lassen Zoe einen Moment und machen einen Kaffee!«

»Ich hätte lieber Espresso.«

»Kein Problem.«

Damit Zoe eine Chance bekommt, sich zu akklimatisieren, schleife ich Bob in die Küche.

Am Telefon habe ich ihm bereits von Zoe vorgeschwärmt und weil er so gut wie jede meiner Exfreundinnen kennengelernt hat, interessiert mich seine Meinung zu der Frau, mit der es mir so ernst ist wie nie zuvor.

»Du hast vergessen zu erwähnen, wie hübsch sie ist, aber das habe ich mir schon gedacht.«

»Habe ich das nicht gesagt?«

»Vielleicht konnte ich mir das nur nicht merken.«

»Wie findest du sie? Dein erster Eindruck?«

»John, du brauchst meine Meinung nicht. Du liebst sie und sie ist verrückt nach dir, das sehe ich. Schon, als du mich angerufen hast, hatte ich den Eindruck, dass es diesmal anders ist.«

»Das ist es, Bob, das ist es.« Freundschaftlich klopfe ich Bob auf die Schulter und schalte endlich den Kaffeevollautomaten ein, damit mein Freund seinen Espresso bekommt.

»Wurde auch Zeit«, sagt er grinsend.

»Apropos Zeit: Wie geht es Madison?«

Bobs Frau ist schwanger und er hat mir von ihrer schlimmen Übelkeit berichtet.

»Es wird allmählich besser.«

»Das wird schon.« Aufmunternd klopfe ich ihm erneut auf die Schulter, obwohl ich nicht gerade ein Experte in Sachen Schwangerschaft bin.

Bob macht eine Kopfbewegung in Richtung Wohnzimmer. »Was trinkt Zoe?«

»Oh, ich hab sie nicht gefragt.«

Tatsächlich! Wie konnte das passieren? Ich muss nervöser sein, als ich zugeben möchte. Und überhaupt! Was bin ich für ein Gastgeber? Nur, damit ich mit Bob über sie reden kann, lasse ich sie allein.

Als ich ins Wohnzimmer zurückgehe, steht sie wieder vor der Wand mit den Familienfotos und wirkt sehr verkrampft. Ich schlinge meine Arme von hinten um sie. Sofort entspannt sie sich, während ich sie auf die Wange küsse.

»Was möchtest du trinken?«

»Ich nehm auch einen Espresso.«

»Alles klar. Den bekommst du. Geht's dir gut? Ist alles in Ordnung?«

»Ja«, haucht sie lächelnd. »Und? Gibt dein Freund dir seinen Segen?«

»Was?« Ertappt drehe ich sie zu mir herum, weil ich ihr unbedingt ins Gesicht sehen muss.

»Was sagt dein Freund über mich?«, wiederholt sie und lächelt spitzbübisch. Ihre knallroten Wangen bezeugen allerdings ihre Aufregung.

»Was soll er schon sagen? Er ist genauso verzaubert von dir, wie ich es vom ersten Moment an war.«

»Dann darf ich jetzt mit in die Küche kommen?«

Schweigend ergreife ich ihre Hand und nehme sie mit zu Bob, der längst dabei ist, sich seinen Espresso zu machen.

Teil 4: In love with you

Drei Wochen später

Zoe

Fassungslos starre ich auf die druckfrischen Zeitschriften am Straßenkiosk.

Da ist ein Foto von John und mir auf den meisten Titelseiten. *Erstes Foto* steht riesengroß auf einer Zeitung.

Es war nur eine Frage der Zeit, bis die Öffentlichkeit Wind von uns bekommt, aber uns sind wirklich nur wenige Wochen vergönnt gewesen.

Vorsichtig nähere ich mich dem Kiosk und sehe mir das Foto genauer an. Das ist eine extrem schlechte Aufnahme von unserem gestrigen Spaziergang im Central Park. Gemeinsam haben wir uns auf eine Bank gesetzt und ewig über Gott und die Welt gesprochen. Es war ein privater Moment, der nur uns gehörte. Jetzt sieht ihn ganz New York.

Wer ist das Mädchen?, fragt eine andere Zeitung.

Sofort werde ich von einem unguten Gefühl übermannt, das mir Angst macht.

Ich beeile mich, zu John zu kommen. Ob er es schon gesehen hat?

Die letzte Nacht konnten wir nicht miteinander verbringen, da ich ein Essen mit Mr Fitz hatte und danach hundemüde ins Bett gefallen bin. John nutzte den Abend, um etwas mit Freunden aus der Collegezeit zu unternehmen, die gerade in der Stadt sind.

Wir haben uns für heute Morgen zum Frühstück verabredet.

Beinahe habe ich die Straße erreicht, in der John wohnt, als mein Smartphone klingelt.

»Hallo, John.«

»Hey, meine Engel! Hast du es schon gesehen?«

»Ja.«

»Hör zu …«

»Was ist? Ich verstehe dich so schlecht, aber ich bin sowieso gleich da.«

»Nein, Zoe, wir müssen … treffen …«

Warum ist die Verbindung so schlecht?

Meine Schritte werden schneller, und ich bin völlig auf Johns Stimme und den Boden vor meinen Füßen konzentriert, damit ich nicht stürze.

»Ich bin da –«, sage ich und erstarre.

Vor mir tut sich eine Meute auf, die alle vor Johns Appartementhaus stehen.

»Das ist sie«, sagt einer der Männer, und ich lasse kraftlos die Hände sinken, während ein Sturm von knipsenden Fotoapparaten über mich hereinbricht.

John

»Zoe?«, brülle ich ins Telefon, aber ich kann durch den Hörer und auch anhand der Geräusche, die von unten zu mir heraufdringen, hören, dass sie vor dem Block steht.

Verdammter Mist! Ich renne los.

Außer Atem drücke ich die Eingangstür auf und laufe kopflos hinaus. Überall stehen Fotografen und machen Bilder. Im ersten Moment sehe ich Zoe überhaupt nicht, aber ich brauche nur dahin zu gehen, wohin mir die Linsen der Kameras den Weg weisen.

Das ist verrückt. Diese irrwitzige Ansammlung an Presse hat es zuletzt nach dem Tod meiner Mutter hier gegeben. Eilig bahne ich mir einen Weg durch die Menschen und sehe Zoe wie versteinert auf dem Gehweg stehen. Ihre Haut ist aschfahl und hebt sich kaum von ihren hellen Haaren ab. Ihre Augen sind groß wie nie. Sie muss schreckliche Angst haben.

»Zoe!«, rufe ich sie, aber sie reagiert nicht. Sofort lege ich meinen Arm um sie und ziehe sie von den vielen Menschen weg.

»John! Ist das Ihre neue Freundin?«

»Wer ist das Mädchen, John?«

Von überallher rufen mir die Fotografen und Reporter etwas zu, aber ich lasse mich davon nicht beirren. Lange habe ich nach den Regeln der Journalisten gespielt, aber das hier geht zu weit.

Wenigstens weichen sie zurück, als ich entschlossen meinen Weg zur Haustür fortsetze. Sobald ich mit Zoe die Stufen erreicht habe, fühle ich mich wohler. Es hat noch nie ein Reporter gewagt, seinen Fuß hinauf zu setzen. Eilig passieren wir die Tür und der Geräuschpegel wird augenblicklich leiser.

»Zoe? Gleich sind wir oben«, raune ich und betätige den Knopf für den Aufzug.

Mein Engel atmet flach und ist völlig neben der Spur. »Es tut mir so leid. Ich wollte dich warnen, als ich sie gesehen habe.«

»Was …« Sie schnappt nach Luft.

Ich ziehe sie noch enger an mich. Als der Lift seine Türen für uns öffnet, bringe ich sie in die Kabine und dann in die sichere Umgebung meiner Wohnung. Ich führe Zoe an den Esstisch, wo ich bereits alles für das Frühstück vorbereitet habe. Weiße Decke, weißes Geschirr, weiße Servietten. Alles so stylish, wie es meiner Mutter auch gefallen hätte, aber nun …

»Ich habe keinen Hunger«, sagt Zoe.

Sie zittert.

»Bitte, iss etwas, trinke etwas! Es wird dir guttun.«

»Und dann? Soll ich dann gehen und denen winken und lächeln? Die sind verrückt. Die lassen mich ab jetzt nie wieder in Ruhe.«

»Die beruhigen sich wieder. Das haben sie immer getan.«

»Was wollen die von mir?« Ihre Stimme klingt so verzweifelt und ängstlich, dass ich vor Zoe auf die Knie sinke, meine Arme um sie schlinge und meinen Kopf in ihren Schoß bette. Ich drücke sie fest an mich, um ihr zu zeigen, wie wichtig sie mir ist und dass nichts auf der Welt uns trennen kann.

Nach einer gefühlten Ewigkeit hebe ich den Kopf und sehe zu ihr auf. Tränen haben ihre Spur auf Zoes Gesicht hinterlassen. Mein zerbrechlicher Engel!

Langsam richte ich mich auf und küsse Zoe. Aus den vielen kurzen Liebkosungen werden rasch leidenschaftliche Berührungen, und ich bin zutiefst erleichtert, dass sie sich auf mich einlässt.

In den letzten Wochen haben wir uns häufig geliebt, den größten Teil unserer Zeit im Bett verbracht, aber nie war Verzweiflung der Anlass für Sex.

Gemeinsam stehen wir auf, Zoe krallt sich an mich und zerrt mir hastig mein T-Shirt vom Körper.

Während wir uns gegenseitig entkleiden, stolpern wir ins Schlafzimmer und fallen auf das Bett. Stumm schmiegen wir uns aneinander, wie zwei Ertrinkende. Unsere Vereinigung ist stürmisch und zärtlich zugleich. Wir bewegen uns harmonisch miteinander und retten uns in einen gemeinsamen Orgasmus.

Zoe

Sex als Ventil für Probleme ist keine Lösung, tut aber unglaublich gut.

Atemlos liege ich rücklings auf dem Bett und streichle Johns fülliges Haar, der sich an mich schmiegt.

Eigentlich würden wir jetzt über den fantastischen Sex sprechen oder uns unterhalten. Doch zum ersten Mal sind wir beide sprachlos.

Johns Fingerspitzen streicheln mir zart über den Bauch, und ich schließe einfach die Augen, um die Welt um mich herum auszublenden. Wie schön wäre es, wenn es nur uns gäbe und nicht die Realität, die draußen auf uns wartet.

Ich wollte nie, dass das für mich Realität wird, und jetzt scheint meine größte Befürchtung eingetreten zu sein. Die haben mich entdeckt, und nur, weil ich an Johns Seite auftauche, bin ich interessant geworden. Denen geht es überhaupt nicht um mich als Person und mein Leben.

»Was machen wir jetzt?«, frage ich plötzlich laut und John hebt sofort den Kopf.

»Jetzt? Frühstücken wir, so wie wir es geplant haben.«

Sein liebevolles Lächeln bringt mich immer zum Schmelzen, aber heute heilt es nicht alle Wunden.

»Wie komme ich hier wieder raus, ohne dass die mich verfolgen?« Dabei ist mir mehr als bewusst, dass alle Ausgänge dieses Hauses zur Straße hin liegen. Es gibt keinen Geheimgang, keinen Tunnel, keine Fluchtmöglichkeit für mich.

»Ich fahre dich heim. Aber jetzt isst du erst einmal mit mir.«

Wie schafft er es nur, das nicht an sich heranzulassen? Man könnte glatt meinen, für ihn wäre das völlig normal. Aber das ist es nicht.

Entschlossen erhebt sich John und küsst mich einmal kurz. »Komm, mein Engel!«

Also gut! Immerhin will ich mit ihm zusammen sein. Zaghaft erwidere ich sein sanftes Lächeln und stehe auf, um meine Klamotten zusammenzusuchen, die überall in der Wohnung verteilt sind.

Die Spur unserer Leidenschaft zieht sich bis zum Esstisch. Bis wir dort ankommen, sind wir wieder komplett bekleidet, als hätte es unsere sinnliche Vorspeise niemals gegeben.

Fürsorglich zieht John für mich einen Stuhl vom Tisch und drückt behutsam meine Schultern, nachdem ich mich gesetzt habe. Dann haucht er mir einen Kuss ins Haar. Für einen Moment lege ich eine Hand auf seine und schmiege mich an ihn.

»Ich mach uns Kaffee«, sagt er schließlich, dann verschwindet sein Körper, seine Wärme, seine aufmunternden Hände und ich fühle mich nackt und verlassen. *Sei mutig! Sei stark! Du schaffst das.*

Trotz meiner Gedanken muss ich mich beherrschen, mich auf ein gemütliches Frühstück einzustellen, wo ich doch weiß, dass mein Heimweg nicht ohne Schwierigkeiten vonstattengehen wird.

»Hier kommt der Kaffee.« Mit zwei Tassen in den Händen erscheint John am Tisch und serviert mir dampfenden Kaffee.

Dann setzt er sich mir gegenüber, und wir frühstücken, so wie wir es geplant haben. Ich gebe mir alle Mühe, mich voll auf den Moment zu konzentrieren und nicht ständig gedanklich abzuschweifen. Auf mich wirkt es, als gelänge John das spielend. Lebhaft und sogar albern wie immer unterhält er mich und versucht ständig, mich zum Lachen zu bringen, was ihm auch gelingt, je länger wir hier sitzen.

John

Nachdem wir gemeinsam den Tisch abgeräumt haben, begleite ich Zoe hinaus.

Sie wirkt sehr nervös. Ihre Finger krallen sich in den

Kragen ihrer Jacke, die sie verkrampft zusammenhält.

»Pass auf! Wir gehen einfach raus zu meinem Auto und steigen ein.«

Nickend bestätigt sie immerhin, dass sie mir zuhört, aber ihr Blick geht ins Leere.

Dann kommen wir im Erdgeschoss an. Entschlossen ergreife ich ihre Hand und ziehe sie aus dem Aufzug. Ich drücke die Tür ins Freie auf und schon bricht ein Tumult los.

Es ist kein Wort zu verstehen, weil alle durcheinanderreden und die Geräusche der unzähligen Fotoapparate jede Silbe verschlucken. Meinen Namen kann ich aus den Lauten jedoch häufig vernehmen.

Diesmal werde ich nicht stehen bleiben, um für Fotos zu posieren. An meiner Hand hängt Zoe, deren Widerstand deutlich zu spüren ist.

Ich marschiere in Richtung meines Autos, das am Straßenrand geparkt ist. Die Reporter machen den Weg frei. Das müssen sie, aber sie lassen sich Zeit dafür. Inzwischen sind wir eingekreist, aber ich arbeite mich zielstrebig voran und reagiere auf keine der vielen Fragen, die mir entgegenschlagen.

Endlich stehe ich vor meinem alten Saab und öffne die Beifahrertür, um Zoe einsteigen zu lassen. Blitzschnell schlüpft sie auf den Beifahrersitz, damit ich die Tür schließen kann.

Eilig umrunde ich mein Auto und steige ein. Der Motor ist schnell gestartet, aber einige Pressevertreter stehen direkt vor dem Auto und fotografieren ungeniert zu uns herein.

Demonstrativ lasse ich den Motor aufheulen, aber die Kerle machen keine Anstalten, Platz zu machen.

Glücklicherweise ist hinter meinem Fahrzeug eine Lücke. Blitzschnell setze ich zurück und fädle mich dann vorwärts mit quietschenden Reifen in den Straßenverkehr ein.

Durch meine abrupten Lenkmanöver und das starke Beschleunigen wird Zoe in ihrem Sitz hin und her geworfen. Verkrampft klammert sie sich am Haltegriff fest und dreht sich zu den Reportern um, die wir endlich hinter uns lassen.

Zum Glück kann ich am Ende der Straße sofort abbiegen. Wir sind weg.

»Meinst du, dass uns jemand folgt?«

»Mach dir keine Gedanken! Wenn du damit anfängst, kannst du dich nie wieder entspannen.« Sanft lege ich meine Hand auf ihre und versuche einen Blick auf sie zu erhaschen, ohne den Straßenverkehr aus den Augen zu verlieren.

Wir verbringen den Rest des Tages auf dem kleinen Boot, das meinem Schwager gehört. Wir fahren vom Manhattan Yacht Club los in Richtung Upper Bay und dann mehrere Stunden südlich aufs Meer hinaus, wo wir völlig unter uns sind. Nach und nach entspannt sich Zoe, und ich hoffe, dass sie sich von dem Zwischenfall an diesem Morgen nicht beeindrucken lässt.

Leider belassen es die Zeitungen nicht dabei. Am nächsten Tag, einem Montagmorgen, glänzen Zoe und ich von beinahe jedem Titelblatt. Die Spekulationen gehen in jede erdenkliche Richtung und reichen von frischer Liebe bis hin zur bevorstehenden Hochzeit. Wenigstens gibt es keine Fotos von der Bootstour. Das hätte Zoe bestimmt gerade noch gefehlt.

Wieder muss ich mich durch eine Meute von Fotografen schlängeln, bevor ich zu meinem Büro fahren kann.

Sogar vor dem Block tummeln sich heute mehr Pressevertreter als üblich, aber ich bleibe stumm und begebe mich schleunigst in mein Büro.

Camille erwartet mich bereits und hält mir eine Zeitung unter die Nase, auf der steht, dass ich endlich die perfekte Partnerin gefunden hätte.

»Vergiss nicht, mich zu informieren, wenn du heiratest!«, scherzt sie, die meine Vergesslichkeit zur Genüge kennt, und drückt mir die Zeitung in die Hand.

»Witzig, Camille! Wirklich witzig.« Verzweifelt starre ich auf den Schnappschuss. Ich bin sehr unvorteilhaft getroffen, Zoe hingegen sieht einfach wunderschön aus, aber ebenso zerbrechlich.

»Hast du sie schon angerufen?«

»Nein, sie wird in der Arbeit sein.«

»John, ruf sie an und frag sie, wie es ihr geht! Ihr beiden seid heute das Gesprächsthema der ganzen Stadt.«

Das Bild von Zoe lässt mich nicht mehr los. Ich ziehe mich in mein Büro zurück und betrachte es ausgiebig.

Auf meinem Schreibtisch liegen jede Menge neuer Briefe, die Camille teilweise schon geöffnet und mit Klebenotizen versehen hat. Ohne sie wäre ich hoffnungslos verloren. Ich sichte die Einladungen, die Camille mit *unbedingt hingehen* markiert hat.

Ganz oben liegt die Einladung zu einer Familienfeier, bei der es allerdings vorrangig darum geht, politische Kontakte zu pflegen. Da muss ich tatsächlich hingehen.

Ich wähle Zoes Nummer.

Zoe

Heute Morgen telefoniere ich mit Mia. Die Neuigkeit, dass John Lazenby eine neue Freundin hat, beherrscht die Nachrichten. Ich bin froh, dass Mia längst von unserer Beziehung weiß, aber meinen Eltern gegenüber habe ich sie bisher noch nicht erwähnt.

»Mum und Dad werden es sicher auch bald erfahren.«

»Das kann ich mir denken.«

»Sag es ihnen, bevor sie die Bilder sehen!«

»Meinst du, Dad versteht es?«

»Jetzt hör mal, Zoe! Dad ist zwar politisch nicht im Lager der Lazenbys, aber er möchte sicher, dass du glücklich bist, und das bist du doch, oder?«

»Das wäre ich, wenn es diese Idioten mit ihren Fotoapparaten nicht gäbe.«

Dazu kann selbst Mia nichts sagen. Mit dem Hinweis, ich solle Mum mal anrufen und vorfühlen, verabschieden wir uns.

Doch das Gespräch mit meinen Eltern muss noch warten. Jetzt muss ich erst einmal in den Laden.

Als ich eine Stunde später meine Bürotür öffne, atme ich erleichtert auf. Obwohl mich auf der Straße niemand verfolgte, fühle ich mich erst jetzt wieder sicher. Selbst das breite Grinsen von Nora, die mir wissend einen »Wunderschönen guten Morgen« gewünscht hat, war mir zu viel.

Als mein Smartphone plötzlich klingelt, zucke ich zusammen, so angespannt bin ich. Natürlich freue ich mich, dass es John ist, der mich sprechen will.

»Hallo, John.«

»Hey, mein Engel …«

Er scheint einen Moment abzuwarten, ob ich ihm gleich etwas sagen möchte.

Was erwartet er? Dass ich heule, lache, brülle?

»Wie geht es dir?«, fragt er schließlich sanft.

»Das kann ich nicht beantworten. Das alles fühlt sich extrem an, unwirklich. Ich bin jetzt in meinem Büro und da bleibe ich auch für den Rest des Tages.«

»Das ist gut. Ändere nichts an deinem Verhalten! Ich rufe an, weil ich hier eine Einladung habe.«

»Du erhältst bestimmt viele.«

»Richtig, aber darum geht es mir nicht. Wirst du mich begleiten?«

Oh! Soll das unser erster offizieller Auftritt als Paar werden? Will ich das? Bin ich so weit?

»Warum sagst du nichts?«, erkundigt er sich leise.

»Weil ich nicht weiß, was ich sagen soll.«

»Dann mache ich es offiziell. Zoe, mein Engel, würdest du mich bitte auf die Party begleiten?«

Wenn er so lieb fragt, kann ich es ihm nicht abschlagen. Außerdem muss ich wohl endlich ins kalte Wasser springen. Im Prinzip weiß sowieso schon jeder, dass wir ein Paar sind.

»Was ist das für eine Party?«

»Nennen wir es ein politisches Familienfest.«

Oh! Ausgerechnet ein Familienfest als erste gemeinsame Veranstaltung …

»Kommst du mit?«

»Ja, gerne. Danke, dass du mich gefragt hast.« Obwohl meine Worte wie von selbst aus mir heraussprudeln, fühle ich mich keineswegs so sicher.

»Ich freue mich. Wenn ich dich heute nach der Arbeit abhole, dann klären wir die Details.«

»Du holst mich ab?«

»Wenn ich darf?«

»Natürlich darfst du.«

Wir verabschieden uns und für die nächsten Minuten starre ich lächelnd ins Leere und weiß nicht, wie ich mich jemals wieder auf meine Arbeit konzentrieren soll.

Erst als Nora an die Tür klopft, zwinkere ich, um in die Realität zurückzukehren.

»Zoe? Da ist ein Kunde, der gerne von dir beraten werden möchte.«

Seufzend stehe ich auf. Manchmal kommt es vor, dass Kundschaft von der Geschäftsführung persönlich hofiert werden möchte, was ich selbstverständlich zu meinen Aufgaben zähle.

Hastig überprüfe ich den Sitz meiner Frisur und begebe mich in den Laden. Irritiert erkenne ich den Kunden, der so gar nicht zum Bild eines extravaganten Gastes passt, der sich nur von der Chefin beraten lassen will.

»Guten Morgen. Wie kann ich Ihnen helfen?«

Gemütlich wendet sich der Herr mir zu, und seine Augenbrauen wandern in die Höhe, als er mich von Kopf bis Fuß grinsend mustert.

Plötzlich öffnet er seine Jacke und zückt den Fotoapparat.

»Wie lange kennen Sie John Lazenby schon, Zoe?«

Was? Völlig perplex lasse ich es über mich ergehen, dass er Fotos von mir macht und mich mit weiteren Fragen bombardiert.

»Ich möchte Sie bitten, den Laden zu verlassen«, sage ich laut.

Da er keine Anstalten macht, zu gehen, rufe ich nach Nora, die sofort herbeieilt. »Bitte zeig dem Herrn die Tür!«

Ich flüchte in mein Büro. Mit einem lauten Knall schließe ich die Tür und lehne mich atemlos dagegen.

Jetzt wissen sie, wer ich bin. Mit bewusst ruhigen Atemzügen versuche ich, mein wildes Herzklopfen wieder in den Griff zu bekommen.

Egal! Ich schaffe das … weil ich John liebe, wahrhaftig, verrückt und innig. Ein Leben ohne ihn ist unvorstellbar für mich, deshalb werde ich diesen Wahnsinn aushalten.

Entschlossen richte ich meinen Hosenanzug und setze mich wieder an den Schreibtisch. Kurz darauf klopft es und Nora kommt herein.

»Es tut mir sehr leid, Zoe. Ich dachte –«.

»Schon gut.« Ich winke ab.

Sie ist nun wirklich die Letzte, der ich hier einen Vorwurf machen würde.

»Er sagte, er hätte schon einmal mit dir gesprochen und du wüsstest Bescheid.«

»Die schrecken wirklich vor nichts zurück.«

»Alles in Ordnung?«

»Ja«, versichere ich glaubhaft und bin froh, als sie das Büro wieder verlässt.

Ratlos lege ich den Kopf in meine Hände und versuche, einen klaren Gedanken zu fassen.

Verdammt noch mal, ich muss hier meine Arbeit machen!

John

Irritiert sehe ich schon von Weitem die Reporter vor dem Fitz.

O nein!

»Lassen Sie mich am besten gleich hier aussteigen«, bitte ich den Taxifahrer.

»Was ist denn da los?«, fragt er erstaunt und ich erspare mir eine Antwort.

Ich bezahle die Rechnung und steige auf der anderen Straßenseite in sicherer Entfernung zu dem Pulk aus.

Dann rufe ich Zoe an, die sofort an den Apparat geht und sich verzweifelt anhört.

»Bist du da?«, fragt sie zitterig.

»Ja, bin ich. Ich stehe an der Kreuzung auf der anderen Straßenseite. Gibt es eine Möglichkeit, reinzukommen, ohne dass die mich sehen?«

»Warte …«

Gespannt lausche ich den Geräuschen am anderen Ende der Leitung, aber der Lärm New Yorks verhindert, dass ich genauer einschätzen kann, wo im Laden Zoe gerade ist.

»Ich bin hier«, sagt sie, und ich höre sie nicht nur durch das Smartphone, sondern direkt hinter mir.

Überrascht drehe ich mich um und erschrecke über ihr blasses Gesicht, die dunklen Ringe unter den Augen. Obwohl sie perfekt geschminkt ist, ihre Frisur sitzt und sie elegant gekleidet ist, wirkt sie verschreckt. Ich freue mich so sehr, sie zu sehen. Immer, wenn wir uns treffen, bin ich überglücklich.

»Hey, mein Engel!«, raune ich, stecke mein Smartphone weg und umarme sie.

Sie wirkt so schmal und zerbrechlich in meinen Armen. Ich könnte wetten, sie hat in den letzten Wochen ein paar Kilo verloren.

»Da sind sie«, brüllt jemand so laut, dass Zoe in meinen Armen zusammenfährt.

Schnell ergreife ich ihre Hand und wir rennen los. Glücklicherweise trägt Zoe bequeme Schuhe. Inzwischen weiß ich, dass sie ihre High Heels immer erst im Geschäft anzieht und für den Weg zur Arbeit eine bequemere Variante wählt.

Schon verrückt, dass wir vor den Fotografen flüchten, aber da wir einen Vorsprung haben, ziehe ich sie einfach in ein anderes Geschäft und verstecke mich mit ihr für ein paar Minuten dort. Wir sehen sogar einige Fotografen draußen vorbeilaufen, aber niemand ahnt, dass wir hier sind.

»Mr Lazenby! Was kann ich für Sie tun?«, fragt ein Mitarbeiter und ich grüße ihn freundlich.

Dann sehe ich mich um. Wir sind in einem Buchladen.

»Sie könnten uns Ihren Hinterausgang zeigen, wenn Sie einen haben.«

»Mit dem größten Vergnügen«, sagt der Mann und weist uns höflich den Weg.

Keine zehn Minuten später sind wir weit genug von Zoes Arbeitsstelle entfernt.

Lächelnd versuche ich, betont locker zu bleiben, dabei fühle ich mich hilflos wie nie. Es ist eine Sache, wenn die Typen an mir interessiert sind, mich belagern und mich nerven. Aber wenn sie Zoe ähnlich aggressiv auflauern, ist das nicht in Ordnung. Das Schlimmste ist: Ich kann sie nicht beschützen.

Es fühlt sich verdammt übel an, so hilflos zu sein, und das macht mich unendlich wütend.

Als sie mir auch noch davon erzählt, dass einer der Presseleute bei ihr im Geschäft war und unter dem Vorwand, einen Anzug kaufen zu wollen, Kontakt zu ihr aufgenommen hat, spannt sich jeder Muskel meines Körpers an.

Schließlich erreichen wir die Straße, in der ich wohne.

Es ist erstaunlich ruhig vor dem Haus.

»Das ist er«, sagt Zoe plötzlich und deutet auf ein dunkles Auto, in dem ein untersetzter Mann sitzt. »Der war heute im Laden.«

Automatisch gehe ich schneller und halte genau auf

das Auto zu. Der Kerl besitzt tatsächlich die Frechheit, schon wieder Fotos zu machen.

»John, nicht!«, fleht Zoe.

Voller Wut lasse ich Zoe los und beeile mich, das Auto zu erreichen, bevor der Trottel die Scheibe hochfahren kann.

Blitzschnell lange ich durch das Fenster und greife nach dem Fotoapparat, den ich auch erwische. Allerdings ist das Fenster inzwischen so weit geschlossen, dass mein Arm eingeklemmt wird.

»O nein«, haucht Zoe, die an meiner Seite auftaucht.

»Gib die Kamera her«, zische ich den Kerl an.

»Kann ich nicht einfach meinen Job machen?«

»Kann ich nicht einfach ein Leben haben?«

»John, bitte! Lass den Mann! Bitte, öffnen Sie das Fenster ein Stück.«

»Wenn er die Kamera loslässt.«

»John?«

Also gut. Wütend gebe ich den Apparat frei, und Zoe legt eine Hand auf meinen Arm, damit ich friedlich bleibe. Der Kerl vergrößert den Spalt im Fenster mit größter Vorsicht ein paar Zentimeter, und ich ziehe den Arm raus, was Zoe dazu veranlasst, ihre Hand von mir zu nehmen.

Sofort schließt sich die Scheibe, und ich hole aus, um mit der Faust einmal kräftig dagegen zu schlagen. Natürlich mache ich das Glas nicht kaputt, aber der Kerl erschrickt heftig.

»O Gott!«, ruft Zoe schockiert.

Dann legt sie ihren Arm auf meinen Rücken, um mich von dem Auto des Reporters wegzuschieben.

»Was denn? Der Kerl soll dich gefälligst in Frieden lassen.« Abrupt wende ich mich noch einmal zu ihm um. »Lass sie in Ruhe, hörst du?«

So, jetzt geht es mir besser.

Eine Woche später.

Zoe

Meine Kräfte schwinden.

Eigentlich möchte man meinen, dass das beständige Interesse der Menschen an Fotos von John und mir irgendwann einmal nachlässt, aber dem ist nicht so. New Yorks Son hat etwas an sich, was die Leute immer fasziniert. Wie könnte ich ihnen das übel nehmen?

Solange die Fotografen gutes Geld mit den Abzügen verdienen, werden sie nicht aufgeben.

Inzwischen kann ich kaum noch meine Wohnung verlassen, ohne in die Linse einer Kamera zu sehen. Selbst wenn einmal niemand Fotos von mir macht, fühle ich mich beobachtet.

Vorerst habe ich mir freigenommen, und Mr Fitz hat einen Kollegen aus Washington geschickt, um mich zu vertreten.

Mein Appetit hat sich in Luft aufgelöst und manchmal ist mir nach aufgeben zumute. Aber wenn ich mit John zusammen bin, verdränge ich diese dumme Idee sofort wieder. Es ist, als entschädige mich dieser Mann für alles, was ich seinetwegen in Kauf nehmen muss.

Heute Abend ist die Feier, zu der er mich mitnehmen möchte. Er meint, dass wir ein alter Hut sind, wenn wir uns offiziell in der Öffentlichkeit zeigen.

Für die Party habe ich mich für ein schwarzes Kleid entschieden, das schlicht geschnitten ist. Meine blonden Haare frisiere ich streng zu einem Dutt und trage mir dunkelroten Lippenstift auf.

Dann warte ich auf John, der mich mit dem Taxi abholen will.

Als er eintrifft, beeile ich mich, zu ihm ins Auto zu steigen. In der Dunkelheit sehe ich ein paar Blitzlichter aufflammen.

»Hey«, begrüßt mich John mit dem gewohnt breiten Grinsen, das seine perfekte Zahnreihe entblößt. »Du siehst wunderschön aus.«

Wie kann man nur so charismatisch sein?

Voller Freude setze ich mich an seine Seite, und wir lassen uns zu dem Hotel fahren, in dem der Lazenby-Clan feiert und nebenbei politische Strippen zieht.

Wie selbstverständlich nimmt John meine Hand und streichelt mit dem Daumen darüber. Die leidenschaftlichen Blicke, die er mir immer wieder zuwirft, entfachen die Vorfreude auf unser Beisammensein nach der Party. Heute werde ich bei ihm übernachten, und es gibt nichts Schöneres, als nach einer sinnlichen Nacht gemeinsam mit ihm aufzuwachen.

Wenig später steigen wir vor dem Hotel aus dem Taxi und auch hier ist die Presse zahlreich vertreten. Händchen haltend bahnen wir uns den Weg ins Gebäude, aber heute strahle ich glücklich in die Kameras. Schließlich ist das hier ein offizieller Anlass, und John ist der Meinung, wenn wir ihnen gute Bilder liefern, lassen sie privat vielleicht von uns ab.

Außerdem fällt es mir so überhaupt nicht schwer, mit John an meiner Seite zu strahlen.

»Zoe, John, schön, dass ihr da seid!«, begrüßt uns der Mann, den ich bereits als Onkel Philip kennengelernt habe.

Nach kräftigem Händeschütteln reicht er uns an die nächsten Familienmitglieder weiter, und wir arbeiten uns vom Eingang in den großen Saal vor, den die Familie reserviert hat. Es war mir schon klar, dass der politisch aktive Teil des Lazenby-Clans sehr groß ist, aber diese Party hier als Familienfeier zu bezeichnen, ist reichlich untertrieben.

Plötzlich sehe ich jemanden, der mir sehr bekannt vorkommt. Das kann nicht sein!

Abrupt bleibe ich stehen.

John sieht mich fragend an, folgt dann aber meinem Blick zu dem älteren Mann und seiner Ehefrau. »Ach ja, das wollte ich dir noch sagen.«

»Dieser Mann war mal Präsident, und du vergisst, mir zu sagen, dass ich ihn treffen werde?«

Leichte Panik beschleicht mich. Wie kann er mir das vorenthalten? Nur, weil er mit Politikern und Prominenten groß geworden ist, heißt das nicht, dass ich unbefangen auf diese Menschen zugehen kann.

»Hallo, John«, sagt Aaron Norris, der ehemalige Präsident der Vereinigten Staaten von Amerika, und schüttelt John die Hand. »Das ist also deine Zoe?«

»Ja, das bin ich«, sage ich peinlich berührt.

In meinen Ohren rauscht das Blut, und ich kann kaum verstehen, was der Mann jetzt zu mir sagt. Seine Lippen bewegen sich, aber die Worte dringen nicht zu mir durch.

John lacht, und ich schließe mich ihm einfach an, während der Mann mir die Hand gibt.

»Zoe, das ist meine Frau …«, sagt Aaron, und ich wende mich sofort der Dame zu, die mich lächelnd ansieht.

»Hallo, es freut mich so, Sie kennenzulernen, KimberlyNorris.«

Sofort drückt John meine Hand ganz fest, und ich kann sehen, wie die Gesichtszüge der Präsidentengattin gefrieren. Hinter mir lacht jemand auf.

Unsicher werfe ich einen Blick zu John, der die Augen aufgerissen hat und beschämt lächelt.

Da fällt es mir wie Schuppen von den Augen.

Kimberly war die Affäre des Präsidenten. Seine Frau heißt Katelyn.

»Verzeihung … Mrs Norris«, stammle ich, aber John zieht mich weiter, weil glücklicherweise schon die nächsten Gesprächspartner warten, die das ehemalige Präsidentenpaar begrüßen wollen.

Während ich wie betäubt neben John stehe, wird mir das volle Ausmaß dessen klar, was ich gerade angerichtet habe. Zu allem Überfluss ist mein Irrtum nicht unter uns geblieben. Verwirrt werfe ich einen Blick hinter mich, wo sich eine Gruppe augenscheinlich immer noch über meinen Versprecher amüsiert.

John führt mich zu einem Stehtisch. Erst jetzt traue ich mich, in Johns Gesicht zu sehen. Bestimmt wird er mit einem Witz über die Angelegenheit hinwegsehen. Leider muss ich feststellen, wie sich die Hoffnungslosigkeit in Johns Zügen abzeichnet. Er kann mir kaum ins Gesicht sehen, und ich kenne die Art, wie seine Kiefermuskulatur hervortritt.

Mein fataler Versprecher war keine Kleinigkeit, das weiß ich jetzt. Am liebsten möchte ich die Veranstaltung auf der Stelle verlassen, dabei sind wir doch gerade eben erst angekommen. Übelkeit steigt in mir auf.

»John, das –«, beginne ich, aber er lässt mich nicht zu Wort kommen.

»Das ist nicht schlimm«, sagt er knapp, aber sein Ton verrät mir, dass das Gegenteil der Fall ist.

»Doch, das ist es. Es tut mir so leid! Ich habe nicht nur mich, sondern dich blamiert.«

»Sie haben das schnell wieder vergessen. Mach keine große Sache daraus!«

Ich schaue zu dem ehemaligen Präsidenten und seiner Frau hinüber. Sie presst angesäuert die Lippen aufeinander, und es ist überdeutlich zu sehen, dass sie sich über mich ärgert.

Ihr Blick streift mich, und die Art, wie sie ihre Lippen dabei noch fester aufeinanderpresst und die Stirn runzelt, gibt mir den Rest.

Vielleicht sollte ich ihr gleich noch sagen, dass die Falten im Gesicht nicht schön aussehen. Ich habe es mir sowieso gründlich mit ihr verdorben. Schlimmer kann es nicht mehr werden.

John

Der Abend beginnt ... nun ja ... sagen wir ... etwas überraschend für mich.

Da ich weiß, wie sehr Zoe unter vermeintlichen Peinlichkeiten leidet, muss ich mich ehrlich beherrschen, sie nicht das gesamte Ausmaß dieser wirklich blamablen Situation spüren zu lassen.

»Möchtest du etwas trinken?«, frage ich sie sanft und streichle ihr mit dem Handrücken über ihre erhitzte Wange.

Endlich sieht sie mich an, aber ich kann das Flackern in ihren Augen sehen und ahne, wie sehr sie mit sich kämpft.

Lächelnd lege ich all meine Gefühle für sie in meinen Blick und hoffe, sie dadurch zu beruhigen. Flüchtig streift ihr Blick in Richtung Ausgang, und ich ahne, wie gerne sie nun das Fest verlassen würde.

»Ja, danke«, sagt sie stattdessen, aber ihre Stimme zittert.

Es fällt Zoe schwer, ruhig stehen zu bleiben. Unruhig verlagert sie ihr Gewicht von einem Bein auf das andere.

»Ich hole dir ... einen Aperitif?«

»Das wäre nett.« Jetzt hört sie sich schon besser an.

»Ich bin sofort wieder da. Lauf nicht weg!«

Obwohl sie lacht, hört es sich für mich fast so an, als hätte ich einen wunden Punkt getroffen.

Ich eile in Richtung des runden Tisches in der Mitte des Raumes, auf dem sich Champagnergläser türmen. Zu Beginn des Empfangs hat die Pyramide sicherlich eindrucksvoll ausgesehen. Jetzt fehlen unzählige Gläser, und ich fische mir zwei aus dem Bauwerk in der Hoffnung, dass ich es nicht zum Einsturz bringe. Ich balanciere die Gläser durch die vielen Leute und komme etwas atemlos bei Zoe an.

Sie nimmt mir zwar ein Glas ab, stößt aber nicht mit mir an. Stattdessen stellt sie es vor sich auf dem Tisch ab und wendet sich mir wieder zu.

»Ich bin nicht die Richtige für dich«, sagt sie mit fester Stimme, aber mir entgehen die Tränen in ihren Augen nicht.

»Moment!«, sage ich und stelle mein Glas ebenfalls ab.

Blitzschnell legt Zoe ihre Hand auf meinen Arm.

»Ich kann das nicht.«

Zoe

Jetzt sind die Worte ausgesprochen. Es zerreißt mir das Herz, ihn dabei anzusehen, aber letztendlich ist es das Beste für uns.

»Zoe, hör sofort damit auf!« Irritiert sucht sein Blick mein Gesicht ab, aber ich kann ihm keine Hoffnung geben.

»Es ist mein voller Ernst. Ich kann nicht deine Freundin sein.«

Sprachlos nimmt er meine Worte auf und sieht mich einfach nur an, aber ich weiß, dass ich das jetzt durchziehen muss. Wie kann er mit einer wie mir glücklich sein? Eine, die es nicht aushält von Fotografen beobachtet zu werden, eine, die die Frau des ehemaligen Präsidenten mit dem Namen der Geliebten anspricht.

»Ich werde jetzt gehen«, sage ich mit letzter Kraft und setze ich mich in Bewegung.

Aber John hält mich fest. Er kommt mir so nahe, dass ich mir der Intimität zwischen uns mehr als bewusst werde.

»Sag mir, dass du mich nicht liebst, dann kannst du gehen!«, raunt er mir ins Ohr und sieht mich so ernst an wie nie zuvor.

Für einen Augenblick verliere ich mich in seinen wunderschönen nussbraunen Augen, und ich erinnere mich an die vielen Momente, in denen wir uns schweigend angesehen haben und jedes Wort überflüssig war, weil wir wussten, was wir füreinander empfinden.

»Verlang das nicht von mir!«

Ich liebe ihn viel zu sehr und könnte ihn in dieser Hinsicht nie belügen.

»Bitte, geh nicht!«, raunt er mir zu und zum ersten Mal klingt er verzweifelt.

Habe ich wirklich so viel Macht über ihn? Das will ich nicht.

»Bitte lass mich los!« Ich sehe ihm fest in die Augen.

Das versetzt ihm den Todesstoß. Alle Energie scheint ihn zu verlassen, als habe seine Seele sich nach innen gekehrt.

»Okay«, brummt er tonlos, lässt mich los und tritt einen Schritt zurück, ohne mich aus den Augen zu lassen.

Mir ist klar, dass ich alles zerstöre, wenn ich jetzt gehe.

»Kimberly! Könnt ihr euch das vorstellen? Sie hat sie Kimberly genannt«, höre ich jemanden in der Nähe lachend sagen.

Das ist mein Stichwort. Mit gesenktem Blick gehe ich an John vorbei und sage leise: »Es gibt Menschen, da … reicht Liebe nicht aus.«

Blind vor Schmerz bekomme ich nichts mehr um mich herum mit, aber ich trage den Kopf hoch und versuche, mich möglichst aufrecht zu halten. Niemand soll mir anmerken, dass ich soeben die größte Liebe meines Lebens verlassen habe. Es ist furchtbar, dass ich John Höllenqualen bereite, aber im Grunde war unsere Beziehung von Anfang an zum Scheitern verurteilt.

Er wird immer in der Öffentlichkeit stehen und die Frau an seiner Seite wird stets einer genauen Beobachtung und Beurteilung unterzogen werden. Dafür eigne ich mich nicht. Noch nie im Leben habe ich mich so klein gefühlt.

Von der Taxifahrt nach Hause bekomme ich kaum etwas mit, da ich die Augen schließe, um mich wenigstens noch ein paar Minuten beherrschen zu können, bevor der Schmerz mich übermannt.

John versucht mehrmals, mich auf dem Smartphone zu erreichen, aber ich drücke die Anrufe weg. Es ist zu spät.

Noch in der Nacht packe ich das Nötigste zusammen und mache mich mit einem Leihwagen auf den Weg zu meinen Eltern. Nach fünf Stunden Fahrt komme ich in den frühen Morgenstunden völlig aufgelöst bei ihnen an.

Während ich das Auto vor dem Haus parke, entschließe ich mich, die Nachrichten auf meiner Mailbox abzuhören.

Schockiert höre ich Johns traurige Stimme, die mein Innerstes zerreißt. »Zoe, ich liebe dich wie verrückt. Ich weiß, ich habe es dir nie gesagt, aber es ist so. Ich werde dich immer lieben.«

Von einer Sekunde auf die andere fängt mein Körper an zu beben und ich weine bitterlich.

»Ich weigere mich … Zoe …« Johns Stimme ist kaum hörbar. »Ich lass dich nicht gehen.«

Während mir die Tränen endlos über das Gesicht rinnen, kann ich John weinen hören. Dann ist die Aufnahme beendet, aber schon wird die nächste Nachricht abgespielt.

»Zoe, bitte lass mich rein! Ich weiß, dass du zu Hause bist.« Johns Stimme klingt wieder fest und entschlossen.

Die nächste Aufzeichnung folgt. »Wo bist du? Bitte, ruf mich an!«

Dann endet auch diese Nachricht, und ich presse das Smartphone verkrampft an mich, während ich um meine verlorene Liebe weine.

»Zoe, Schatz? Bist du das?«, höre ich plötzlich die Stimme meiner Mutter.

Ich versuche, mich zusammenzureißen, was mir nur teilweise gelingt, und sehe zur Haustür, wo meine Mutter im roséfarbenen Morgenmantel steht. Zaghaft winke ich ihr und steige aus dem Auto.

»O mein Gott, Adam! Es ist Zoe.« Schon läuft sie in ihren Fellschlappen los und ich falle ihr sofort in die Arme.

»Zoe, Schatz, was ist denn passiert?«, fragt sie, erntet aber nur eine neue Flut von Tränen. »Es wird alles wieder gut, mein Schatz. Du bist jetzt zu Hause.«

John

Am nächsten Morgen bricht das Chaos los. In der Nacht habe ich kaum ein Auge zugetan, aber die Neuigkeiten, die an diesem Tag die Nachrichten beherrschen, erfahre ich trotzdem sofort, als ich den Fernseher einschalte.

Einer der Gäste hat Zoes Verwechslung der Namen der Presse gesteckt, und statt über den Abend zu berichten, wird ordentlich über sie hergezogen.

Am meisten ärgert mich, dass Zoe sich dadurch bestimmt bestätigt fühlt. Als habe sie es geahnt, dass ihre Verwechslung weite Kreise zieht, hat sie sofort die Konsequenzen daraus gezogen und die Fliege gemacht.

Als es an meiner Tür klingelt, hege ich den Verdacht, dass die Presse mich rauslocken will, aber es ist mein Freund Bob, der mich besucht.

Kein Wunder. Er war es, den ich heute Nacht noch angerufen habe.

»John, du siehst richtig schlecht aus«, sagt er zur Begrüßung, klopft mir aber aufmunternd auf die Schulter.

Er hat mir eine Auswahl von Zeitungen mitgebracht. Schon als wir noch jung waren, haben wir das so gemacht. Wenn es mal wieder einen Skandal um die

Lazenbys gab, informierten wir uns ausgiebig darüber. Ich kann mich noch genau daran erinnern, wie stolz Bob war, dass er es auch einmal auf die Titelseite geschafft hatte, weil er mich vor aufdringlichen Paparazzi beschützte.

Diesmal ist mir allerdings nicht danach zumute, mir die Artikel durchzulesen. Die Überschriften reichen vollkommen. Da steht etwas von *Misfits Girlfriend* und andere Gemeinheiten.

»Was sagt sie dazu?«

»Ich kann sie immer noch nicht erreichen.«

Aus lauter Verzweiflung habe ich mir von Mrs Preacher den Wohnungsschlüssel geben lassen, um nachzusehen, ob Zoe zu Hause ist. Sonst hätte ich die Tür vermutlich eingetreten.

»Ich an ihrer Stelle hätte mich auch in Sicherheit gebracht. Sie meldet sich schon, wenn sie so weit ist.«

»Sie hat mich verlassen.« Obwohl ich Bob heute Nacht bereits alles haarklein geschildert habe, möchte er es wohl nicht wahrhaben.

»Sie meldet sich«, wiederholt er, als bräuchte er dieses Mantra selbst. »Und jetzt lesen wir diese dämlichen Artikel und lästern über die dummen Berichte.«

»Das kann ich nicht. Es geht nicht um mich, sondern um Zoe. Das ist etwas anderes.«

Bob nickt. Er hat wohl eingesehen, dass es keine gute Idee ist. »Na gut, dann eben nicht.« Er wirft die Zeitungen in den Schirmständer.

»Das ist kein Mülleimer.« Obwohl mir überhaupt nicht danach ist, entlockt mir die Aktion ein Lächeln, aber ich merke dabei selbst, wie schwer mir alles fällt. Meine Lider sind bleiern, mein ganzes Gesicht fühlt sich wie versteinert an.

»Das war mir klar.« Bob lächelt mich aufmunternd an. »Also was machen wir jetzt?«

»Wir erteilen den Typen da unten einen Denkzettel.«

Zoe

Gegen Mittag traut sich meine Mum in mein Kinderzimmer. Der Raum ist nicht mehr so, wie ich ihn verlassen habe. Nach meinem Auszug wurde er zum Gästezimmer umfunktioniert, aber es ist immer noch mein Bett und mein Schrank, die hier stehen.

Der Duft der Bettwäsche, überhaupt der ganze Raum erinnert mich an früher. Den ein oder anderen Liebeskummer habe ich hier ausgestanden, aber diesmal ist es viel schlimmer.

»Willst du nicht langsam aufstehen?« Schwungvoll zieht meine Mum die karierten Vorhänge auf, und ich starre böse auf die Sonnenstrahlen, die ins Zimmer fallen.

»Du musst aufstehen, dich duschen und etwas essen.«

»Ich will liegen bleiben, stinken und hungern.«

»Das glaube ich dir, aber das lasse ich nicht zu. Dein Vater sitzt am Esstisch und wartet auf dich.«

»Dann gehe ich eben so runter.«

»Das würde ich an deiner Stelle nicht tun. Wir haben Besuch.«

Ängstlich luge ich zu meiner Mutter, die die Hände in die Hüften gestemmt hat und lächelt. Dabei kann sie nicht verbergen, dass sie sich Sorgen um mich macht.

»Besuch?«, frage ich misstrauisch, und für den Bruchteil einer Sekunde überkommt mich die blanke Panik, dass es ein Reporter sein könnte, was meinen Blutdruck in die Höhe treibt.

»Marc kommt in der Mittagspause meist zum Essen zu uns.«

»Ach so … Es ist Marc.«

Mein Herzschlag beruhigt sich nur langsam, obwohl der Kerl es früher schon schaffte, ein flaues Gefühl in meiner Magengegend auszulösen. Marc ist ein Mitarbeiter meines Vaters und ungefähr in meinem Alter. Ob er immer noch Haare wie ein Weizenfeld hat?

»Kommst du, wenn du so weit bist?«

»Ja«, brumme ich widerwillig.

Eigentlich ist mir gar nicht nach Gesellschaft zumute, aber verkriechen hilft auch nichts.

Also dusche ich und geselle mich zu meinen Eltern und Marc in die Küche.

»Hallo zusammen«, sage ich und Marc dreht sich sofort zu mir um, steht dann auf.

»Zoe, ich hab schon gehört, dass du hier bist. Lass dich drücken!« Ohne auf eine Antwort von mir zu warten, steht er auf und nimmt mich in den Arm.

»Lass dich nicht unterkriegen!«, flüstert er mir ins Ohr.

Obwohl mir gar nicht danach ist, muss ich lächeln.

Ich setze mich an den Tisch und Mum reicht mir einen großen Teller Pasta. Während ich esse, beschäftigt sich Marc mit seinem Smartphone.

»Marc!«, ermahnt ihn mein Vater.

236

»Gleich, Adam. Nur einen Moment.«

»Junge, hat man dir nicht beigebracht, dass das Ding beim Essen ausgeschaltet wird?«

»Wahnsinn!«, sagt Marc, lacht auf und beugt sich zu mir über den Tisch. »Das musst du dir ansehen, Zoe!«

Schon habe ich das Smartphone vor der Nase, und ohne darüber nachzudenken, greife ich danach, gespannt, was für ein witziges Video ich nun zu sehen bekomme.

»Das ist brandaktuell«, ergänzt Marc und ich halte den Atem an.

Der Film zeigt Johns Wohnhaus, und dann sehe ich, wie das Tor neben der Eingangstür aufgeht. Normalerweise benutzt John es nur, wenn er das Haus auf dem Fahrrad verlässt.

Es ist auch nicht John, den ich jetzt in dem Türspalt erkenne, sondern Bob. Ich bin erleichtert, dass John nicht allein ist. Sein Freund kümmert sich um ihn. Doch warum geht Bob so seltsam gebückt und was hält er da in den Händen?

Er scheint etwas zu einer Person hinter sich zu sagen und plötzlich schießt Wasser aus der Tür. John nimmt den Wasserschlauch aus Bobs Händen und spritzt die versammelten Pressevertreter nass. Die Person, die den Film aufnimmt, geht auf Abstand und scheint ihre Ausrüstung in Sicherheit bringen zu wollen. Ich erkenne auf dem schiefen Standbild Johns Gesicht, das wütend und traurig zugleich aussieht. Bob, der an seiner Seite steht, reckt eine geballte Faust in die Luft und brüllt irgendetwas kampflustig in die Menge.

Mir fällt es schwer, nicht immer nur John anzusehen, und dabei holt mich ein furchtbar mieses Gefühl ein. Kraftlos lasse ich das Smartphone sinken.

»Was hast du ihr gezeigt?«, fragt meine Mum.

Dad runzelt verärgert die Stirn. »Fängst du jetzt auch noch an, Abigail?«

Betont lässig zieht Marc das Smartphone an sich und zuckt mit den Schultern. »Ich wollte nur, dass sie sieht, wie ihr Freund die Presse fertigmacht.«

Weil ich die Lippen aufeinanderpresse und mit den Tränen kämpfe, erschrecke ich zu Tode, als mein Vater mit der Faust auf den Tisch haut. »Ich habe dir doch gesagt, lass sie damit in Ruhe! Diese Lazenbys sind alle gleich.«

»John ist nicht so. Er wurde von seiner Mutter gut erzogen. Er ist kein Playboy«, wendet meine Mum ein, und mir wird klar, was hier los war, als meine Liaison mit John bekannt wurde.

»Das ist alles nicht mehr wichtig. Ich habe ihn verlassen«, presse ich hervor und schon kullern die Tränen über mein Gesicht. Ruckartig stehe ich auf.

»O nein, Zoe!«, ruft Mum.

»Hat er dich betrogen?«, fragt mein Dad sofort.

Das alles überfordert mich. Entschuldigend werfe ich einen Blick zu Marc und laufe aus dem Haus in die strahlende Sonne, die mir sofort auf die Kopfhaut brennt.

Ich renne die Straße hinunter, bis mir die Luft ausgeht, und sacke dann am Straßenrand in mich zusammen. Ich setze mich auf den großen Findling, der dort schon liegt, seit ich klein war.

Ein laues Lüftchen weht mir ins Gesicht und trocknet die Tränen.

»Willst du auch eine?«

Alarmiert reiße ich den Kopf hoch und sehe eine Schachtel Zigaretten vor mir.

»Nein, ich rauche doch nicht«, sage ich zu Marc, der bereits eine Zigarette im Mund hat.

»Ich dachte, vielleicht magst du damit anfangen.« Schulterzuckend schiebt er die Packung in seine Hemdtasche.

»Wäre eine Möglichkeit, aber lieber nicht.«

Marc zündet sich seinen Glimmstängel an und setzt sich neben mich auf den Stein.

»Ich weiß schon, warum er das macht.«

»Wer?« Natürlich kann ich mir denken, dass Marc nicht von Dad spricht.

»John Lazenby. Er will dich nicht verlieren. Jetzt macht er der Presse ordentlich Feuer unterm Hintern, nachdem sie sich so unfair wegen dieses bescheuerten Namens aufgeführt haben.«

Sie tun was?

Ich sehe Marc irritiert an.

»Oh, du weißt es nicht? Dein Kimberly-Katelyn-Versprecher ist in aller Munde.«

»O nein.« Noch ein Grund mehr, in der Versenkung zu verschwinden und nie wieder aufzutauchen.

»Mach dir nichts draus! Das hätte jedem passieren können.« Er zieht an seiner Zigarette und lacht dann leise.

»Das ist echt nicht lustig.«

»Irgendwann kannst du drüber lachen. Wirst schon sehen!«

Obwohl ich keine Hoffnung habe, dass das jemals möglich sein wird, finde ich es lieb von Marc, dass er versucht, mich aufzubauen.

»Wenn er sich in New York ausgetobt hat, wird er sicher herkommen.«

Ich lache kurz auf. »Er weiß nicht, dass ich hier bin.«

»Abgehauen?«

Ich nicke stumm.

Auf einmal habe ich Marcs völlige Aufmerksamkeit. Ungläubig sieht er mich von der Seite an. »Aber du hast ihm schon ein Lebenszeichen gegeben, oder?«

»Nein.«

»Mensch, Zoe! Das kannst du nicht machen! Kein Wunder, dass der Typ so fertig aussieht. Das hat nicht mal ein Lazenby verdient.«

Darüber habe ich noch gar nicht nachgedacht. Seit ich von der Party verschwunden bin, haben wir nicht mehr miteinander gesprochen.

»Ich schreibe ihm etwas.«

»Nein, du rufst ihn gefälligst an!« Wieder zieht er an seiner Zigarette, wirft sie dann auf den Boden und tritt sie aus. »Frauen!«, schimpft er.

Jetzt erinnere ich mich daran, dass er im letzten Jahr schlechte Erfahrungen machen musste. Der arme Marc hatte sich hoffnungslos in die bildschöne Scarlett verliebt. Aber nachdem sie sein Herz im Sturm erobert hatte, war sie genauso schnell verschwunden, wie sie aufgetaucht war. Ihr kurzer Abstecher in den Ort schien für sie nur ein Zwischenstopp gewesen zu sein, während Marc schon den Verlobungsring gekauft hatte. Obwohl er lange versucht hat, sie zu finden, blieb sie verschwunden. Mum hat mir davon erzählt.

»Ich ruf ihn ja schon an«, sage ich, während Marc aufsteht.

Geduldig bleibt er so lange stehen, bis ich mein Smartphone aus der Tasche ziehe. Dann geht er ein Stück die Straße hinunter und zündet sich noch eine Zigarette an.

Ratlos starre ich auf das Display meines Smartphones und überlege. Dann suche ich John in den Kontakten und rufe ihn an.

Ich hoffe inständig, dass er nicht rangeht und ich ihm auf die Mailbox sprechen kann, aber es klingelt nur zweimal, dann nimmt er atemlos den Anruf entgegen.

»Zoe!«, ruft er, und mir wird heiß und kalt zugleich, was mich für einen Moment unfähig macht, zu sprechen.

»Wo bist du? Können wir uns treffen?«, fragt er sofort, während ich mit meinen Gefühlen kämpfe.

»Ich bin nicht in New York.«

»Bist du bei Mia?«

»Das ist nicht wichtig. Ich wollte dir nur sagen …« Ja, was will ich ihm sagen? Dass es mir gut geht? Das wäre gelogen. »Ich wollte nur kurz ein Lebenszeichen von mir geben.«

John

Enttäuscht schließe ich die Augen. Ihr Anruf ist keine Wiederanknüpfung, keine Versöhnung. Das muss ich erst einmal sacken lassen. Widerwillig öffne ich die Augen und Bob, der neben mir in meinem Wohnzimmer steht, sieht mich fragend an.

Plötzlich macht er mit seinen Händen eine kreisende Bewegung, als müsse ich das Gespräch am Laufen halten. Ich komme mir wie im Film vor, wenn im Hintergrund eine Fangschaltung läuft und die Verbindung möglichst lange aufrechterhalten werden muss.

»Wann können wir uns sehen?«, beharre ich einfach und Bob nickt zufrieden.

Weil er mich ablenkt, kehre ich ihm den Rücken zu und gehe zu einem der Fenster. Ich kann Zoe atmen hören.

»Du hast mir gesagt, es ist nur ein Name. Das stimmt nicht, John.«

Natürlich weiß ich sofort, dass sie auf die Lazenbys anspielt. »Doch, Zoe, es ist so.«

»Nein, es ist ein Fluch …« Plötzlich beginnt sie, zu schluchzen.

Wie gerne würde ich sie in den Arm nehmen, sie trösten, sie liebkosen und ihr zeigen, wie viel sie mir bedeutet.

»Warum hast du zugelassen, dass ich mich in dich verliebe?«, fragt sie weinend.

Natürlich kann ich ihr darauf keine passende Antwort geben. Bisher hatte mich die Vorstellung, dass sie mich liebt, immer glücklich gemacht. Aber dieses Gefühl löst bei ihr scheinbar andere Gedanken aus.

»Ich wollte nie, dass du so leidest«, sage ich leise.

»Das weiß ich.«

Plötzlich höre ich im Hintergrund eine männliche Stimme, die irgendetwas von »Taschentuch« sagt. Da ist ein anderer Mann bei ihr!

»Danke«, haucht Zoe und schnieft hörbar.

»Wo bist du, Zoe? Wer ist der Kerl?«

Mit einem Mal befallen mich die schlimmsten Befürchtungen. Sie wird sich doch nicht in die Arme eines anderen Mannes geworfen haben? Kurz taucht das Bild dieses bärtigen Typen vor mir auf, der die Gläser auf der Vernissage zerbrochen hat. Nein, so ist sie nicht. Trotzdem kommt zu der Ungewissheit, ob wir bereits getrennt sind, rasende Eifersucht hinzu.

»Das war Marc. Ein alter Freund«, sagt sie, und ich merke, wie sich mein Körper anspannt.

Da klingelt es bei mir an der Haustür. Ich drehe mich kurz zu Bob um und gebe ihm mit einer Handbewegung zu verstehen, dass er nachsehen soll, wer das ist. Sofort verlässt er das Wohnzimmer.

Ich versuche, mein Temperament zu zügeln, damit ich Zoe nicht verschrecke.

»Okay, ein alter Freund, ich verstehe. Danke, dass du angerufen hast.«

»John!«, sagt Bob hinter mir und ich drehe mich erneut zu ihm um. »Die Polizei ist da und will mit uns sprechen.«

War ja klar, dass unser verschwenderischer Umgang mit Wasser Folgen haben wird.

»Zoe, ich muss leider auflegen.«

»Hab ich richtig gehört? Die Polizei ist bei dir?«

»Ja, Bob und ich …«

»Ich weiß. Marc hat mir ein Video gezeigt.«

Schon wieder Marc! »Dann weißt du Bescheid … Zoe … ist es vorbei? Mit uns?«

Mir rennt die Zeit davon. Zoe soll es mir laut und deutlich sagen, wenn es wirklich so ist, aber sie sagt gar nichts.

Schon höre ich die Stimmen mehrerer Personen hinter mir.

»Ich ruf dich später noch mal an«, sage ich rasch und hasse mich dafür, das Telefonat beenden zu müssen. »Bis dann.«

»Mach's gut!«, höre ich sie noch sagen, dann hat sie aufgelegt.

»Mr Lazenby?«, vernehme ich eine strenge Stimme hinter mir.

Ich drehe mich mit einem freundlichen Lächeln zu den beiden uniformierten Polizisten um.

Tja, jetzt werden Bob und ich den Herren mal erklären, warum es für die Presse heute ein Regentag war.

Zoe

»Hast du ihm verziehen?«, fragt Marc sofort, als ich das Smartphone sinken lasse.

»Es gibt nichts zu verzeihen. Er kann nichts dafür.«

Dann schildere ich ihm in Kurzfassung das irre Verhalten der Fotografen vor Ort, die Verfolgungen und wie unwohl ich mich dadurch fühlte.

»Das ist die andere Seite der Medaille. Die normalen Bürger können ein bisschen am Leben der Lazenbys teilhaben und merken nicht einmal, was sie dieser Familie durch ihr Interesse antun.«

Er hat es kapiert, und erst jetzt wird mir klar, dass ich das in den letzten Jahren auch unterstützt habe, weil ich John regelmäßig gegoogelt habe.

»Marc! Der Laden!«, brüllt mein Vater vom Haus her.

»Shit! Die Mittagspause ist vorbei. Kannst ja später mal mit einem Kaffee vorbeikommen?«, schlägt Marc vor und läuft zu seinem Vater zurück.

Nachdenklich sehe ich ihm nach. Mit seinen wilden Haaren, der sonnengebräunten Haut und der durchtrainierten Figur sieht Marc wirklich nicht schlecht aus. Freundlich ist er auch und so herrlich normal. Für ihn interessiert sich vermutlich nicht mal das Regionalblatt. An der Seite dieses Mannes könnte ich mein Leben verbringen und kein Hahn würde nach mir krähen.

Zitternd atme ich ein. Mir steigen schon wieder Tränen in die Augen.

Ich schalte mein Smartphone aus.

Zwei Tage später.

Mein Smartphone bleibt aus. Das ist feige, ich weiß, aber wenn ich Johns Stimme wieder hören muss, breche ich zusammen. Am besten, ich sehe und höre überhaupt nichts mehr von ihm. Das wird das Vernünftigste sein.

Das Wetter ist einfach herrlich – viel zu schön für meinen Gemütszustand. Aber wenigstens ist es mir dadurch fast unmöglich, mich im Zimmer zu verkriechen.

Ich unternehme ausgedehnte Spaziergänge, helfe

meiner Mutter im Haus und stehe manchmal sogar im Kfz-Ersatzteilladen hinter der Theke. Das alles lenkt mich ab, und zwischendurch vergesse ich beinah, dass ich längst zu Hause ausgezogen bin und ein anderes Leben habe.

Mr Fitz ist einer der wenigen, der weiß, wo ich bin. Da ich mein Smartphone in den Winterschlaf versetzt habe, musste ich ihm Bescheid geben.

Bis auf Weiteres habe ich Urlaub. Natürlich hat Mr Fritz mitbekommen, weshalb ich New York verlassen habe, doch er zeigte sich sehr verständnisvoll.

»Schatz, Mia ist am Telefon«, ruft meine Mum in den Garten.

Sie kommt auf mich zu und reicht mir das tragbare Telefon. Dann zieht sie sich lächelnd zurück.

»Hallo, Mia.«

»Zoe, er ist hier! Was soll ich ihm sagen?«, flüstert Mia aufgeregt.

Was? Habe ich das richtig verstanden? John ist zu Mia und William gefahren?

»Zoe, bist du noch dran?«

»Sag ihm, dass du nicht weißt, wo ich bin.«

»Aber –«.

»Bitte, Mia! Tu es für mich.«

Ich weiß, dass meine Schwester nicht gerne lügt. Wer tut das schon mit Freude?

»Ich bin mir nicht sicher, ob ich ihm nicht sagen müsste, wo du bist, damit ich etwas wirklich Sinnvolles tue.«

»Ich kann ihn jetzt nicht sehen«, presse ich hervor und merke, dass ich schon wieder den Tränen nahe bin.

Die Vorstellung, dass John nach mir sucht und sogar bei Mia und William auftaucht, saugt mir sämtliche Energie aus dem Körper.

»Bitte!«, flehe ich erneut.

Mia seufzt. »Also gut.« Sie klingt traurig. »Wenn du ihn sehen würdest, dann –«.

»Ich will das nicht hören«, unterbreche ich sie schnell, weil ich in meinen Gedanken bereits mit einem Bild von John kämpfe.

Dabei muss ich stark sein und mich daran erinnern, warum ich ihn verlassen habe. Er leidet jetzt, aber langfristig wird es ihm ohne mich besser gehen.

»Du hörst dir das jetzt an!«, flüstert Mia drohend, und ich höre an den Hintergrundgeräuschen, dass sie sich durch ihr Haus bewegt.

Leg auf, denke ich noch.

Doch da höre ich Johns leise Stimme, die nach und nach lauter wird.

Mia hat sich offensichtlich in seine Nähe geschlichen.

Mein Hirn befiehlt mir, den Anruf sofort zu beenden, aber mein Herz … ja, mein Herz hat seine Ohren so weit geöffnet, dass ich selbst eine Stecknadel fallen hören würde.

»Ich hätte sie niemals gehen lassen sollen. Wenn ich gewusst hätte, dass sie abhaut …«

»Das konntest du doch nicht ahnen«, höre ich meinen Schwager besänftigend auf John einreden.

»Ich hätte sie festhalten sollen«, sagt John und hört sich wild entschlossen an. »Was bin ich für ein Mann, wenn ich nicht um die Frau kämpfe, die ich liebe?«

Endlich setzt sich mein Verstand durch und ich beende das Gespräch. Tränen laufen mir über das Gesicht.

Verzweifelt umklammere ich das Telefon. Meine Handfläche schmerzt längst, aber es ist gut, diesen Schmerz zu fühlen. Er lenkt mich von der Qual ab, die mich vollkommen ausfüllt.

Wie kann ich nur der Meinung sein, das Richtige getan zu haben, wenn ich damit einem anderen Menschen solches Leid zufüge?

»Zoe?«, fragt mein Vater in meinem Rücken.

Mein Körper bebt und ich kann das Schluchzen nicht unterdrücken. Es bricht einfach aus mir heraus.

»Um Gottes willen, Zoe!«

Ich traue mich nicht, mich zu meinem Vater umzudrehen, aber da steht er auch schon vor mir.

»Meine Kleine!«, sagt er sanft und öffnet seine Arme.

»Dad«, presse ich schluchzend hervor und schmiege mich weinend an seine Brust.

John

Zutiefst traurig sitze ich auf dem Sofa neben Billy und lasse den Kopf hängen. Meine Tränen fallen auf den Teppichboden.

Billy wirkt ziemlich überfordert mit der Situation, da er in dem Fall nicht nur mein Freund, sondern auch Zoes Schwager ist.

In dem Moment kommt Mia ins Zimmer. Sofort sehe ich auf und wische mir hastig die Tränen aus dem

Gesicht. Mia hält ihr Telefon umklammert und sieht mich merkwürdig an.

»Hast du etwas von Zoe gehört?«, fragt Billy. »Sag's ihm schon! Siehst du nicht, wie schlecht es ihm geht?«, brummt er und steht auf.

Hoffnungsvoll sehe ich Mia an. Ihr verlegener Blick zeigt mir, dass sie etwas von Zoe weiß.

»Geht es ihr gut?«, frage ich, woraufhin Mia verzweifelt auflacht, aber ich lasse nicht locker. »Wo ist sie?«

Unruhig tigert Billy auf und ab, als müsse er sich ernsthaft zurückhalten, keinen Streit mit seiner Frau anzufangen. Ich hoffe, er hält sich zurück. Es fehlt mir gerade noch, dass diese Ehe meinetwegen auf die Probe gestellt wird.

»Schon okay, Mia, ich verstehe es. Sie ist deine Schwester … Sag mir nur, dass sie nicht alleine ist, dass sie jemanden hat.«

»Sie ist nicht alleine«, kommt es sofort von Mia.

Ich muss mich beherrschen, nicht nach diesem Marc zu fragen. Stattdessen nicke ich und presse die Lippen aufeinander.

»Du bleibst doch ein paar Tage? Jasmine und Josh freuen sich so, dass du da bist.«

Wie aufs Stichwort hören wir die Kinder im Garten toben.

Eigentlich ist mir das nicht recht. Ich bin nicht auf einen längeren Aufenthalt eingestellt, aber da sehe ich Mias Blick. »Keine Widerrede! Das Gästezimmer ist bereits hergerichtet. Wenigstens bis morgen?«

»Danke, gerne«, sage ich schließlich. »Aber dann muss ich wirklich fahren. Der Parteitag der Demokraten in New York steht an und ich darf eine Rede halten.«

»Wirst du für den Senatsposten kandidieren?«, fragt Billy sofort.

»Das hatte ich vor, aber jetzt hat sich alles verändert. Ehrlich gesagt weiß ich noch nicht, was ich tun werde. Aber sag das bloß niemandem!«

»Wir schweigen.«

Ich schenke meinem Freund ein dankbares Lächeln.

Zoe

»Mum!«, brülle ich, weil Marc bei uns geklingelt hat und nach Dad fragt.

»Ja, Liebes?«

Endlich finde ich Mum in der Küche.

»Sag mal, weißt du, wo Dad ist? Marc sucht ihn.«

»Schick ihn zu mir!«

Was soll das denn?

»Wo ist Dad?«, frage ich ungeduldig.

»Er hat sich einen Tag freigenommen, ist zum Angeln rausgefahren mit dem Zelt. Kann sein, dass er bis morgen bleibt.«

Das ist ungewöhnlich für meinen Dad, und ich wundere mich, dass ich davon nichts mitbekommen habe. Er muss wirklich sehr früh los sein. Sein Laden geht ihm über alles, und ihm fällt es immer schwer, das Geschäft ganz und gar in Marcs Hände zu legen. Ein

Wunder, dass Marc es überhaupt so lange mit ihm ausgehalten hat.

»Mum sagt, er ist angeln«, informiere ich Marc, als ich zurück an der Tür bin.

»Das ist komisch. Er hat davon gar nichts gesagt.«

»Muss eine spontane Idee gewesen sein.«

»Ziemlich spontan. Sieht ihm gar nicht ähnlich. Sag mal, Zoe. Hat dein Vater eine Affäre?«

»Wie kommst du denn darauf?«, frage ich irritiert und ziehe die Tür hinter mir zu, damit meine Mum das Gespräch nicht hört.

»Na, weil sein Angelzeug im Wagen liegt.«

»Das gibt es doch nicht!« Ich laufe zu Dads Laden-Pick-up und bewundere die umfangreiche Anglerausrüstung, die fein säuberlich auf der Ladefläche liegt.

»Schon merkwürdig, oder?«, fragt Marc und stellt sich neben mich.

Gemeinsam sehen wir uns das Zeug an, aber eine Lösung für das Problem fällt mir auch nicht ein.

»Dad und Affäre. Das sind zwei Wörter, die überhaupt nicht zusammenpassen.«

»Hätte ich auch gemeint, aber warum sagt er dann zu Abigail, dass er angeln fährt?«

»Vielleicht will er sie mit etwas überraschen.«

»Das wird es sein.« Marc stimmt mir zwar zu und nickt, es klingt aber, als wolle er mich nur schonen.

Spielerisch schubse ich ihn in die Seite und lache sogar, aber er packt mich sofort und zieht mich an sich. Für einen Moment sind wir uns ganz nah und Marc sieht mir tief in die Augen.

»Schön, dich wieder lächeln zu sehen. Weißt du, wenn dieser Lazenby nicht dein Herz gestohlen hätte, dann …« Sein Blick wandert auf meinen Mund.

Hastig versuche ich, mich aus Marcs Armen zu befreien, und er lässt mich auch sofort los.

»Entschuldige, Zoe, das war unpassend!«

»Das war es, aber ich nehme die Entschuldigung an.«

»Dann gehe ich mal in den Laden.« Mit diesen Worten wendet er sich ab und geht.

Ich sehe ihm nach, bis er um die Ecke biegt.

John

»John, freut mich sehr, dich zu sehen!«, begrüßt mich Senator James mit breitem Lächeln. Freudig ergreift er meine Hand und schüttelt diese kräftig. »Alles klar für später?«

»Alles klar«, bestätige ich.

Es soll wohl so sein, dass ich in die Fußstapfen meines Vaters trete und Senator des Bundesstaates New York werde, weil Senator James aus Altersgründen nicht mehr kandidiert. Laut Umfragen wird die demokratische Partei den Sitz im Parlament mit meiner Kandidatur halten können.

Der Parteitag der New Yorker Demokraten ist relativ übersichtlich und mit dem landesweiten Treffen nicht zu vergleichen. Dennoch sind viele Menschen gekommen, der große Saal des Hotels ist gefüllt, und es ist längst klar, dass ich der Kandidat bin. Die Verkündigung heute Abend ist reine Formsache.

»Wo ist deine neue Freundin?«

Wenn der Senator wüsste, wie sehr mich seine Frage aus der Bahn wirft.

»Sie ist ... hat einen anderen Termin.«

Wie lange will ich das machen? Irgendwann werden die Leute merken, dass Zoe sich von mir getrennt hat, weil sie es nicht ertragen kann, an meiner Seite zu sein.

»Schade, ich hätte sie gerne kennengelernt.«

Verwirrt versuche ich im Gesicht des Senators zu erkennen, ob er das ehrlich meint oder nur aus Höflichkeit nett mit mir plaudern will. Er hat doch bestimmt von dem Versprecher gehört, so wie alle anderen hier auch.

»Ein anderes Mal.« Ich wiegele seine Worte locker ab. Doch es trifft mich sehr, zu wissen, dass ich Zoe nie wieder mit jemandem bekannt machen kann, weil sie mich nicht will.

Verkrampft balle ich die Hände zu Fäusten und versuche, mir die Verbitterung nicht anmerken zu lassen.

Jetzt ist Lächeln und Händeschütteln gefragt, bis ich endlich meine Rede halten kann und den Abend überstanden habe.

Zoe

»Hat Dad sich mal gemeldet?«

»Warum sollte er?«, fragt meine Mutter stirnrunzelnd. »Was soll er denn sagen, Schatz? Dass er einen Fisch gefangen hat? Das werden wir noch früh genug erfahren.«

Das stimmt. Dad ruft nie an, wenn er einen Angelausflug macht. Wir werden die Fische noch früh genug zu sehen bekommen, die er ohne Anglerausrüstung mit bloßen Händen erwischt hat.

»Warum seufzt du?«, fragt meine Mutter besorgt.

»Habe ich das?«

»Du benimmst dich, als wäre dein Vater ein Verbrecher, nur weil er mal seine Ruhe haben möchte.«

»Entschuldige …«

In dem Moment schrillt der Hausapparat unseres Telefons laut, und ich zucke zusammen, obwohl ich das alte Teil schon seit Urzeiten kenne.

Mum schlappt gemütlich zu dem Telefon und nimmt ab. »Ja?«

Und einen Augenblick später. »Adam?«

Mein Dad ruft an. Das gibt es doch nicht! Gespannt lausche ich, was ich noch hören kann, aber meine Mum scheint das ebenso zu tun, denn sie sagt kein weiteres Wort mehr, bis ich das leise Klicken des Hörers auf die Gabel wahrnehme.

»Setz dich auf die Couch, Schatz! Dein Vater sagt, wir sollen den Fernseher einschalten.«

»Was?«

»Frag mich nicht!« Schulterzuckend greift Mum nach der Fernbedienung und wählt ein Programm.

Ich lasse mich in die weichen Kissen fallen und starre auf den Bildschirm, auf dem nun ein großer Saal zu sehen ist. Was ist das für eine Versammlung?

Aufgeregt setzt Mum sich kerzengerade neben mich. »Das ist der Parteitag der Demokraten in New York.«

Schockiert starre ich auf den Fernseher und beobachte, wie ein Sprecher seine Rede beendet, bevor tosender Beifall aufbrandet.

»Und Dad hat angerufen, um dir das zu sagen?«

»Ja, Schatz.«

Kurz schiele ich zu ihr, doch sie zuckt nur wieder mit den Schultern.

Plötzlich löst sich eine Person aus dem Publikum und geht in Richtung der Rednertribüne. Das kann nicht sein! Es ist mein Vater, der dort auf der Versammlung der Demokraten ist.

»Was macht Dad da?«

So ähnlich klang meine Stimme wohl auch damals, als ich Dad dabei erwischt habe, wie er sich als Santa Claus verkleidete.

»Keine Ahnung, Liebes«, antwortet meine Mutter.

Vielleicht hat mein Dad das Sicherheitspersonal mit eigenhändig gefangenem Fisch bestochen? Jedenfalls kommt er tatsächlich bis an das Mikrofon, ohne aufgehalten zu werden.

»Guten Abend«, kann ich aus seinem Mund hören, bevor er sich kurz räuspert, »mein Name ist Adam Chapman und ich bin bekennender Anhänger der Republikaner.«

Ein Raunen geht durch den Saal und auch mein Mund klappt auf.

»Adam!«, stöhnt meine Mutter schockiert.

Es war mir klar, dass Dad nicht begeistert sein würde, wenn ich einen Demokraten anschleppe, aber dass er das jetzt gleich live im Fernsehen verkünden muss, finde ich doch übertrieben. Vor allem, weil ich ja gar nicht mehr mit John zusammen bin.

Obwohl ich im Grunde meines Herzens nicht hören möchte, was mein Dad jetzt sagen wird, lausche ich gespannt. Die Unruhe im Saal legt sich.

Dad schweigt immer noch, als es bereits mucksmäuschenstill ist. Er kostet die Spannung voll aus.

Die Kameras fangen einige Herren ein, die mir stark nach Sicherheitsdienst aussehen. Sie trauen sich nicht, die Live-Übertragung zu stürmen, aber es ist klar, dass sie auf der Lauer liegen, um meinem Vater, wenn nötig, den Mund zu verbieten.

Oh. Mein. Gott.

Da ist John! Mein John. Perfekt gestylt und frisiert, wie immer. Dennoch sieht er blass aus.

Mein Herz schlägt mit einem Mal doppelt so schnell.

John steht auf, knöpft sich elegant das Sakko zu und nähert sich der Bühne. Beschwichtigend hebt er die Hände in Richtung des Sicherheitsdienstes. Das gibt es doch nicht! Er will meinem Vater das Wort lassen? Ob er einen Zusammenhang zu dem Nachnamen hergestellt hat?

»O Adam!«, sagt meine Mutter kopfschüttelnd. Ihre Hand liegt auf ihrer Lunge, als müsse sie ihre Atmung unterstützen.

Ja, o Dad! Was hast du vor?

Auf der einen Seite ist es mir furchtbar unangenehm, dass mein Dad sich dort für mich hinstellt. Ich bin schließlich kein Kind mehr, und ich kann mich auch nicht erinnern, dass er sich jemals ungefragt in meine Probleme eingemischt hätte. Aber auf der anderen Seite geht mein Herz auf, weil er es nicht ertragen konnte, mich leiden zu sehen. Dass ein Mann wie er sich in eine Versammlung der politischen Gegner schleicht und dort die Bühne stürmt, ist schier unglaublich.

Jetzt räuspert er sich.

»Ich hoffe, Sie haben nichts dagegen, wenn es ein paar Minuten nicht um politische Selbstbeweihräucherung geht.«

Wieder entsteht Unruhe im Publikum, aber John, der am Bildschirmrand zu sehen ist, wenn die Kamera die Totale zeigt, beschwichtigt erneut.

Hat er abgenommen? Er sieht so eingefallen aus.

»Ich bin hier als Vater einer Tochter, die sich in einen Mann verliebt hat.«

O nein!

»Ich kann nicht …«, er stockt und hat sichtbar mit sich zu kämpfen, »mit ansehen, wie sie leiden muss, wie sie zur Hauptattraktion diverser Klatschblätter mutiert, als sei sie nur ein Ding, das keine Gefühle hat.«

Als wüssten die Fernsehleute bereits, um wen es sich handelt, ist plötzlich John in Großaufnahme auf dem Bildschirm zu sehen. Wie gut er doch aussieht! Immer noch, obwohl die tiefen Ringe unter seinen Augen von dem Kummer zeugen, den ich ihm bereite.

Ich möchte bei ihm sein, ihn umarmen und küssen. Doch ich bin auch sehr froh, nun so weit weg zu sein, da ich mich entschieden habe, der Anziehungskraft zwischen uns nicht länger nachzugeben.

»Ich bin Anhänger der Republikaner, und ich habe erleichtert aufgeatmet, weil meine Tochter sich von … diesem Mann getrennt hat.«

Mit ausgestrecktem Arm zeigt Dad auf John.

Ich schnappe nach Luft.

»Aber ich kann nicht länger mit ansehen, wie unglücklich sie ist«, sagt Dad jetzt.

Mir kommen die Tränen. Mein Vater stürmt die Versammlung der Demokraten, um seine Tochter zu beschützen oder … Was genau hat er eigentlich vor?

»Mr Lazenby«, sagt Dad, »würden Sie bitte zu mir nach oben kommen?«

O Mann! Mein Vater sprengt eine Veranstaltung und bittet einen Lazenby auf die Bühne?

Die Kameras zeigen John, der für einen Moment zu überlegen scheint, ob er der Einladung Folge leisten soll. Nach einem kurzen Blick auf das Sicherheitspersonal setzt er sich in Bewegung. Ich kann sehen, dass er tief Luft holt.

Rasch werfe ich meiner Mum einen Blick zu. Völlig erstarrt und mit weit aufgerissenen Augen fixiert sie den Fernsehapparat.

Gespannt wende ich mich wieder dem Fernseher zu. John ist bei meinem Dad angekommen und schüttelt ihm die Hand. Mir bleibt das Herz beinahe stehen, weil er meinem Vater aufmunternd mit der freien Hand auf den Oberarm klopft, während der ihm so einiges zu sagen hat. Sein Gesichtsausdruck zeigt mir deutlich, wie sehr er um seine Fassung ringt.

Aber John ist ein Kämpfer. Er hat in seinem Leben

so viel mitgemacht und ist geübt darin, in der Öffentlichkeit zu funktionieren. Ganz anders als ich.

Er sagt etwas zu meinem Dad, aber leider sind die beiden zu weit vom Mikrofon entfernt.

Schließlich wendet sich John dem Publikum zu. Er tritt ans Rednerpult und sammelt sich für einen Augenblick.

Dad wird von einem Mitarbeiter der Security zu einem freien Stuhl in der Nähe der Bühne geleitet.

Es sieht nicht bedrohlich aus, er geht so höflich mit ihm um, als wäre mein Dad kein Eindringling, sondern ein Gast.

Während John immer noch kein Wort sagt, ist es in dem Saal mucksmäuschenstill.

Meine Mum rückt ein Stück näher an mich heran und ergreift meine Hand.

»Guten Abend, meine sehr verehrten Damen und Herren«, sagt John nun. Seine Stimme klingt selbstbewusst. Sein charismatisches Gesicht ist nun in Großaufnahme zu sehen.

Das ist John. Immer Herr der Lage. Wie schafft er das? Ich wünschte, ich könnte so selbstbewusst und unerschütterlich sein. Dann wäre ich eine würdige Frau an seiner Seite.

»Vor vielen Jahren stand mein Vater hier an dieser Stelle und hielt eine Rede, so wie ich heute vor Ihnen stehe.«

Wie jetzt? Er hält seine geplante Rede, als sei nichts gewesen?

Die Finger meiner Mum umklammern meine Hand fester. Sie spürt genau, wie unruhig ich bin.

»Wie mein Vater wollte ich mich um das Amt des Senators von New York bewerben und hier und heute um Ihre Unterstützung bitten«, erklärt John. Seine Stimme wird bei den letzten Worten etwas leiser. Er macht eine längere Pause.

»Aber«, betont er dann laut.

Ich halte den Atem an.

»Wie kann ich anstreben, von Ihnen als Kandidat aufgestellt zu werden, wenn die Frau, die ich liebe, nicht an meiner Seite ist?«

John, was tust du?

»Wie kann ich mich für das Wohl des amerikanischen Volkes einsetzen, wenn die Frau, die ich liebe, von der Presse gehetzt, öffentlich beleidigt und zutiefst verletzt wird?«

»Zoe«, haucht meine Mum fassungslos.

»Wie kann ich mich für das Glück anderer einsetzen, wenn ich niemals glücklich sein werde?«

Im Saal bricht Unruhe aus. Es ist lediglich der Technik der Übertragung zu verdanken, dass Johns Worte über das Mikrofon noch so klar und deutlich bei uns ankommen.

»Meine Damen und Herren, ich glaube an dieses Land und die Werte unserer Partei. Als geeigneten Kandidaten für die Wahl des Senators schlage ich daher Clayton Booth vor. Danke für Ihre Aufmerksamkeit.«

John verlässt die Bühne, ohne sich um den Tumult im Publikum zu kümmern. Er geht auf meinen Dad zu, der sich applaudierend von seinem Stuhl erhoben hat.

Ich kann noch erkennen, wie John auf ihn einredet,

als im Saal tosender Applaus aufbrandet. Mir ist klar, dass sie sich über den Rückzug von Johns Kandidatur bestimmt nicht freuen. Sie sind wohl nur von der Überraschung begeistert, die John heute Abend hier geliefert hat.

Damit hat niemand gerechnet. In den Zeitungen wird er schon lange als künftiger Senator gehandelt. Mit ihm als Kandidat der Demokraten wäre ihnen eine Wiederwahl sicher gewesen. John ist beliebt, sogar bei jenen, die die Lazenbys nicht ausstehen können.

Selbst mein Vater gibt zu, dass er ihn mag.

In dem Moment endet die Übertragung des Parteitags und Mum und ich sehen uns mit zwei perplexen Studiosprechern konfrontiert. Der hagere Mann und die bildschöne Frau, die wie Michelle Obama aussieht, starren sich an, als wolle jeder, dass der andere zuerst das Wort ergreift.

»Wow!«, sagt die Frau schließlich. »Das hat niemand erwartet.«

»Richtig, Nicole.« Der Mann blättert in den Unterlagen, die vor ihm auf dem Tisch liegen. »Dann … Clayton Booth. Haben wir einen Beitrag über ihn vorbereitet?« Sein Blick wandert unsicher an der Kamera vorbei. »Haben wir nicht«, stellt er dann fest. »Wie machen wir dann im Programm weiter?«

Meine Mum greift nach der Fernbedienung und schaltet das Gerät aus.

Auf einmal ist es schrecklich still im Wohnzimmer meiner Eltern. In mir sieht es allerdings völlig anders aus. Aufgewühlt ist gar kein Ausdruck!

Mum und ich sitzen einfach nur da und starren auf den dunkelgrauen Bildschirm des Fernsehers. Weder sie noch ich machen Anstalten, ein Gespräch zu beginnen. Der Fernsehbeitrag war so skurril, dass ich es glauben würde, wenn man mir jetzt sagt, ich hätte das alles nur geträumt.

Plötzlich klingelt etwas. Mum und ich zucken gleichzeitig zusammen, obwohl es nur das Festnetztelefon ist.

Wir werfen uns einen alarmierten Blick zu. Im Grunde erwarten wir, dass Dad anruft, und wir wissen auch beide, in wessen Gesellschaft er sich jetzt befindet.

Mum steht auf. Ich überlege, ob ich sie zurückhalten soll, und greife nach ihrer Hand. Aber es ist nur ein halbherziger Versuch und sie zieht ihre Fingerspitzen mit Leichtigkeit aus meiner Hand.

Das Telefon schrillt erneut. Mum reibt sich mit den Handrücken über das Gesicht und verschwindet aus meinem Sichtfeld in den Flur, wo der Apparat steht.

»Ja?«, meldet sie sich am Telefon.

Dann bleibt es eine Weile still.

»Ja, haben wir«, höre ich sie sagen.

Wieder lauscht sie lange den Ausführungen des Anrufers.

»Adam, was hast du dir –«. Sie kommt nicht weiter.

War ja klar, dass sich mein Dad jetzt keine Vorwürfe anhören möchte.

»Ja, sie ist da … Moment, ich hole sie.«

Diese Worte machen mir Angst. John hat mich gefunden. Er weiß, dass ich hier bin und dass ich den

Fernsehbeitrag gesehen habe. Und er weiß, dass ich unglücklich bin.

»Zoe?«, höre ich meine Mum rufen. »Kommst du?« Ihre Stimme ist näher als gedacht.

Als ich zur Tür schaue, steht Mum im Rahmen und betrachtet mich liebevoll. »Du solltest jetzt ans Telefon gehen.«

Nickend stimme ich zu, obwohl ich lieber ablehnen würde. Wie gerne möchte ich mich jetzt davor drücken, Johns Stimme erneut hören zu müssen. Ich weiß genau, wie er gerade aussieht, was er trägt, wie es ihm geht.

Trotzdem drücke ich die Handflächen auf die Oberschenkel und erhebe mich schwerfällig. Mir ist schwindelig.

Vorsichtig tapse ich auf meine Mum zu und merke, dass ich meinen Pulsschlag im Kopf spüre.

Meine Mutter macht mir den Weg erst frei, nachdem sie mich kurz, aber fest umarmt hat. Sie sagt kein Wort, aber allein diese Geste spricht mir so viel Mut zu, dass ich gestärkt an den Apparat gehe.

»Dad?«, frage ich und höre mich weinerlich an.

»Zoe«, raunt John.

Die Art, wie er meinen Namen befreit und emotional ausstößt, lässt mir sofort die Tränen ausbrechen.

Ich kann nicht antworten, sondern schließe die Augen, um dem Mann am anderen Ende der Leitung ganz nah zu sein.

»Bitte, leg nicht auf!«, fleht er.

Meint er wirklich, dass ich nicht mit ihm reden will und ihn hasse?

Ich habe mir alle Mühe gegeben, ihn das glauben zu lassen.

»Bitte, leg nicht auf!«, wiederholt er.

O mein Gott. Weint er etwa?

Ich halte mir die Hand vor den Mund und erschaudere. »Ich bin da«, schluchze ich.

Wie gerne wäre ich jetzt bei ihm. Warum nur muss er so weit weg sein und ich hier?

»Zoe … ich … wir müssen uns sehen. Ich möchte dir so viel sagen. Es gibt so vieles –«. Seine Stimme bricht.

»Nicht weinen, John!«, bitte ich ihn, dabei heule ich selbst inzwischen hemmungslos.

Ich möchte ihm versichern, dass alles gut ist, dass wir wieder zusammen sein können, aber muss er es nicht sagen? Ich habe es kaputt gemacht und er muss mir verzeihen.

»Ich habe mich so verdammt hilflos gefühlt«, sagt John plötzlich. Er klingt zwar immer noch emotional, aber seine Wut auf die Presse scheint ihm Kraft zu geben. »Ich wollte dich vor den Aasgeiern beschützen, konnte es aber nicht.«

»John –«.

»Bitte, Zoe! Ich habe lange darüber nachgedacht, wie ich das ändern kann. Lass uns aus New York weggehen! Wenn es sein muss, wandere ich aus, aber ich will mit dir zusammen sein. Ach, Scheiß drauf! Warum soll ich noch warten? Heirate mich, Zoe! Werde meine Frau! Ich will den Rest meines Lebens mit dir verbringen.«

John

»Ja! Ja, ich will«, haucht sie sofort und mir fällt eine schwere Last vom Herzen. So befreit habe ich mich schon lange nicht mehr gefühlt.

»Ich wünschte, ich wäre bei dir«, sage ich.

Einen Heiratsantrag habe ich mir immer anders vorgestellt. Aber manchmal muss man die Dinge so durchziehen, wie sie sich ergeben.

»Ich auch.«

»Wir machen uns sofort auf den Weg.«

»Wir?«

»Ja, dein Dad nimmt mich mit. Wir werden morgen früh bei euch sein.«

»Ich kann es kaum erwarten.«

»Wem sagst du das. Bis morgen, mein Engel.«

»Bis morgen.«

Zutiefst befreit beende ich das Telefonat und gebe Adam Chapman sein Smartphone wieder, mit dem er seine Frau angerufen hat.

»Lass uns fahren, Junge!«, sagt er und grinst.

Von New York nach Woodburn ist es kein Katzensprung und Zoes Vater fährt gemütlich und lässt sich durch nichts aus der Ruhe bringen.

»Sollen wir eine Pause machen?«, frage ich nach ein paar Stunden.

»Nein, nicht nötig.«

»Soll ich fahren?«

»Das ist mein Auto, Junge.«

Also heißt es, Sitzfleisch beweisen. Durch die lange Fahrt lerne ich immerhin den Mann besser kennen, der Zoe großgezogen hat. Ihr bodenständiger Vater ist mir sympathisch, und ich bewundere ihn dafür, dass er unseren Parteitag gesprengt hat. Natürlich hoffe ich, dass er mich auch leiden kann. Normalerweise fliegen mir die Sympathien der Menschen zu, und ich mache mir kaum Gedanken darüber, aber bei diesem Mann ist es mir wichtig.

Plötzlich blendet mich ein heller Lichtstrahl, dann wird es schwarz um mich.

Zoe

Wieder bekomme ich fast kein Auge zu.

In Erwartung von Johns Ankunft ist das kaum möglich, weil ich nicht abschalten und entspannen kann.

Mitten in der Nacht klingelt erneut das Telefon.

Ich lausche, ob Mum aufsteht, um nachzusehen, wer anruft, und tatsächlich höre ich einen Augenblick später ihre Schritte auf den Stufen.

Mucksmäuschenstill warte ich ab, ob ich Gesprächsfetzen zu hören bekomme, aber das Haus ist zu groß und mein Zimmer liegt zu weit weg.

Plötzlich öffnet sich die Zimmertür und ich erkenne die Umrisse meiner Mutter. »Zoe, zieh dich an! Wir müssen sofort los.«

»Was? Ist etwas passiert?«

»Es gab einen Unfall.« Die weinerliche Stimme meiner

Mum lässt mich hochschnellen. Sofort bin ich hellwach.

»Dad und John?«

»Sie sind mit einem Kleinlaster kollidiert.«

»O nein! Geht es ihnen gut?«

»Wir sollen sofort ins Krankenhaus kommen. Sie sind in der Klinik in Hagerstown.«

Mum klingt so zitterig, und ich fühle mich ebenfalls nicht fähig, jetzt Auto zu fahren.

»Ich hole Marc«, beschließe ich sofort und ziehe mir einen Morgenmantel über.

Marc wohnt nur ein paar Häuser weiter. Vor lauter Aufregung renne ich barfuß bis zu seinem Haus und trommle wie verrückt an die Haustür. Es dauert gefühlte Ewigkeiten, bis endlich Licht im Haus angeht.

»Marc!«

»Ja, ja, schon gut«, höre ich ihn hinter der Tür verschlafen brummen.

Dann öffnet er die Haustür und trägt nichts als karierte Boxershorts. »Hey, Zoe.« Müde fährt er sich mit der Hand durch das Haar und grinst frech. »Ich habe gerade von dir geträumt.«

»Nicht jetzt, Marc! Du musst dich sofort anziehen und uns nach Hagerstown fahren.«

»Spinnst du? Das sind fast zwei Stunden Fahrt.«

»Dad und John hatten einen … Unfall.«

»Was? Fuck!« Endlich hat er kapiert, was los ist. »Komm rein!«

»Nein, ich ziehe mich an und dann müssen wir los.«

Nickend bestätigt Marc, dass er dabei ist, und schließt die Tür.

Ich eile zurück zu Mum und ziehe an, was ich auf die Schnelle finde. Eine bequeme Jogginghose, ein T-Shirt und ein Schlabberpullover müssen es jetzt tun.

Schon erscheint der Lichtkegel eines Fahrzeuges vor dem Haus. »Mum! Marc ist da.«

»Bin fertig.« Mum steht bereits auf der Treppe. Sie hat eine Reisetasche in der Hand. Als sie sieht, dass mein Blick darauf fällt, sagt sie: »Falls er bleiben muss.«

Nickend gebe ich ihr zu verstehen, dass ich wie sie die Hoffnung hege, dass unsere Lieben gesund und munter sind.

Die Fahrt zieht sich ins Unendliche hin, obwohl Marc wirklich das Gaspedal durchdrückt.

Im Radio läuft das Nachtprogramm, und weil keinem von uns nach einem Gespräch zumute ist, sitzen wir schweigend beisammen und ich starre aus dem Fenster in die Dunkelheit.

Dabei bemühe ich mich, nicht panisch zu werden und erst einmal abzuwarten, was passiert ist.

Sie sind unversehrt, versuche ich mir einzureden. Aber warum sind sie dann im Krankenhaus? Bestimmt nicht wegen ein paar blauer Flecken.

Mum, die neben Marc sitzt, wirft mir ab und zu einen Blick zu, aber ich gehe nicht darauf ein. Ich will mir nicht vorstellen, was wäre, wenn Dad oder John … Nein, daran kann ich nicht denken.

»Wir sind gleich da.«

Ruckartig nehme ich die Stirn von der Scheibe und

sehe zwischen den Vordersitzen hindurch. Tatsächlich! Vor uns tut sich der riesige Parkplatz der Klinik auf. Der Besucherparkplatz ist jetzt, in den frühen Morgenstunden, kaum besetzt, sodass wir einen Parkplatz in der Nähe des Eingangs finden.

Blitzschnell steige ich aus, sobald Marc das Auto zum Stehen gebracht hat, und laufe auf den Eingang zu.

Gehetzt betrete ich die Klinik durch die Schiebetür und frage den Herrn, der an der Anmeldung sitzt. »Wo ist die Notaufnahme?«

Sofort deutet er in Richtung eines Flurs. »Dort entlang und dann immer der Beschilderung folgen.«

»Danke.« Jetzt hält mich nichts mehr.

»Zoe!«, ruft Marc, der mir nachgelaufen ist, aber ich renne einfach weiter.

John! Ich muss zu John, und zwar sofort!

Ich stoße die elektrische Tür zur Notaufnahme auf, weil sie nicht schnell genug öffnet.

»Wo ist John?«, frage ich die erste Krankenschwester, die mir über den Weg läuft. Als sie nicht reagiert, rufe ich: »Der Unfall mit dem Kleinlaster!«

»Oh, ja … natürlich. Sind Sie die Verlobte?«

Hat sich das schon bis hierher herumgesprochen?

»Ja«, sage ich einfach, damit endlich etwas vorangeht. »Kann ich ihn sehen?«

»Folgen Sie mir bitte!«

Für einen Moment sehe ich mich um, aber Marc und Mum sind noch nicht da.

»Hier entlang!«, sagt die Schwester erneut und ich biege mit ihr um die Ecke.

Aufgeregt folge ich ihr durch den Gang, bis sie an eine Tür klopft. »Dr. Black? Die Verlobte ist jetzt da.«

Dann macht sie eine Kopfbewegung in Richtung des Zimmers und ich trete ein.

Ein älterer Arzt kommt sofort auf mich zu und der Blick, mit dem er mich ansieht, lässt mich erstarren. Das ist ein Ausdruck, der das Schlimmste befürchten lässt.

»Nein«, hauche ich und schüttle den Kopf.

»Es tut mir sehr leid. Ihr Verlobter hat durch den Unfall schwere innere Verletzungen davongetragen. Er war nicht angeschnallt und wurde durch die Scheibe geschleudert. Wir haben alles getan, um ihn zu retten.«

Was?

Wie betäubt schließe ich während der wie auswendig gelernten Rede immer wieder die Augen und kann den weiteren Ausführungen des Arztes längst nicht mehr folgen. Ich bin völlig erstarrt, und es dauert, bis die Worte zu mir durchdringen. Mein Gehirn will diese Infos nicht verarbeiten, aber nach und nach wird mir klar, was der Mann mir sagt. John konnte nicht gerettet werden!

»Nein, nein, nein!« Ich schließe die Augen. Der Boden unter meinen Füßen schwankt.

Mit voller Wucht erfasst mich ein Gefühl der Leere, als hätte ein schwarzes Loch mir sämtliche Lebensenergie entzogen. Dann trifft mich eine unbeschreibliche Schwere, die mir klarmacht, dass mein Leben vorbei ist, gefolgt von unfassbarem Schmerz. Ich wusste nicht, dass man so fühlen kann.

»Gibt es jemanden, den ich für Sie anrufen kann«, will der Arzt wissen, und als er meinen Arm berührt, katapultiert er mich unsanft zurück in die Realität.

»Nein, meine Mutter ist hier …«

Unfähig, den Mann anzusehen, huscht mein Blick wirr umher und ich fühle mich wie volltrunken und in Watte gepackt. Trotzdem möchte ich schreien, weinen, mir die Haare ausreißen, aber es geht nicht. Mein Körper gehört mir nicht mir, und das ist egal, weil ich nicht mehr existieren möchte.

»Kann ich ihn sehen?«

»Er ist noch im OP. Die Vorschriften –«.

»Kann ich ihn sehen?«

»Sind Sie sicher?«

»Ja.« Trotz der Höllenqual muss ich das tun.

»Also gut. Dann werde ich für Sie eine Ausnahme machen.«

Gemeinsam mit dem Arzt trete ich auf den Flur hinaus und da eilt mir Marc schon entgegen. Er hält kurz inne, als er mich sieht, dann senkt er den Blick.

»O nein … ist er …?«, fragt er, als er neben mir steht.

Ich nicke tapfer, breche dann aber in Tränen aus.

Das passiert doch nicht wirklich? Warum habe ich John auf der Party verlassen? Wenn ich geblieben wäre, dann wäre er jetzt in New York und ich bei ihm. Vor wenigen Stunden habe ich noch seine Stimme gehört, mit ihm gesprochen. Jetzt sollte doch alles gut werden? Wir haben uns versöhnt und sogar verlobt …

Marc zieht mich an sich und erträgt schweigend meinen Ausbruch. Schreiend vergrabe ich mich an Marcs

Brust. In mir ist ein Druck, dass ich fürchte, gleich zu explodieren, und dagegen hätte ich nichts. Dann wäre ich weg und der Schmerz auch.

»Miss?«, fragt der Arzt irgendwann, als ich etwas ruhiger geworden bin. Er scheint geduldig abzuwarten, bis ich mich wieder gefasst habe.

Dann drücke ich mich von Marc weg und nicke dem Arzt zu, während ich mir die Tränen aus dem Gesicht wische.

Der Arzt geht voran und wir betreten einen Notfall-OP-Raum. Ich muss mir Überschuhe anziehen, Marc darf nicht mit hinein und außerdem soll ich nichts anfassen.

Eine Schwester, die dort noch am Aufräumen ist, verlässt auf eine Geste des Arztes hin sofort den Raum.

In der Mitte des Raumes liegt eine Person auf einem OP-Tisch, die komplett mit einem grünen Leinentuch abgedeckt ist. Alle Gerätschaften, benutzten OP-Bestecke und blutige Tupfer bezeugen den Kampf, den die Ärzte hier um Johns Leben geführt haben. Ich muss mich zwingen, mich dem OP-Tisch zu nähern.

Es kann nicht sein, dass John nicht mehr lebt. Es darf nicht sein.

Nur langsam nähere ich mich dem Tisch und bleibe dort stehen, wo sich der Kopf unter dem Tuch abzeichnet. Ich denke an Johns wunderschönes Gesicht, sein volles Haar.

»Bereit?«, fragt mich der Arzt, der auf der anderen Seite des Tisches wartet.

Nein, natürlich bin ich nicht bereit. Ich will das

nicht und wünschte, ich könnte die Zeit zurückdrehen und bei einem lebendigen John sein. O Gott! Ich schaffe das nicht.

Für einen Moment sehe ich mich zu Marc um, der hilflos an der Tür steht und aussieht, als wisse er nicht, wie er sich verhalten soll.

Zaghaft nicke ich dem Arzt zu und zwinge mich, auf die Stelle zu sehen, die Johns Gesicht bedeckt. Wird er sichtbare Verletzungen haben?

Mit ruhigen Bewegungen greift der Doktor nach dem Tuch und hebt es an. Dann zieht er es ein Stück tiefer und faltet es.

Wie betäubt erkenne ich braunes Haar, das mich stutzig werden lässt. Dann sehe ich in Johns Gesicht.

Mir wird übel, und ich schwanke, während mein Herz ein paar Schläge lang aussetzt.

Das ist zu viel für mich. Das kann doch nicht wahr sein!

Marcs Schritte hinter mir nehme ich kaum wahr, aber ich erkenne, dass jemand auftaucht, der mich stützt und davor bewahrt zu fallen.

»O mein Gott«, keuche ich und breche in Tränen aus.

Der Arzt deutet meine Reaktion völlig falsch. »Mein Beileid«, sagt er sanft. »Ich lasse Sie einen Moment alleine.«

Als er sich abwenden möchte, beginne ich zu lachen. Das ist mir auch noch nie passiert. Ich lache und weine und weiß nicht, wohin mit meinen Emotionen, die mich alle gleichzeitig überfallen.

Irritiert sucht der Arzt den Blickkontakt zu Marc, der nun an mir vorbei auf den Toten lugt.

»Das … ist er nicht.«

Der Arzt stutzt und greift nach den Blättern, die an einem Klemmbrett am Fußende des Tisches hängen. »Das ist in der Tat ein fataler Irrtum. Das ist … John Lucas.«

Könnte mir mein Herz vor lauter Freude zerspringen, wäre das jetzt geschehen. Lachend und weinend versuche ich, mich zu fassen, aber es gelingt mir nicht. Wenn das so weitergeht, kann der Arzt mich direkt hierbehalten.

»Ich … das …«, keuche ich atemlos und riskiere erneut einen Blick auf den Toten, der offensichtlich nicht mein John ist.

»Hier liegt ein Missverständnis vor. Das ist Zoe Chapman. Sie gehört zu John Lazenby.«

»Oh«, entfährt es dem Arzt.

In Windeseile deckt er den Verstorbenen wieder zu. »Das tut mir leid. Das ist mir wirklich unangenehm.«

»Ist John …?«, frage ich.

»Bis auf ein paar kleinere Blessuren, ist er wohlauf.«

Erneut krümme ich mich, während ich mir die Hände vor den Mund schlage, um meine Freude nicht laut hinauszuschreien. Marc, der mich immer noch beschützend festhält, zieht mich in seine Arme. Ich drehe mich um und presse mich an ihn.

»Wollen Sie zu ihm?«, fragt mich der Arzt mit freundlichem Lächeln.

Ich nicke und löse mich von Marc, sehe ihn einen Moment dankbar an, bevor ich dem Arzt folge, der sich schon auf den Weg zur Tür gemacht hat.

Als er sie öffnet, steht dort die Krankenschwester von vorhin neben einer verweinten jungen Frau.

»Doktor Black, hier ist … die Verlobte von –«. Sie scheint selbst verwirrt, aber der Arzt nimmt sich sofort der Frau an.

Mit einem Mal fühle ich mich schrecklich, weil ich so erleichtert und glücklich bin. Mein John lebt, während ihr Verlobter gestorben ist.

»Bitte bringen Sie Miss Chapman zu Mr Lazenby! Sie wird dort sicher sehnsüchtig erwartet.«

Lächelnd legt die Krankenschwester ihren Arm um mich und zieht mich mit sich. Kurz sehe ich mich nach Marc um, der auf dem Flur stehen geblieben ist und mir aufmunternd zunickt. Ich hauche ihm ein tonloses »Danke« zu.

In den vielen Gängen habe ich den Überblick verloren, wo ich bin. Schließlich betreten wir einen Raum mit mehreren Betten, die nur durch Vorhänge voneinander getrennt sind.

Die Schwester marschiert zielstrebig zum Vorhang und öffnet ihn. »Mr Lazenby? Besuch für Sie.«

Kopflos stürze ich an der Schwester vorbei zu John.

John sitzt im Bett. An seinem Kopf ist ein Verband und auch sein Arm ist bandagiert. Außerdem hängt er an einem Tropf.

Mein Herz geht augenblicklich vollkommen auf. Vor lauter Glück, vor lauter Unglauben, vor unermesslicher Liebe!

»John!« Weinend stürze ich zu ihm und presse mich an ihn.

Er lebt!

John

»Au!«, keuche ich und Zoe fährt sofort zurück.

Erschrocken sieht sie zu mir auf, aber ich ziehe sie wieder an mich.

Die nächsten Minuten pressen wir uns schweigend aneinander, und obwohl Zoe wirkt, als wäre sie ziemlich durch den Wind, beruhigt sie sich nach und nach.

»Bist du schwer verletzt?«, fragt sie mich schließlich.

Voller Liebe versinke ich in ihren hellen Augen, die mit Tränen gefüllt sind. Sanft streiche ich ihr über das Haar.

Endlich ist sie hier. Nun lasse ich sie bestimmt nie wieder fort.

»Nein, das sind nur ein paar Kratzer. Jetzt, wo du da bist, geht es mir gut.«

»O John, du glaubst nicht, was passiert ist. Ich war da in diesem Raum … und da lag ein Toter, und der Arzt sagte mir, dass du das wärst. Ich –«. Ihr Gesicht verzieht sich voller Verzweiflung.

Sofort senke ich meinen Mund auf ihren, um ihr jeden Kummer zu nehmen. Ich kann mir denken, was passiert ist.

Der Mann, mit dessen Kleinbus wir zusammengestoßen sind, sah schwer verletzt aus. Einer der Sanitäter sagte mir, dass der Mann nicht angeschnallt war, als sein Wagen auf unsere Fahrbahn geriet.

Während wir sanft miteinander verschmelzen, verdränge ich alle Gedanken an den Unfall.

Was zählt, ist nur Zoe.

Am liebsten würde ich sie nie mehr loslassen, und so schlecht kann es mir wirklich nicht gehen, da mein Körper schon längst unbändige Lust auf Sex hat. Wie sehr habe ich Zoe vermisst!

Plötzlich zieht sie sich ein Stück zurück und lächelt mich von unten schelmisch an. »Na, da hat aber einer Appetit.«

»Na ja, wir liegen im Bett …«

»Du liegst im Bett, in einem Krankenhaus.«

»Das stört mich nicht.«

»Ja, das merke ich.« Sie wirft einen kurzen Blick in Richtung meines Schoßes, und ich starre an die Decke, als wüsste ich nicht, was sie meint.

Als ich Zoe wieder ansehe, schaut sie sich um. »Weißt du, wo mein Vater ist?«

»Er musste genäht werden. Hat eine ziemlich üble Platzwunde am Kopf. Aber sonst geht es ihm gut.«

»Und was ist bei dir?« Sie sieht auf den Verband an meiner Stirn und dann auf meinen Arm.

»Das waren ein paar Scherben und ich habe mir die Rippen geprellt.«

»Ist meine Mutter bei Dad?«

»Wenn sie mit dir hergekommen ist, dann wird sie ihn schon gefunden haben. Bist du gefahren?«

»Nein, Marc.«

»Marc«, knurre ich leise.

»Was denn?«

»Immer wieder dieser Marc.«

Lächelnd fährt sie mit ihrer Fingerspitze über meine Nase. »Du brauchst nicht eifersüchtig zu sein. Marc ist nett, aber du … du bist einzigartig.«

»Ist alles in Ordnung zwischen uns?«

»Ja … ist es.« Doch sie sieht mich an, als läge ihr noch vieles auf dem Herzen.

»Was hast du?«

»Du hast dich gegen die Kandidatur entschieden.«

»Das musste ich, weil … du mir so viel wichtiger bist als alles, was in New York auf mich wartet.«

»Aber du bist New Yorks Son.«

»Jeder Sohn sollte irgendwann einmal ausziehen. Ich gehe mit dir überallhin, egal wohin.«

»Meinst du das ernst?«

»Noch nie habe ich etwas ernster gemeint. Die Fotografen werden immer da sein, aber so schlimm wie in New York wird es nirgends sein. Wohin willst du gehen?«

»Nach London. Ich wollte schon immer mal nach London.«

»London? Okay, dann nach London.«

»Ehrlich?«

Augenscheinlich kann sie es nicht glauben. »London ist perfekt. Die haben ihre eigenen Promis, die interessant sind. William und Kate, Harry und Meghan … Da können wir nicht mithalten.«

»Du meinst das wirklich ernst.«

»In London habe ich zwei Bekannte, die interes-

278

sante Ideen haben, die sich besser verwirklichen ließen, wenn ich dort wäre.«

Mit einem Mal küsst sie mich so stürmisch, dass mein ganzer Oberkörper schmerzt, aber ich bemühe mich, nicht zusammenzuzucken, und heiße ihre sinnliche Berührung willkommen.

Plötzlich zieht jemand ruckartig den Vorhang zur Seite und Zoe wirbelt herum.

»Was ist denn das für ein Benehmen?«

»Dad«, schreit Zoe und springt so ungestüm von mir herunter, dass alle meine Knochen schmerzen.

Während Zoe ihrem Vater in die Arme stürzt, winke ich mit schmerzverzerrtem Gesicht ihrer Mutter, die hinter Adam auftaucht. Ihre Wangen sind gerötet, und ich kann erahnen, dass sie in großer Sorge um ihren Mann war. Schüchtern lächelnd hebt sie die Hand und presst dann die Lippen aufeinander, während sie darauf wartet, dass Zoe ihren Dad wieder freigibt.

»Erdrücke deinen Vater nicht!«, brummt dieser und wirft mir einen Blick zu. »Wenn ich nicht mehr bin, wer soll dann diesem Demokraten hier den richtigen Weg weisen?«

Ich lache auf, und schon löst sich Zoe von ihm, um ihn strafend anzusehen. Dann wirft sie mir einen Blick zu, der Bände spricht. Ja, sie hat mich vorgewarnt.

»Wer hier wem den richtigen Weg weist, wird sich noch zeigen.«

Adam zeigt mit ausgestrecktem Finger auf mich und grinst, als falle ihm kein guter Konter ein. Dann wendet er sich seiner Frau zu. »Das ist Abigail, meine Frau.«

Langsam tritt sie zu mir ans Bett und schüttelt mir vorsichtig die Hand. »Abigail, es freut mich sehr, dich kennenzulernen, auch wenn die Umstände etwas … ungünstig sind.«

»Sehr erfreut, John. Das kann man wohl sagen.«

»Wie sieht es aus? Behalten sie dich auch noch hier?«, will Adam wissen und ich nicke.

»Sieht ganz danach aus. Ich soll noch mindestens eine Nacht zur Beobachtung im Krankenhaus bleiben und werde bald auf Station verlegt.«

»Ist bei mir auch so.«

»Wo ist eigentlich Marc?«, fragt Abigail, und ich kann ein Brummen kaum unterdrücken, was Zoe ein schiefes Grinsen entlockt.

»Ich habe ihn irgendwo in den Fluren verloren.«

»Dieses Krankenhaus ist ein Irrgarten«, bestätigt Abigail.

»Ihr beiden sucht jetzt Marc und fahrt nach Hause!«, fordert Adam.

»Aber –«, beginnt Zoe.

»Kein ›Aber‹! Lasst uns ein paar Stunden Schlaf und dann dürft ihr uns abholen.«

»Dad, wir sind gerade eben angekommen.«

»Na und? Ihr habt gesehen, dass wir noch am Leben sind, und nun …«

Verwirrt folge ich Adams Blick zu Zoe, die sichtlich mit sich kämpft.

»Was ist denn, Liebes?«, fragt Abigail.

Zoe schweigt. Da ich weiß, woran sie die Worte ihres Vaters erinnerten, erkläre ich den Eltern:

»Zoe wurde irrtümlicherweise zum falschen Unfall-beteiligten geführt. Der Mann war tot und –«.

»O nein, Liebes! Warum hast du denn nichts gesagt?«

»Weil … ich so glücklich bin, dass John und Dad noch am Leben sind. Ich habe ein schlechtes Gewissen, weil ich froh bin, dass es den anderen Mann und nicht euch getroffen hat.«

»Liebes …«, sagt Zoes Mum und umarmt sie. Dann wendet sie sich an alle. »Adam und ich suchen Marc und dann fahren wir zurück. Wir lassen euch noch ei-nen Moment alleine.«

Adam wirft mir einen strengen Blick zu, dann verab-schieden sich Zoes Eltern.

Zoe steht mit verschränkten Armen einen Augen-blick regungslos da, dann kommt sie zu mir.

»Ich habe mir das so anders vorgestellt, wie du mei-ne Eltern kennenlernst.«

»Dein Dad hat eine wirklich interessante Variante gewählt.«

»Erinnere mich nicht daran«, faucht sie und zieht eine Grimasse. Dann setzt sie sich zu mir auf das Bett und schlingt ihre Arme zärtlich um mich.

»Du hast dir bestimmt so einiges anders vorgestellt, nicht wahr?«, frage ich sie bitter.

Noch nie habe ich mich dafür geschämt, der zu sein, der ich bin. Natürlich habe ich mir immer wieder gewünscht, einer von vielen zu sein, ein ganz normaler Kerl eben, aber es war mir noch nie so ernst wie jetzt.

»Wie heißt es so schön: Man verliebt sich zu einem unerwarteten Zeitpunkt in einen unerwarteten Menschen.« Glücklich sieht mir Zoe in die Augen. »Ich liebe dich, John. Heute, als ich für ein paar Minuten glaubte, dich für immer verloren zu haben …« Sie bricht ab, holt zitternd Luft. »Da wurde mir klar, wie dumm ich war. Wie kann ich den Mann, mit dem ich mein Leben verbringen will, aus so dummen Gründen verlassen?«

»Das war nicht dumm. Du hattest deine Gründe und wir ziehen jetzt die Konsequenzen daraus. Wenn wir in New York keine Ruhe haben, dann versuchen wir es woanders, und wenn es dort nicht klappt, dann nehme ich dich mit auf eine einsame Insel. Ich liebe dich so sehr und ich gebe dich nicht mehr her.«

Wir verschmelzen in einem nicht enden wollenden Kuss.

Epilog

Zwei Jahre später.

Zoe

Hast du alles?«, frage ich John, der unruhig durch unser Haus im Londoner Nord-Westen tigert.

»Wo ist mein Schlüssel?«, fragt er und klopft die Taschen seiner Jacke ab.

Lächelnd deute ich auf den Schlüssel, der hinter ihm auf der Kommode liegt, und John verdreht die Augen, als er ihn sieht.

»Wir kommen zu spät«, ermahne ich ihn, aber er winkt ab.

»Die werden schon auf uns warten.«

»Wir sind immer die Letzten. Jedes Mal.«

»Da sie das wissen, werden sie es uns verzeihen. Hast du den Wein?«

Während ich nicke, denke ich an unsere Freunde, mit denen wir zum Essen verabredet sind. Seit wir in London leben, sind Johns Geschäftspartner zu guten Freunden geworden.

Heute treffen wir uns bei Harrison Walker und seiner Freundin Elsie Winter. Gionata Hart und seine Frau Sharon haben extra einen Babysitter engagiert, damit wir den Abend entspannt genießen können.

»Du siehst toll aus«, sagt John zum wiederholten Male und mustert mich von Kopf bis Fuß. »Am liebsten würde ich hierbleiben und dir dieses Kleid jetzt gleich auszuziehen.«

»Das kannst du später machen.« Als Vorschuss drücke ich ihm einen kurzen Kuss auf den Mund.

»Startklar?«, fragt er mich, als wäre ich diejenige, die den Aufbruch unnötig verzögert hätte.

Wir verlassen das Haus und dann das Grundstück. Ein einsamer Fotograf, der eben noch entspannt an einem Auto gelehnt hat, schreckt hoch.

»Hey, Charlie«, grüßt John und ich drücke sofort seine Hand.

»Nicht doch, du ermunterst ihn ja noch!«

»Komm, wir schenken ihm ein Foto. Du weißt, dass er danach Ruhe gibt.«

John bleibt stehen und zieht mich eng an sich. Wir lächeln für Charlie und machen uns dann auf den Weg zum nächsten Taxistand.

»Einen wunderschönen Abend wünsche ich euch«, ruft Charlie uns nach.

Den werden wir auf jeden Fall haben und noch sehr viel mehr.

ENDE

Danksagung

Es gibt Geschichten, die gehen einem mehr zu Herzen als andere und nicht umsonst hört man viele Autoren immer wieder von ihren Herzensprojekten sprechen.

Für mich ist im Grunde jede meiner Geschichten ein solches Projekt und dennoch haben mich John und Zoe auf eine ganz besondere Art und Weise berührt. Ich hoffe, ich konnte dich, liebe Leserin – lieber Leser, mit diesem Roman ein Stück mitfühlen lassen. Vielleicht schlägst du das Buch nun mit einem zufriedenen Seufzen zu und es wirkt noch eine Weile positiv in dir nach. Das würde mich freuen.

So ein Roman veröffentlicht sich nicht von selbst. Viele liebe Menschen sind daran beteiligt, denn nach meiner Schreibarbeit, die in diesem Fall Jahre gedauert hat, geht es erst so richtig los.

Vielen Dank an

meinen Bruder Jürgen, der mir zu dieser Geschichte wieder einmal ein absolut geniales Cover gezaubert hat und darüber hinaus für alle grafischen und technischen Fragen meine Geheimwaffe ist. Er sorgt auch dafür, dass das Buch in seine veröffentlichungsfähige Form gebracht wird.

das Lektorat Soukup, das meinem Text den letzten Schliff verpasst hat. Es ist immer wieder schön, wenn man beim Überarbeiten eines Lektorates merkt, dass die Chemie stimmt.

meine Korrektorin Sybille, die stets zuverlässig zur Stelle ist und die unglaublichsten Fehler findet. Da fragt man sich manchmal wirklich, wie man das überlesen konnte.

meine Kolleginnen, ohne die ich sicherlich schon längst das Handtuch geworfen hätte: Tanja, Sina, Karina und Andi – ihr seid mir so ans Herz gewachsen und ich danke euch wirklich aus tiefster Seele für eure Freundschaft. Hab euch lieb!

mein kleines aber feines Blogger-Team, das mir stets für ehrliche Rückmeldung zu den unterschiedlichsten Fragen zur Seite steht.

C. und J., denen im echten Leben leider kein Happy End gegönnt war. Ihr habt mich zu dieser Liebesgeschichte inspiriert.

dich, liebe Leserin, lieber Leser! Ohne dich würde es mich als Autorin nicht geben.

last but not least: Meine Familie. Ohne eure Unterstützung, eure Geduld und eure Liebe könnte Pea Jung einpacken.

Hat dir die Geschichte von John und Zoe gefallen? Dann würde ich mich riesig über eine Rezension und/oder Rückmeldung von dir freuen.

Ansonsten wünsche ich dir eine gute Zeit. Bis zum nächsten Buch.

Mit fröhlichen Grüßen

Pea Jung

Bist du bereit für mehr?
Hier findest du mich und meine Werke:

info@peajung.de
www.peajung.de
www.facebook.com/PeaJungAutor
www.youtube.com/PeaJungAutor
www.instagram.com/PeaJungAutor

Übersinnlich verliebt

Pea Jung
CLARA (Band I)
Die geheime Gabe
448 Seiten
Taschenbuch/eBook
ISBN: 978-3-7386-0311-8

Pea Jung
CLARA (Band II)
Die Rückkehr
452 Seiten
Taschenbuch/eBook
ISBN: 978-3-7347-5724-2

Bist du bereit?
Bereit für ein Geheimnis, das du
mit niemandem teilen darfst?
Öffne das Buch, begleite Clara auf ihrer
turbulenten Abenteuerreise in
ein neues L(i)eben, und du findest dich
auf der Liste der Eingeweihten.
Welches Pfand würdest du für
dein Schweigen in die Waagschale werfen?

Warnung! Dieses Produkt macht abhängig und kann nicht mehr abgesetzt werden!
Zu Risiken und Nebenwirkungen lesen Sie alle Bände der Serie oder fragen Sie
die Autorin Ihres Vertrauens.

Daydreams into stories

Übersinnlich verliebt

Pea Jung
CLARA (Band III)
Finstere Vergangenheit
436 Seiten
Taschenbuch/eBook
ISBN: 978-3-7386-3490-7

Pea Jung
CLARA (Band IV)
Sturm auf Zeit
388 Seiten
Taschenbuch/eBook
ISBN: 978-3-7431-1299-5

Clara ist als Taschenbuch/eBook
erschienen und umfasst 4 Bände.
Clara ist ein echter Hingucker –
auch im heimischen Bücherregal!

Liebe & Erotik

Pea Jung	Pea Jung
Die falsche Hostess	**Die echte Hostess**
194 Seiten	228 Seiten
Taschenbuch/eBook/Hörbuch	Taschenbuch/eBook
ISBN: 978-3-7357-4200-1	ISBN: 978-3-7347-7668-7

Raffaela darf ihre Nachbarin in deren Job als Hostess vertreten und lernt dabei den smarten Rick kennen. Zwischen den beiden sprühen sofort leidenschaftliche Funken, die sich in Form eines One-Night-Stands entladen. Kein Problem? Weit gefehlt. Schließlich war Raffaela offiziell als ihre Nachbarin unterwegs, was zu Verwicklungen führt. Und sie sieht Rick schneller wieder als erwartet.

Was passiert, wenn eine Hostess von akuter Midlife-Crisis befallen wird? Ein Problem? Nicht für Doris. Die sucht sich nämlich einfach eine neue Herausforderung, mit der sie sich von der eingebildeten Krise ablenken will. Für Doris ist das die Teilnahme an einem Pole-Dance-Kurs. Schon bald stellt sich allerdings heraus, dass ihr in ihrem Leben nicht nur der Kick des Unbekannten fehlt ...

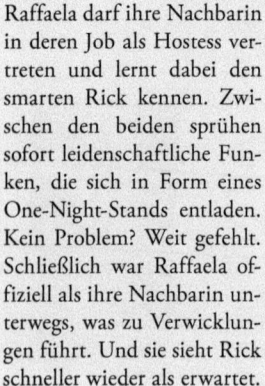

Liebe & Erotik

Pea Jung
Die Wunschblase
232 Seiten
Taschenbuch/eBook
ISBN: 978-3-7357-6115-6

Pea Jung
Die Putzstelle
248 Seiten
Taschenbuch/eBook/Hörbuch
ISBN: 978-3-7357-3940-7

Der sechsjährige Ben hat einen ganz besonderen Herzenswunsch: Er möchte seinen Papa Frank wieder glücklich sehen. Ganz klar: Der Papa braucht eine neue Frau. Und Ben eine neue Mama. Ben ahnt nicht, dass er mit seinem geheimen Wunsch außergewöhnliche Mächte in Gang setzt.

Carolyn, ein weiblicher Dschinn, bekommt einen Auftrag ...

Die Kellnerin Josefine kehrt unter einem Tisch ein paar Scherben zusammen. Eine ganz gewöhnliche Tätigkeit für eine Kellnerin? Weit gefehlt. Schließlich starrt ihr dabei spontan ein mysteriöser Unbekannter auf den Hintern und bezahlt sie auch noch dafür. Schon nach kurzer Zeit flattert ein unerwartetes Jobangebot ins Haus ...

Romance

Pea Jung
Superheld
fürs Leben gesucht
212 Seiten
Taschenbuch/eBook
ISBN: 978-3-7347-6000-6

Was passiert, wenn dein 11-jähriger Sohn Jonas einen wildfremden Russen in dein Haus einlädt, und der diese Einladung auch noch annimmt? Die junge Mutter Jennifer traut ihren Augen kaum, als der bärtige Russe plötzlich in ihrem Garten steht. So ein Kerl hatte ihr gerade noch gefehlt. Schließlich hat sie als alleinerziehende, berufstätige Mutter und Trainerin bereits genug zu tun ...

Pea Jung
XMAS WARS
Verrückt nach Han
84 Seiten
Taschenbuch/eBook/Hörbuch
ISBN: 978-3-7392-0647-9

Eine weihnachtliche Novelle- für jede Jahreszeit und jedeweit, weit entfernte Galaxie.
An diesem einen speziellen Weihnachten trifft Lea unverhofft den besten Freund ihres Bruders wieder. Julius bringt nicht nur eine Menge Erinnerungen zurück, nein — er bringt auch Leas Gefühlswelt gehörig durcheinander. Dabei spielt auch ihre gemeinsame Star-Wars-Vergangenheit eine Rolle.

Boss-Romance

Pea Jung
**Hit the Boss –
The H(e)artbreaker**
420 Seiten
Taschenbuch/eBook/Hörbuch
ISBN: 978-3-7448-5567-9

Pea Jung
Burn for the Boss
384 Seiten
Taschenbuch/eBook
ISBN: 978-3-7528-2480-3

Treffer versenkt!

Vor lauter Aufregung versetzt Sharon auf der Straße einem Geschäftsmann versehentlich einen Schlag. Ausgerechnet dieser Mann platzt kurze Zeit danach in ihr Vorstellungsgespräch und benimmt sich in ihren Augen völlig daneben.

Eine romantische Liebesgeschichte mit Witz, Drama und ein bisschen Krimi!

Elsie Winter liebt Harrison Walker. Doch der anziehende Mr. Walker ist Elsies eiserner Boss, der durch Unnachgiebigkeit glänzt und für Elsie unerreichbar ist. Das ändert sich, als sie unverhofft zu seiner persönlichen Assistentin ernannt wird. Elsie stellt sich der Aufgabe, ihr Herz vor Mr. Walker zu beschützen. Auf diese Weise kann sie endlich den lästigen Annäherungen ihres bisherigen Vorgesetzten entfliehen...

Fürstenroman

Pea Jung
Sand in den Haaren
296 Seiten
Taschenbuch/eBook
ISBN: 978-3-7412-2559-8

Seine Durchlaucht bittet zur Schere

Gibt es wirklich keine zweite Chance für den ersten Eindruck?

»Sei doch froh, dass du den Typen nie mehr wiedersehen musst«, denkt Ines, die sich von ihrer Zufallsbekanntschaft Jérôme gedemütigt fühlt. Falsch gedacht! Natürlich sieht sie ihn wieder und gerät dabei mitten in das Leben einer echten Fürstenfamilie. Im Laufe eines Sommers muss sich Ines die Frage stellen, ob nicht nur sie falsch beurteilt wurde: Vielleicht hat sie ihr Gegenüber auch vorschnell in eine Schublade gesteckt. Wäre es denn so schlimm, wenn sie ihre Meinung über Jérôme ändern würde?